विश्व के प्रमुख धर्म, मत व सम्प्रदाय

Abdul Waheed

विश्व के प्रमुख धर्म, मत व सम्प्रदाय
World's Major religions, sects and Denominations

अब्दुल वहीद
Abdul Waheed

CERTIFICATE OF PUBLISHING

We're proud to present this certificate of publishing to

Abdul Waheed

for successfully publishing

WORLD'S MAJOR RELIGIONS SECTS AND DENOMINATIONS

on. 14-10-2022

"A writer's life and work are not a gift to mankind; they're a necessity"~ Toni Morrison

प्रथम संस्करण 2006 ईस्वी, 1426-27 हिजरत
कॉपीराइट© **Abdul Waheed**

विशेष : सम्प्रदाय के बारे में परिचय

समर्पण

यह पुस्तक पिता (वालिद)मरहूम हाजी उबैदुर्रहमान उर्फ (मुन्ना), छोटा भाई : मरहूम अब्दुल हमीद की स्मृति में समर्पित है।
अल्लाह (ईश्वर) इन दोनों की आत्मा को शांति प्रदान करें ।
आमीन।

विषय सूची

क्रमांक	विषय	पृष्ठ संख्या
1	भूमिका	8
2	अपने विचार	10
3	बड़े, छोटे व आदिम धर्म संख्या	12
4	इस्लाम धर्म	16
5	सम्प्रदाय	25
6	ईसाई धर्म	53
7	सम्प्रदाय	76
8	हिंदू धर्म	65
9	सम्प्रदाय	89
10	यहूदी धर्म	94
11	सम्प्रदाय	98
12	सिख धर्म	109
13	पारसी धर्म	115
14	सम्प्रदाय	117
15	बौद्ध धर्म	126
16	सम्प्रदाय	128
17	जैन धर्म	135

18	सम्प्रदाय	137
19	ताओ धर्म	145
20	बहाई धर्म	150
21	कन्फ्यूशी धर्म	154
22	शिन्तो धर्म	158
23	अन्य प्राचीन धर्म (आदिम धर्म)	163
24	बिब्लियोग्राफी	177
25	विभिन्न धर्म की बायोग्राफी (संस्थापक व इतिहास)	179
26	मेरी अन्य पुस्तकें	181
20	अपना व्यक्तिगत परिचय	184

भूमिका

संसार की अधिकतर जनसंख्या आज भी धर्म में आस्था रखने वालों की है । धर्म मनुष्य की अमूल्य धरोहर है । लगभग संसार के प्रत्येक देश में अनेक धर्म है । उस देश का प्राचीन इतिहास उसी धर्म की पवित्र पुस्तकों में आज भी विद्यमान है । प्राचीन इतिहास को जानने का एक मात्र श्रोत्र धर्म पुस्तकें ही हैं , लेकिन आज अत्याधुनिक युग (वैज्ञानिक युग) में नई पीढ़ी धर्म से विमुख होती जा रही है । इसका सबसे बड़ा कारण धर्म के बारे में सही जानकारी न होना व पवित्र पुस्तकों को न पढ़ना है । आज के युग में प्रत्येक धर्म में सम्प्रदायों की पहचान बनाना व धर्म में नयी बातें (मनगढ़ंत) होने से है । धर्म के सम्प्रदायों के बारे में जानकारी मिलना लगभग असम्भव है क्योंकि इससे संबंधित पुस्तकों का अभाव है , और कोई सही जानकारी भी नहीं देता । मैंने कई धर्मों में इसकी जानकारी करनी चाही लेकिन किसी ने इसके बारे में नहीं बताया और मैंने कई आलिमों (विद्वान) से भेंट की लेकिन कोई स्पष्ट जानकारी नहीं मिल पायी और मैं पारसी (जरथुस्त्र) के पादरी के पास गया लेकिन वहाँ भी निराशा हाथ लगी और आर्य समाज व कई अन्य लोगों से मिला लेकिन सभी ने यह कह दिया कि आप अपनी पवित्र पुस्तक (कुरआन शरीफ) को पढ़ो । तब मैंने सोचा कि यह लोग कोई जानकारी क्यों नहीं दे रहे ? कई लोगों ने मुझे भड़काया कि इसके चक्कर में न पड़ो अन्यथा झगड़ा भी हो सकता है । तब मैंने पुस्तकालयों का सहारा लिया लेकिन उसमें भी हिन्दी भाषा की पुस्तकों का अभाव था इसलिए अंग्रेजी , उर्दू ,बी ० ए ० , एम ० ए ० की पुस्तकों का सहारा लिया और कुछ इनसाइक्लोडिया , डिक्शनरी से काफी सहायता मिली । इसमें बाइबिल व कुरआन शरीफ की तफसीरों (व्याख्या) से भी काफी सहायता मिली । यह पुस्तक 28.09.2004 से लिखकर अब 30.08.2008 को पूर्ण हुई है ।

आज प्राचीन इतिहास व धर्म इतिहास में कोई अन्तर नहीं है केवल भाषा , नाम व लिपि का अन्तर है । पुस्तक की मोटाई के भय से मैंने कई धर्म व सम्प्रदायों का सिर्फ नाम लिख दिया है । मेरे भारत देश में कुछ हद तक जानकारी दे सकते हैं जैसे हिन्दी चियोलॉजिकल लिटरेचर कमेटी (जबलपुर म ० प्र ०) उ ० प्र ० हिन्दी संस्थान , पेंग्विन बुक्स दिल्ली , लखनक किताबघर (भुवन वाणी ट्रस्ट) , वाणी प्रकाशन , किताब महल दिल्ली , हिन्दी माध्यम कार्यान्वय (हिन्दी विश्वविद्यालय) , पुस्तक महल दिल्ली , अलीगढ़ विश्वविद्यालय , लखनऊ विश्वविद्यालय , नागिरी प्रचारिणी सभा (वाराणसी) आदि । आज जो यह झगड़े हैं धर्म की सही जानकारी न होना व उसके सम्प्रदायों के बारे में न जानना ही है । प्रत्येक धर्म का आधार अपनी जगह पर मनुष्य के जीवन का सही लक्ष्य निर्धारित करना है व अपने को एकाग्र करना है व संसारिक रिश्तों माँ बेटा भाई बहन , , पति पत्नी , छोटे बड़े का सम्मान की डोर से बाँधना ही धर्म का लक्ष्य है । मुझे आज इस पुस्तक को लिखने की आवश्यकता केवल इसलिए हुयी कि लोग एक दूसरे के धर्म को बदनाम न करें बल्कि उस धर्म के सम्प्रदायों के बारे में अवश्य जानें क्योंकि हो सकता है कि एक सम्प्रदाय विशेष ही पूरे धर्म को बदनाम कर रहा हो , लोग एक दूसरे के धर्म का सम्मान करना जाने , मुझे बड़ा दुःख होता है जब एक दूसरे के धर्म का कोई अपमान करता है , जैसे कुछ समय पहले लखनऊ में बी ० एस ० पी ० के लोगों ने गीता व रामायण को जलाकर कुछ समय पहले नावें में एक काटूनिस्ट ने पैगम्बर मोहम्मद का अपमान (उग्र) चित्र बनाकर बाबरी मस्जिद को शहीदकर , चर्च में आर एस एस वालों ने ननों को मार डाला व चर्च को ध्वस्त कर दिया । धर्म को छोड़कर सम्प्रदायों के आपस में झगड़े हैं जैसे शिया सुन्नी पंडित रेवास , कैथोलिक आयोडॉक्स , देवबन्दी बरेलवी इसी प्रकार से आपसी झगड़े केवल सम्प्रदाय की सही जानकारी न होना है । आज अधिकतर लोग

विश्वास के आगे जानकारी करना गुनाह समझते हैं व यह कहकर जानकारी नहीं करते हैं कि मेरे फादर या मौलवी या पंडित तो है यह जो बताएँगे वही मानेंगे और सम्प्रदाय की जानकारी भी यह कहकर टाल देते हैं कि मेरे सम्प्रदाय वाले गुरूजी जो बताएँगे वही मानेंगे , अगर उन्होंने यह कहा कि उनकी पुस्तक को न छूना व न पढ़ना व भाषण न सुनना तो वैसा ही करेंगे । मेरे महान भारत देश में धर्म व सम्प्रदाय की जानकारी को कमी की वजह से न जाने कितने जनता से रूपये लूटते हैं । मुझे सभी ईमानदार व सत्य को जानने वालों से अनुरोध है कि यह पुस्तक पढ़े व इसमें अगर कोई गलती नज़र आये तो तुरन्त आप लोग मुझे सूचित करें ।

यह पुस्तक आदरणीय मौलाना मुस्तफा मदनी नदवी तथा डॉ० फिदा हुसैन (M.B.B.S, D.M.R.E) व फादर जॉन मरमी (सियोन चर्च, (Protestant) , की सलाह से तैयार (नज़र सानी) हुई है ।

धन्यवाद ,

दिनांक 05/09/2009

आपका- अब्दुल वहीद , बाराबंकी (यू ० पी ०) , भारत (इंडिया)

1/10/2008 ..

अपने विचार

यह सच है कि आज धर्म का असली रूप बिगड़ा हुआ है । लेकिन फिर भी कुछ सत्यवादी लोग समय समय पर सुधार के रूप में धर्म के असली रूप को निखारने का प्रयत्न करते है । यह सच है कि हर कौम में पैग़म्बर या नबी अल्लाह ने भेजे लेकिन मात्र कुछ लोग ही नबी की बात का विश्वास करते थे । मनुष्य का अध्यात्मिक केन्द्र धर्म ही है इसलिए धर्म की मूल भूत बातों को अच्छी तरह समझकर उस पर अमल करना चाहिए । पैग़म्बर ने क्या कहा है क्यों कहा है , कब कहा , कैसे कहा किसके लिए कहा ? इन सब बातो की खोज करे । इंसान धर्म के बाहरी रूप (दिखावे) को देखकर या सुनकर उस पर अमल करने लगता है जबकि मनुष्य का कर्तव्य बनता है कि वह अपने धर्म की पवित्र पुस्तक को पढ़ें (या अनुवाद को) और अगर पढ़ा लिखा नहीं है तो मुफ्ती (फतवा देने वाले) आलिम से पूछ ताछ करें फिर संतुष्ट न होने पर उस बात को क़ुरआन या हदीस से सुबूत लें फिर दूसरे फिर्के के मुफ्ती को दिखाएं जब दोनों फिक्रे के मुफ्ती की बातें कुरान और सहीह हदीस से मिल रही हो तो उस पर अमल करें । फिरकापरस्ती का विचार त्याग दे तथा अपने सही विवेक से लाभ उठायें । चूँकि धर्म आस्था या विश्वास पर आधारित है इसलिए यह हमेशा ध्यान रखना चाहिए कि पैग़म्बर का प्रत्येक आदेश और अमल और पवित्र पुस्तक का अनुसरण करना जरूरी है । पैग़म्बर की बातें या आदेश या अमल की पूजा करना चाहिए ना कि खुद पैगंबर की क्योंकि पैगंबर भी कहते हैं ईश्वर (अल्लाह) एक है उसी की पूजा करनी चाहिए और उसी से ही मदद मांगनी चाहिए । नहीं कहते पैग़म्बर कि मेरी पूजा करो और न ही अल्लाह (मालिक) की पूजा के बदले में धन लेते है इसलिए न ही प्रार्थना (इबादत) से संबंधित कोई धन देना चाहिए | मालिक की इबादत निःशुल्क है । सर्वप्रथम मनुष्य का कर्तव्य बनता है कि वह

शिक्षा ग्रहण करें वो भी अपने धर्म की पवित्र पुस्तकों का अध्ययन करना अत्यंत आवश्यक है । जिससे कि पता चले कि यह पवित्र पुस्तक मुझसे क्या चाहती है और प्राचीन वाक्यांश की असलियत क्या थी अगर कोई धर्म को नहीं मानता है या किसी पैगम्बर पर विश्वास नहीं करता है तो इस प्रकार प्रत्येक महावलंबी की बातों पर गंभीर पूर्वक विचार करना चाहिए जिससे कि परिणाम शुद्ध निकले । जहां तक हो एक तो अपने धर्म की मूल पुस्तक का अनुवाद ही पढ़ें । इससे आज के दौर में कोई मुश्किल नहीं है क्योंकि इन्टरनेट की वेबसाइट से उसका अनुवाद पढ़ सकते हैं और पुस्तकालयों की सहायता भी ली जा सकती है । वैसे आज के समय में अच्छी पुस्तकों की कोई कमी नहीं है न ही मिलने की । क्योंकि नेट से ही मंगा सकते हैं । जहां तक हो सके तो धर्म के जन्म स्थान से सरकारी प्रकाशन से मंगाये या धार्मिक विश्वविश्यालय के प्रकाशन केंद्र से ही मंगाए । मेरे जीवन में सबसे अच्छी पुस्तक दावत उल कुरान , लेखक शम्शपीर ज़ादा , मुंबई की तफ्सीर लगी ।

चीज वही पढ़ना चाहिए जिसमें कोई मतभेद ना हो मेरे अपने विचार यही है ।

विशेष सूचना -

इस पुस्तक के निर्माण का उद्देश्य मात्र स्वस्थ समाज व प्रेम भाईचारा उत्पन्न हो और समाज में फैली गलतफहमियां और भ्रम दूर हो, आपस में प्रेम बढ़े, बस यही आपसे उम्मीद है कि इस पुस्तक को पढ़कर लाभ उठाएंगे और समाज में एक स्वस्थ मानसिकता बनाएंगे ।

सप्रेम –आपका- अब्दुल वहीद ।

23/9/2008

परिणाम

अल्लाह ने अपनी हक बात पहुंचाने के लिए अपने नेक सदाचारी बन्दो को हमेशा अपना संदेश देकर प्राचीन धर्म में सुधार का दायित्व

निभाया है । समय समय पर जब धर्म के अन्दर असत्य बातें गढ़ ली जाती है या गलत रीति रिवाज का चलन हो जाता है , तो समय समय पर नेक बन्दे धर्म सुधार आन्दोलन (Reformation) चलाते हैं । इन सारी सुधारों की व्याख्या आपको कुरान शरीफ़ में मिल जायेगी फिर बाद में भी कई सुधार हुए जो कि अल्लाह की इच्छा से ही हुआ | इसलिए है कि प्रत्येक मनुष्य का कर्तव्य प्रत्येक धर्म के सुधार आन्दोलनों पर एक नजर जरूर डाले । सबसे अच्छा तो यह है कि वह खुद अपने ही धर्म के सुधार आन्दोलनो पर ध्यान दें । क्योंकि प्रत्येक धर्म की बुनियाद या उद्देश्य एक ही है।

दिनांक– 1/10/2008

धन्यवाद

आपका- अब्दुल वहीद , उत्तर प्रदेश, भारत (इंडिया),

बड़े, छोटे व आदिम धर्म संख्या

बड़े धर्म–

1 इस्लाम , 2 ईसाई , 3 हिंदू , 4 बौद्ध

छोटे धर्म -- ·

 5 सिक्ख , 6 यहूदी , 7 पारसी , 8 जैन , 9 शिन्तो 10 ताओ , 11 बहाई , लोक , 12 शमानिस्ट्स , 13 एचीस्ट्स आदिम धर्म- 14 सरवात्मत (Animist) या सरवात्मवाद (Animism) , 15 सितारापरस्त , 16 साबी या मेण्डुना (Mandean) , 17 दहरी या जुरवानपंथी (अरबी दहरिया) 18 एकेश्वरवादी शाशक अमेनहोतेय चतुर्थ , 19 बोरो 20 इनोका इजरायल 21 मैसियानिक यहूदी 22 गोरो 23 मानव धर्म 24 मुण्डा 25 नास्तिक 26 धर्म 27 गोण्डा / गोणी 28 गोवाती 29 हलना 30 जाहर 31 सारिया 32 . 33 तामिन 34 ताना भगत 35 टाम्सा 36 वाचो 37 अका 38 भील 39 दोनी पोलो / सिदोनी पोलो 40 अदी 41 अयातनी 42 भोई 43 भूमिज 44 देवरी 45 हो 46 इदु / इदु मिशमी 47 जैन्तिया 48 कवि / मिकिर 49 काबुई 50 खासी 51 कोल्हा 52 मिजु

1- इस्लाम धर्म (भाषा अरबी) इस धर्म में दो मुख्य शाखाएं हैं – 1 सुन्नी , 2 शिया

अन्य (1) खारजी (2) अहमदिया (3) कादियानी , (4) मोतजला
,

 1- सुन्नी इसमें मुख्य चार शाखाएं हैं- (1) हनफी , (2) मालिकी (3) शाफाई (4) हम्बली

 सम्प्रदाय (1) देवबन्दी (2) बरेलवी (नूरानी) , (३) सूफी , (४) अलवी (५) इस्माइल खोजा (शिक्षा बोहरा , (६) जमात ए इस्लामी , (७) तब्लीगी जमात . (८) अनसाराल सुन्ना , (९) अलाख्यानमुस्लमीन

 (१०) बुदीकला (११) आगाखानी ।

2- शिया- इसमें निम्न सम्प्रदाय है –

(1) जैदी (2) मेंहदी (3) इमामिया (4) इस्माईलिया । (5) अहले हक

2- ईसाई धर्म (भाषा_इब्रानी अरामी) इस धर्म में मुख्य निम्न शाखाएं में है ।

(1) आर्थोडॉक्स (2) कैथोलिक (3) प्रोटेस्टेंट (4)) ऐग्लिकन्स (Protestant) (5) नेस्टोरियन्स (Nestorian) , (8) यहोवा विटनेस (7) सेवन के एडवेन्टिस्ट (3) यूनिटेरियन (9) लुथेरन , (10) जिसूट (Jesuit) .

भारत में सम्प्रदाय

(1) खल्दी , (2) जैकोबी , (3) लातीनी , (4) माधौमी , (5) शामा (8) प्रोटेस्टेट (७) नास्टिक (Gnostic) ,

3 हिन्दू धर्म (भाषा संस्कृत) इस धर्म की निम्न मुख्य शाखाएं हैं ।

(1) आर्य समाज , (2) रामकृष्ण मिशन , (3) ब्रहम (4) राधास्वामी सत्संग , (5) कबीरपंथ (8) वैष्णव सम्प्रदाय (7) शैव सम्प्रदाय , (8) शाक्त सम्प्रदाय , (9) नाथ (10) दादू पंच (11) स्वामी नरायण , (12) रामदासी (13) वारकरी (14) प्रार्थना (15) नागा पंथ (16) आदि सनातन (17) विश्वनोई (18) देव समाज (19) ईश्वर आथोम , (20) सत्य धर्म (21) देव माधोम (22) लिंगायत , (23) आलेख / महिमा , (24) अनुकूल (26) प्रणामी , (28) आनंद भार्गी , (27) गौड़ पन्थी , (28) रोहिदास " , .

4- यहूदी धर्म (भाषा हिब्रू इब्रानी , आरामी) इस धर्म की निम्न शाखाएं हैं ।

(1) परम्परावादी , (2) सुधारवादी (3) रूढ़िवादी (4) हासीदीम , (6) पुनर्संरचनावादी

5- पारसी (भाषा- जेण्ड) इसकी मुख्य निम्न शाखाएं हैं । (1) मज़्दाबाद इसकी निम्न शाखा (1) यजीदी

(6) सिक्ख (भाषा पंजाबी) इसकी निम्न शाखाएं हैं । (1) कुका / नामधारी (2) नानक पन्थी , (3) निहंग

17 जैन (भाषा संस्कृत) --इसकी मुख्य निम्न शाखाएं हैं । (1) श्वेताम्बर (2) दिगम्बर "

8- बौद्ध धर्म (भाषा प्राकृत या पालि)-- इस धर्म की मुख्य निम्न शाखाएं हैं ।

(1) हीनयान , (2) महायान (3) ज़ेन सम्प्रदाय , (4) लामा , (5) नव बौद्ध

सऊदी अरब के मक्का शहर में स्थित काबा शरीफ़

इस्लाम धर्म

अल-फ़ातिहा (Al-Fatihah):1 -
1. अल्लाह के नाम से जो बड़ा कृपालु और अत्यन्त दयावान हैं।
2. प्रशंसा अल्लाह ही के लिए हैं जो सारे संसार का रब हैं
3. बड़ा कृपालु, अत्यन्त दयावान हैं
4. बदला दिए जाने के दिन का मालिक हैं
5. हम तेरी बन्दगी करते हैं और तुझी से मदद माँगते हैं
6. हमें सीधे मार्ग पर चला
7. उन लोगों के मार्ग पर जो तेरे कृपापात्र हुए, जो न प्रकोप के भागी हुए और न पथभ्रष्ट

इस्लाम धर्म (मत)

इस्लाम धर्म - अरबी में इस्लाम का अर्थ है - अपने को अल्लाह के प्रति समर्पण , आज्ञा पालन या शान्ति । मुस्लिम एक ईश्वर में और फरिश्तों में विश्वास करते हैं वे पवित्र कुरान में विश्वास करते हैं , जिसे वे ईश्वर की वाणी मानते हैं । फरिश्ता जिबरील ने अल्लाह के संदेश को पैगम्बर मुहम्मद स जो कि ईश्वर के अन्तिम दूत थे |
मुसलमानों के दो प्रमुख त्योहार ईदुल फितर (ईद) और ईदुलजुहा (बकरीद) है । ईद रमज़ान के रोज़े समाप्त होने की दावत होती है । बकरीद कुर्बानी का त्योहार है । यह मक्का में हज तीर्थ के एक दिन बाद मनाया जाता है । मुस्लिम संवत् 622 ई ० से आरम्भ होता है ।)
उपदेश - -

(1) तौहीद (कलमा) एक अल्लाह की अखंडता को स्वीकार करना
(२) दिन में पाँच बार नमाज़ (प्रार्थना) पढ़ना | (3) रमज़ान में रोज़े रखना ।
 (4) जीवन में कम से कम एक बार हज करना (5) ज़कात अर्थात (कमाई का 2.5 %) देना ।
पित्त सन्त्रात्मक बद्दू कबीले के प्रमुख अब्राहम ने मायावर गड़रिये का जीवन यापन करते हुए हरान (स्तंद) में बल शदाई (Al Shaddai) नामक ईश्वरीय सत्ता का अन्वेषण किया ।

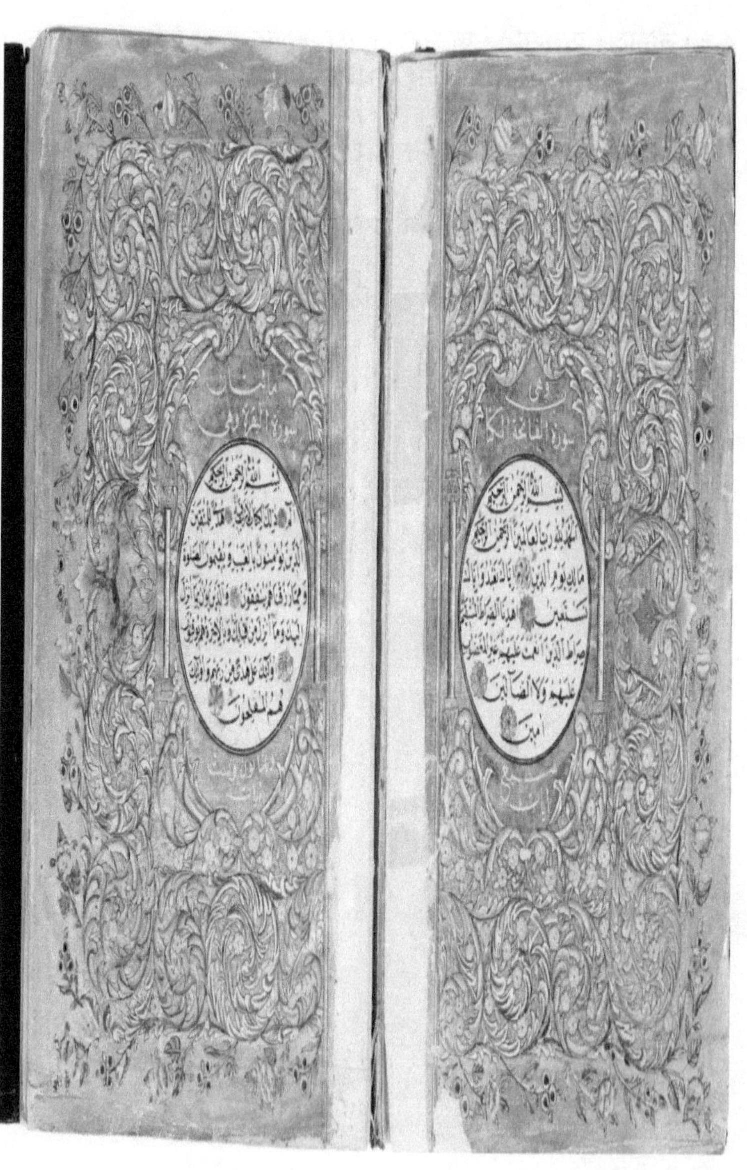

بسم الله الرحمن الرحيم
الحمد لله رب العالمين الرحمن الرحيم
مالك يوم الدين إياك نعبد وإياك
نستعين اهدنا الصراط المستقيم
صراط الذين أنعمت عليهم غير المغضوب
عليهم ولا الضالين
آمين

بسم الله الرحمن الرحيم
الم ذلك الكتاب لا ريب فيه هدى للمتقين
الذين يؤمنون بالغيب ويقيمون الصلاة
ومما رزقناهم ينفقون والذين يؤمنون بما أنزل
إليك وما أنزل من قبلك وبالآخرة هم يوقنون
أولئك على هدى من ربهم وأولئك
هم المفلحون

पवित्र पुस्तक- इस्लाम धर्म की आधारशिला पवित्र कुरआन है |
अल्लाह के जो शब्द हजरत मुहम्मद स० को देवदूत जिब्राइल द्वारा
प्राप्त हुए थे , वे ज्यों के त्यों इसमें लिखे हुए हैं ।
संसार की समस्त किताबों की अपेक्षा कुरान सबसे अधिक पढ़ा जाता
है । लेटिन भाषा में कुरान का सर्वप्रथम अनुवाद कैरिसबुक के पादरी
सिकन्दर रास ने सन् 1649 ई० में फांसीसी भाषा से किया था ।
हज़रत स० की विलादत (मृत्यु) के 19 वर्ष पश्चात कुरान की प्रथम
और पूर्ण प्रति प्रकाश में आयी कुरान की 6239 आयतें उसके 77934
शब्द , 323,621 अक्षर अब भी बड़े परिश्रम और सावधानी के साथ
गिने जाते हैं । कुरान की सूरतें जो सर्वप्रथम मक्का में प्रकट हुयी
उनकी संख्या लगभग 90 है । शेष सूरतें 24 जो मदीना की है ।
कुरान शब्द का अर्थ है सस्वर पाठ , व्याख्यान और वार्तालाप कुरान
एक वैज्ञानिक पुस्तक है । कुरान अरबी गद्य का प्रथम ग्रन्थ है ।
इसकी भाषा लयपूर्ण एवं अलंकारिक है , किन्तु पद्मबद्ध नहीं है ।
कुरान खुदा का शब्द है । इसमें अन्तिम देवी संदेश है और यह
अपौरुषेय (Uncreated) है । इसका प्रत्येक वाक्य सदैव अल्लाह
कहता है से प्रारम्भ होता है । कुरान की संपूर्ण बातें जिब्राइल ना
ईश्वरीयश फरिश्ते द्वारा दी गयी । कुरानी शिक्षाएं 22 वर्ष में लिखी
गई खलीफा अबू बकर के समय में कुरान को एक पुस्तक का रूप दिया
गया ।
उत्तरी भारत रामपुर (उ० प्र०) में स्थित रामपुर रज़ा पुस्तकालय में
कुरानपाक की अमूल्य प्रति जो कि हज़रत अली (मृत्यु 661) द्वारा
संग्रहीत है ।
कुछ सूरतों में कुरान के अल्लाह की ओर से अवतरित होने के प्रति
विवाद पाया जाता है ।

सभ्यता- अरब ही केवल ऐसा देश है जहाँ सामियों के पूर्वज बेबीलोन असीरिया , कलदान , अरमानिया फोनेशिया , अरब और हबश के निवासी पैदा हुए थे । सभी प्रजातियों का प्रादुर्भाव अरब देश में ही हुआ है , प्रचलित विश्वास के अनुसार हज़रत नूह के तीन बेटे थे । साम , हाम , माफ्त साम से ही सामी प्रजाति की उत्पत्ति हुई इस प्रजाति में अरब व यहूदी आते हैं , सभी प्रजाति के लोगों को सिमाइल या सामी के नाम से पुकारते हैं । सेमेटिक भाषा बोलने वालों को सीमाइट कहा जाता है , सिमेटिक भाषाओं में फीनेशियन बेबीलोनियन , हॉबस और अरबी भाषा सम्मिलित है । प्राचीन काल में इनके पूर्वज एक ही प्रजाति के थे अरब सामियों का वास्तविक जन्म स्थान था । अरब प्रायद्वीप से सामी प्रजाति की एक शाखा 3000 ई ० पू ० दजला और फरात नदियों के किनारे पहुंचा और मेसोपोटामियां शहर में बस गया । जहां बाद में बेबीलोनियन सभ्यता का जन्म हुआ इस्लाम धर्म का विकास भी सामी धर्म के मूल आधारों पर ही हुआ है ।
अल्लाह ने न कोई बहीरा ठहराया , न सायबा , न वसीला , न हाम लेकिन वे काफिर लोग अल्लाह पर झूठ गढ़ते हैं और उनमें ज्यादातर अक्ल से काम नहीं लेते । (सूरह अल माइदा , आयत 103) 2)
और शायरों की राह तो बेराह लोग चला करते हैं । (सूरह बकरा आयत 224)
सामी जाति की तीन प्रमुख शाखा निम्न हैं,--
 1- अरब मुस्तारबा- इस शाखा में एक कबीले का नाम कुरैश कबीला है . इसी कबीले में हज़रत मुहम्मद साहब पैदा हुए थे ।
2 अरब आरबा- इसका इतिहास हज़ारों वर्ष पुराना है , इन्हीं लोगों ने सदेमारिब नाम के एक बड़े बांध को बांधा था , जो बाढ़ में टूट गया था । अरब वायदा यह अरब के सबसे पुराने निवासी थे , इनका वर्णन पुराण और हदीस में भी मिलता है । इनके कबीलों का नाम आदसरहम हदीश आदि था ।

हेब्रू भाषा में अरब देश का नाम अराबाह अर्थात रेगिस्तान तथा प्राचीन फारसी में इसका नाम अरबाया था जिनके द्वारा आधुनिक नाम अरेबिया पड़ा ।

4 - प्रमुख पवित्र तीर्थ स्थान

1 – मक्का– हजरत इब्राहिम की घाटी में लगभग चार हजार वर्ष पहले मक्का नगर की स्थापना हुई और हज़रत इब्राहिम के द्वारा बनवाये गये काबे के विषय में कहा जाता है कि यह संसार का सबसे पहला पूजाघर है यहां तक विश्वास किया जाता है कि काबे को फरिश्तों ने बनाया था , फिर पैगम्बरों ने बनाया और अन्त में हज़रत इब्राहिम ने काबे का निर्माण किया , इसी काबे में हज़रत इब्राहिम को ईश्वर ने अपने पुत्र इस्माइल की बलि चढ़ाने की आज्ञा दिया था और आज तक अरब के रहने वाले इसकी याद में किसी न किसी पशु की बलि चढ़ाते हैं इसी प्रथा को हज कहते हैं । मक्के में काबे का स्थान एक चौकोर कमरे के समान है , इस पर भारी पत्थरों की छतें हैं । काबे के कमरे की ऊंचाई 15 मी० है , इसमें एक ही दरवाजा है , जो जमीन से ढाई मी ऊँचा है । काबे के चारों ओर दीवारें हैं । काबे की छत पहले खजूर के पेड़ द्वारा छायी गयी थी . अब संगमरमर के पत्थरों से बनी है । काबे के ऊपर हर वर्ष एक नये काले कपड़े का कवर चढ़ाया जाता है और पुराने कपड़े को उतारकर टुकड़े टुकड़े करके प्रसाद के रूप में बांट देते हैं । काबे की व्यवस्था और देखभाल कुरैश कबीला करता है । काला पत्थर काबे की दीवार में लगा हुआ है , कहते हैं कि इस पत्थर को स्वर्ग से इज़रत आदम अपने साथ लाये थे , पहले सफेद था , अब काला हो गया है । यह विश्वास किया जाता है कि इस पत्थर को छूने से मनुष्य के सारे पाप इसी में चले जाते हैं । यह पत्थर कई बार चोरी चला गया , परन्तु चोर घबड़ाकर फिर वापस कर गया । मक्का के काबे में इसके चारों ओर चाँदी का फ्रेम है या पत्थर लगा हुआ है । काबा के निर्माण के

समय जिब्राइल ने उसे अब्राहम को दिया था प्रत्येक मुसलमान जहां कहीं भी हो सदैव काबे की ओर मुंह करके नमाज़ पढ़ता है ।

सामी धर्म की प्रारम्भिक बातों की रेगिस्तान के अपेक्षा नखलिस्तान में अधिक उन्नति हुयी और पत्थरों और श्रोतों को इनमें केन्द्रीय स्थान प्राप्त हुआ । इन पत्थरों और श्रोतों को इस्लाम के ज़मज़म (आबेज़मज़म) , काले पत्थर (हज़रे असवद) , और तवरेत (ओल्ड टेस्टामेन्ट) के बेचल (बैत एल) का अग्रवती समझना चाहिए ज़मज़म यह वह पवित्र कुआ है जो मक्का में अब से हजारों वर्ष पूर्व हज़रत इब्राहिम के पुत्र हज़रत इस्माइल के पांव रगड़ने से बन गया था । इसी घटना से संबंधित होने के कारण आज भी यह बहुत ही पवित्र माना जाता है और गंगाजल के समान हाजी लोग इसे मक्के से लाकर प्रसाद के रूप में स्वयं भी ग्रहण करते हैं और दूसरों को भी देते हैं । परम्परा से एक दंतकथा चली आती है कि से हज़रत इब्राहिम ने स्वयं इस भवन को बनाया खाना ए खुदा था , परन्तु अविश्वासियों ने खाना ए ख़ुदा में 360 मूर्तियों की स्थापना कर दी सूर्य चाँद और सितारों के साथ ही अन्य देवी देवताओं की पूजा जोरों पर थी । लोग दुष्टत्माओं और जिन्नों से भय खाते थे अल्लात मनात एवं अलअजा ये तीन देवियां अल्लाह की पुत्रियां मानी जाती थी । मक्का के रहने वालों ने काबा कहते थे इस मूर्ति में एक बड़ी मूर्ति स्थापित की थी जिसे हुबल को अन्य मूर्तियों का मुखिया माना जाता था । इस मूर्ति की अधिक प्रार्थना एवं पूजा होती थी ।

6 संसार को योगदान- अरब में अलराजी को यूरोप में रहेजेस (Rhazes) के नाम से जाना जाता था । इब्न सिना ने जो अरबों ने बीजगणित , त्रिकोणमिति और रसायन शास्त्र का भी विकास किया हनफी, मालिकी, शाफाई तथा हम्बली को ही कानून का आधार माना इन कानूनों की स्थापना अब्बासी खलिफाओं के शासनकाल में हुई । शिया और सुन्नी का संघर्ष केवल इस्लाम की प्रथम शताब्दी में हुआ

मोहम्मद साहब के दामाद अली और अबू में खलीफा की गद्दी पर संघर्ष हुआ । शिया लोगों का विचार था कि मोहम्मद साहब को ही मान्यता दी जाए और अली उनके निकटतम संबंधी है उनको ही खलीफा की गद्दी की प्राथमिकता दी जाए ।

मोहम्मद साहब (स॰) का जीवन परिचय- मोहम्मद साहब (स॰) का जन्म अरब के मक्का नामक नगर में में हुआ था । इनके पिता का नाम अब्दुल्लाह तथा माता का नाम आमिना था इनके दादा का नाम ' अबू ' मुत्तलिब " था । जन्म से पूर्व ही पिता का देहान्त हो गया । इनका वंश ' हासिम वंश के नाम से प्रसिद्ध था । जब हजरत मोहम्मद केवल 6 वर्ष के थे तब माता की मृत्यु हो गयी । इस प्रकार वह छोटी आयु में ही अनाथ हो गए । (सूर . 936) । इनके दादा अब्दुल मुत्तलिब ने इनके पालन पोषण का भार अपने कंधों पर लिया , परन्तु हज़रत मोहम्मद 8 वर्ष के ही हुए थे कि दादा की भी मृत्यु हो गयी । तब आपके चाचा हज़रत अबूतालिब (हज़रत अली के पिता) इनके संरक्षक बने । 12 वर्ष की आयु में आप अपने चाचा के साथ पहली यात्रा सीरिया गये इस यात्रा में एक मसीही भिक्षु मिला जिसका नाम बहीरा था। बहीरा ने इनको देखकर यह भविष्यवाणी की थी कि वह एक श्रेष्ठ पद प्राप्त करेंगे जब आप 15 वर्ष के थे तब एक युद्ध में भी सम्मिलित हुए और उसमें शत्रु के तीर चुन चुन कर साथियों को देने का काम किया, हज़रत मोहम्मद अपनी ईमानदारी के कारण सभी लोगों में मान्य थे और अल अमीन कहकर पुकारते थे । आपका शिशुकाल समय की रीति के अनुसार एक बदवी धाय की गोद में व्यतीत हुआ, जो थी, बनू साद की भाषा तकसाली बोली थी । जब आप 25 वर्ष के हुए तो आपके चाचा ने 515 ई॰ कुरैशी कबीले की एक सुप्रतिष्ठित विधवा हजरत खदीजा के पास आपकी नौकरी लगवा दी । खदीजा व्यापार व्यवसाय में कुशल थी और एक सम्पन्न महिला थी । हज़रत मोहम्मद के व्यवहार और ईमानदारी से प्रभावित होकर उसने

हज़रत मोहम्मद स॰ को अपने व्यापार काफिले का मुखिया बनाकर सीरिया की ओर भेजा । इस व्यापारिक यात्रा को आपने बड़ी कुशलता से समाप्त किया और सीरिया की यात्रा से उनके सकुशल लौटने पर खदीजा ने बहुत प्रसन्न होकर उनसे विवाह करने की याचना की जिसे आपने सहर्ष स्वीकार कर लिया । विवाह के समय हज़रत ख़दीजा की आयु 40 वर्ष की थी । आप के साथ हज़रत मो॰ का विवाहित जीवन बहुत सुखमय रहा । खदीजा से दो पुत्र और चार पुत्रियां हुयीं । परन्तु हज़रत फातिमा के अतिरिक्त जो अली की पत्नी और हसन और हुसैन की माता भी सब सन्तान उनके (नबी स॰) जीवनकाल में ही काल ग्रस्त हो गयी ।

नबी स॰ के जन्मतिथि के सम्बन्ध में निम्न मतभेद हैं -

1- हज़रत मो का जन्म 29 अगस्त 570 ई॰ (अरब संस्कृति भाग 1)

2 हज़रत जन्म 20 अप्रैल 570 ई 0 (इस्लाम एक परिचय , नया संस्करण)

3 हजरत मो॰ का जन्म 22 अप्रैल , 571 ई॰ (पैगम्बरे इस्लाम ईश्वर की उन पर दया)

हिरा की गुफा में ईश्वर से प्रार्थना करना हज़रत मोहम्मद का स्वभाव बन गया । आरम्भ से ही उन्हें मूर्ति पूजा से घृणा थी । 41 वर्ष की आयु (609 ई 0) में ईश्वर की ओर से उन्हें आहवान मिला । इसके बाद उनको पूर्ण विश्वास हो गया कि ईश्वर ने उन्हें रसालत के लिए चुना है । जब हज़रत मोहम्मद स॰ ने एक प्रचारक के रूप में अल्लाह के संदेश को मक्का के लोगों के समक्ष प्रस्तुत करना प्रारंभ कर दिया तो उनके संदेश का सर्वप्रथम प्रभाव उनकी पत्नी पर पड़ा । उसके बाद हज़रत जैद एवं हजरत अली , उनके विचारों से सहमत हुए । इस प्रकार तीन वर्ष के भीतर लगभग पचास व्यक्तियों ने इस्लाम ग्रहण कर लिया । मुसलमानों का यह दल मूर्तिपूजा से घृणा करता था और तन मन से प्रयत्न करता था कि मक्का के लोग मूर्तिपूजा त्याग कर

एक अल्लाह के उपासक बन जाए । किन्तु पारम्पारिक धार्मिक विश्वास रखने वालों को उनकी ये बातें सारहीन लगी और इसी कारण बहुत से लोग उनके शत्रु हो गए । अन्त में स्थिति इतनी विकट हो गयी कि 20 जून 622 ई 0 में उन्हें मक्का छोड़कर मदीना में शरण लेनी पड़ी । यह घटना इस्लाम के इतिहास में हिजरत के नाम से प्रसिद्ध है । कुछ विद्वान इस घटना को 16 जुलाई 622 ई ॰ को मानते हैं । हज़रत मोहम्मद स ॰ ने घोषणा की कि ईश्वर एक है और मोहम्मद उस परमेश्वर का नबी या पैगम्बर है । पवित्र कुरआन इन सब शिक्षाओं का शानदार प्रमाण है ।

हजरत मोहम्मद स ॰ की पत्नियों की संख्या 11 बतलायी जाती हैं ।
(1) खदीजा , (2) स्व॰ सकरान की विधवा बुढ़िया सौदा ' पुत्री जमा (3) आयशा पुत्री हजरत अबू बक्र (4) हफसह पुत्री उमर बिन खत्ताब , (5) जैनब पुत्री खजीमा रजि ॰ . (6) उम्मे कुलसुम हिन्द पुत्री अमिया रजि ॰ (7) जैनब पत्री वह जहश बिन रियाब (8) जुवैरिया पुत्री हारिस , (9) उम्मे हवीबह पुत्री अबू सूफियान , (10) सफीयह पुत्री हय्याबिन (॥) मैमूनह कुरेश दार हारिस (12) मारिया किबतिया (13) रेहाना पुत्री जैद रूकैय्या ०

हजरत मोहम्मद सल्लल्लाहु अलैहि वसल्लम की 4 पुत्रियां थी
(1) हज़रत जैनब (2) फातिमा (रजि) (3) रूकैय्या (4) उम्मे कुलसुम, हजरत मोहम्मद सल्लल्लाहु अलैहि सल्लम की सबसे बड़ी पुत्री हजरत जेनब जोकि हजरत आस की पत्नी व हज़रत अबूल आस हज़रत मुहम्मद साहब के दामाद थे । हज़रत फातिमा का विवाह हज़रत अली के साथ हुआ था यह भी हज़रत मुहम्मद साहब के दामाद थे । हज़रत मुहम्मद स ॰ का इर्शाद है कि हजरत फातिमा जन्नत में औरतों की सरदार होंगी । हज़रत रूकैय्या जो कि हज़रत उसमान के निकाह में थीं रूकैय्या के बाद हज़रत उम्मे कुलसुम हजरत उसमान के निकाह में आयीं । हजरत उसमान भी हजरत मोहम्मद स ॰ के दामाद

थे । हिजरत से कब्ल मक्का में नबीं स० का घराना आप और आपकी बीवी हज़रत खदीजा रजि० पर मुश्तमिल था । शादी के वक्त आप स० की उम्र 25 साल थी और हजरत खदीजा रजि० की उम्र 40 साल हजरत खदीजा पहली बीवी थी और इनके जीते जी आपने कोई और शादी नहीं की । आपकी औलाद में हजरत इब्राहिम के अलावा तमाम साहेबजादे और सहेबजादिया इन्हीं हज़रत खदीजा के तन से थे साहबजादगा मे से तो कोई जिन्दा न बचा अलवता साहेबजादियों हयात रहीं । इस के नाम यह है जैनब रुकय्या रजि , उम्मे कुलसुम रजि० और फातिमा रजि० । जैनब को शादी हिजरत से पहले इनकी फूफीजात भाई अबुल आस बिन राबिया से हुई । रुक्क्या और उम्म्मे कुलसुम की शादी एक के बाद दीगरे हजरत उसमान रजि० से हुयी । हज़रत फातिमा की शादी जग बदर और जंग अहंद के दरमियानी असे मे हजरत अली बिन अबू तालिब से हुई और इनके वतन से हसन हुसैन और उम्मे कुलसुम पैदा हुए हजरत मोहम्मद स० का जीवन कितना भोग विलास था . उसका पता उस वाक्य से लगेगा जिसमें कहा गया है कि नबी अपनी स्त्रियों से कहो यदि तुम सांसारिक जीवन और उसके भोग विलास को चाहती हो तो आओ तुम्हें कुछ देकर भली प्रकार विदा कर दूं तुम परमेश्वर उसके नबी और अन्तिम दिन को चाहती हो तो अवश्य ईश्वर ने ऐसी सदाचारिणी स्त्रियों के लिए उत्तम फल निश्चित कर रखा है | (33:4 :1,2)

यद्यपि आपको धन दौलत का अभाव नहीं था । फिर भी आप सादा जीवन उपवास और फकीरे का जीवन को श्रेष्ठ मानते थे | नौकर चाकर होते हुए भी स्वयं अपना काम करना पसन्द करते थे । दासों के साथ समानता का व्यवहार करना, दरिद्रों और कंगालों से विनम्रता और दयालुता का बर्ताव करना आपका एक उत्तम गुण था। कोई भिखारी या फकीर अथवा यात्री आपके द्वार से निराश नहीं लौटता था । आप स्वभाव से ही उदार थे और जबान के सच्चे थे । अपनी जबान

से कभी कोई बुरी बात नहीं निकालते थे । अधिक से अधिक समय अल्लाह की चर्चा और नमाज़ में व्यतीत करते थे । नियमित रूप से रोजा रखते थे । इतना होते हुए भी घर के कार्यों में हाथ बढ़ाते थे । अपनी पत्नियों को हर तरह का सुख देने का और उनकी हर आवश्यकता की पूर्ति का प्रयत्न करते रहते थे । बच्चों को प्यार करते थे और उन्हें खुश देखकर स्वयं भी खुश होते थे । उपहार जो आते थे उन्हें गरीबों में बांट देते थे , हजरत मोहम्मद स ० को मेराज । निशापात्रा) क्रन्दन दीवान (Walling Wall) से संबंधित मुसलमानों में यह धारणा है वह बुराक था । यही से आ हजरत मोहम्मद सं ० को लेकर आकाश की ओर उड़ा था । इस आश्चर्यजनक यात्रा के दो वर्ष पश्चात पछहत्तर व्यक्तियों के एक गिरोह नें हज़रत मोहम्मद स ० को मक्का आकर रहने का निमंत्रण दिया । मदीना में यहूदी एक मसीह के आने की बाट जोह रहे थे और उनके स्वागत के लिए उन्होंने अपने मूर्तिपूजक निवासियों को तैयार कर रखा था । मदीना लौटने के तीन वर्ष पक्षात आप अचानक बीमार पड़ गये और आपका देहान्त हो गया । आप को महती सिर पीड़ा थी यह घटना 8 जून सन 632 ई ० को घटी ।

हजरत मोहम्मद स ० के कथनानुसार हज़रत मोहम्मद स ० को तीन वस्तुएं प्रिय थी

(1) स्त्रिया (2) सुगंध (3) स्वादिष्ट भोजन जिसमे मीठी चौजे अधिक प्रिय थी । शहद में खजूरे डालकर खाना प्रिय था । रेशमी कपड़े नापसन्द करते थे सिर पर लम्बे बाल रखते थे । तेल डालकर कधी से मांग निकाला करते थे । आखों में सुरमा लगाते थे और दूसरों को भी सुरमा लगाने की सीख दिया करते थे । आपकी दाढ़ी बढ़ी हुयी थी और मूछे बारीक और न होने के बराबर थी । आपका रंग गोरा और शरीर शक्तिशाली था । कंधे चौड़े थे । आप कद्दावर थे मुख पर हल्की मुस्कान रहती ती थी और बात करते समय प्रत्येक से सभ्यता से पेंश

आते थे । सबकी बातें बड़े ध्यान से सुनते थे | प्रत्येक प्रश्न का उत्तर उचित एवं सक्षिप्त सा दिया करते थे | क्रोध पर नियन्त्रण था और तेज चलने की आदत थी । अल्लाह से हमेशा अपनी दुर्बलताओं और त्रुटियों के लिए क्षमा मागते तथा प्रार्थना करते कि आखिर में भी मनुष्य हूं यदि मुझसे किसी को दुख पहुंचा हो तो हे अल्लाह मुझे क्षमा कर दे | कभी हिम्मत नहीं हारते थे दुख और कष्ट में अल्लाह का धन्यवाद करते थे । आपको जादूगर शायर , मजनूं कहा गया आपका अपमान किया गया । आपके रास्ते में गन्दगी , पत्थर तथा कांटे फेक दिये जाते थे मगर आपने इन सबको धैर्य से सहन किया । इतिहास इस बात का साक्षी है कि शत्रुओं ने भी आप पर बदनीयत झूठ बोलने का या अन्य कोई घृणित काम करने का आरोप नहीं लगाया । हजरत आयशा के अनुसार आप देहधारी कूरआन थे | आपमें समस्त सद्गुण उपस्थित थे । नियमित रूप से मस्जिद जाते थे जहा कहीं जगह मिलती यहीं लोगों के बीच बैठ जाते थे | कभी भी किसी विशेष स्थान पर बैठने की इच्छा नहीं करते थे हजरत मोहम्मद स ० के अनुसार समस्त मनुष्य ईश्वर की दृष्टि में समान है रंग और जाति के आधार पर कोई एक दूसरे से श्रेष्ठ नहीं ।

हजरत मोहम्मद स् के चमत्कार –

(1) जब फैंका तो तूने नहीं फेका , परमात्मा ने फैंका २ : २१८ रे हजरत मोहम्मद स ने बदर के युद्ध के समय एक मुठ्ठी मिट्टी शत्रुओं की ओर फेंकी थी . इससे शत्रु की पराजय हुई ॥ 2) वह घड़ी समीप आयी जब चन्द्रमा खण्डित हो गया ' (51 : 1 : 1) | यह हजरंत के सबसे शक्कुलकसर नामक चमत्कार का वर्णन है । हजरत ने अपनी दैवी शक्ति दिखाने के लिए एक बार अंगुली चंद्रमा की ओर की इस पर उसके दो टुकड़े हो गये । जिसको कितने ही उनके अनुयायियों ने देखा । हजरत मोहम्मद स ने किसी नये धर्म की नींव रखने का दावा नहीं किया कि उसी दीन दीन इब्राहिम या इब्राहिम के

पंथ का पुन प्रचार करता हैं जो हजरत मोहम्मद स से हजारों वर्ष पूर्व विद्यमान था ।

इस्लामी प्रतीक **(Symbol)**

"क्या चांद- तारा इस्लामी प्रतीक है?

आज के लगभग 1400 वर्ष पहले की यह उक्ति भी काफी महत्त्व रखती है । इसमें चन्द्र और सूर्य को भगवान की दो रचनायें स्वीकार किया है जो ईश्वरीय विधान से बधे हुए है । हिन्दू शास्त्र की बात तो जाने दीजिए मुसलिम धर्म में भी अर्द्धचन्द्र को धार्मिक प्रतीक के रूप में कभी नहीं माना गया था । इकबाल ने अपनी शायरी में जो लिखा है --

खंजर हिलाल का है कौमी निशां हमारा

वह सितारा युक्त चाँद बना झण्डा तो हजरत पैगम्बर साहब के कई सौ वर्ष बाद अपनाया गया । मुस्लिम धर्म में प्रतीक की व्याख्या करते हुए श्री मार्गोलियथ कहते हैं कि इस्लामी भाषा में प्रतीक का समानान्तर या पर्यायवाची शब्द नही है । निकटतम शब्द हि - आर ' या ' घि - यार ' या अरबी में किनायाह ' प्रतीत होता है । हजरत मुहम्मद साहब ने अपनी सेना के झण्डे पर रोम साम्राज्य का बाज पक्षी अपनाया था । बाद में अब्बासिया ने काला झण्डा बनाया जिस पर मुहम्मद पैगम्बर है लिखा रहता था । अलविदा का झण्डा हरे रंग का था । उम्मद का झण्डा सफेद रंग का था । ट्यूनीसिया के सुलतान ने रंग - बिरंगे कपड़ों के झण्डे रखे ।

<u>यह मुस्लिम प्रतीक नहीं है</u> । तुर्की साम्राज्य के उदय के पूर्व मुसलिम मस्जिदों की मीनारों के ऊपर वह शोभा तथा श्रृंगार के लिए बनाया जाता था । प्राचीन रोमन साम्राज्य में उनके " सीनेट " (राज्यपरिषद्) के सदस्य अर्द्ध चन्द्राकार जूता पहनते थे । पुराने तुर्की मंदिरों पर भी अर्द्ध चन्द्र बना रहता था । असल में इस प्रतीक का अत्यधिक उपयोग प्राचीन बाइज़ेंटाइन साम्राज्य में होता था । उसी से तुर्क लोगों ने इसे अपनाया । बौसनिया में भी इसी प्रतीक का उपयोग होता था । इसलिए श्री सैसोविनों का कहना है कि सन् 1463 में खलीफा मुहम्मद द्वितीय ने बोसनिया पर कब्जा कर लिया और वहाँ के प्रतीक को अपना लिया । मार्गोलियथ कहते हैं कि ईसवीय सन् 1159 में अलमोहद वर्ग ने तथा मिस्र के फातिमी वर्ग ने अर्द्ध चन्द्र को झण्डे पर स्थान दिया । पुतनहम का कथन है कि तुर्किस्तान के सुलतान सलीम प्रथम ने (शासनकाल सन् 1512 से 1520) इसे पहली बार

अपने झंडे पर स्थापित किया । मार्गोलियथ ने एक बड़े मार्के की बात कही है

" अर्द्ध चन्द्र क्रमागत बढ़ते रहने वाले (यानी द्वितीया के) चन्द्र का द्योतक नहीं है । वह पतनशील यानी समाप्तप्राय होने वाले चन्द्र का द्योतक हैं , जिसके बाद उषाकाल आता है । यानी अंधकार के बाद प्रकाश , रात्रि के बाद दिन की " आशा " का प्रतीक है । अर्द्ध चन्द्र आशा का प्रतीक है ।

चन्द्रमा को आशा का प्रतीक मानने की यह बड़ी मनोरम कल्पना है । मुसलिम विद्वान् भी इसे अपने धर्म का प्रतीक नहीं मानते । जो लोग ईद के चाँद से अर्द्ध चन्द्र के प्रतीक को मुसलिम धर्म के साथ मिला देते हैं वे भूल कर रहे हैं । हिन्दू धर्म तथा साहित्य में चन्द्रमा के सैकड़ों नाम हैं । उसमें उनको अमृतवर्षा करने वाला , शीतलता देनेवाला , स्वच्छ प्रकाश देने वाला , ऐसे अनेक नाम दिये गये हैं । कुछ रोचक नाम हैं –

औषधीश , निशापति , हिमांशु , श्वेतवाहन , तुषार - किरण , सुधानिधि , तुंगी , अमृत , सवेतद्युति , शीतल - मरीचि , इत्यादि ।
ऋग्वेद में चन्द्रमा का वर्णन है
उतनः सुद्योत्माजीराश्वो होतामन्दः श्रृणवच्चन्द्र रथः ।। ऋ01-141-12

चन्द्रमा का इतना ही अर्थ नहीं है । योगशास्त्र के पण्डित जानते हैं कि मनुष्य के शरीर में भी सूर्य तथा चन्द्र की स्थापना है ।

सन्दर्भ पुस्तक–. D.S. Margoliouth on " Muslim Symbols " in " Encyclopaedia of Religion and Ethics Pages 145 . " No Equivalent for Symbol " 198 3. Roman Eagle , . वही पुस्तक , पृष्ठ 145 । ,. वही पुस्तक , पृष्ठ 145 6 . F Sansovino वही , पृष्ठ 145 ।

मुसलिम प्रतीक चाहे धार्मिक हो या सामाजिक , हरेक प्रतीक के साथ उस देश की सभ्यता का तथा संस्कृति का इतिहास जुड़ा हुआ है । उदाहरण के लिए मुसलिम धर्म का प्रतीक द्वितीया का चन्द्रमा है । किन्तु इस प्रतीक का इतिहास बड़ा रोचक है । पहले तो यह विश्वास था कि ऐसा चन्द्रमा उस ग्रह के प्रकाश के क्षीण होने का परिचायक है । फिर , इसका दूसरा परिचय बन गया कि यह विकासशील पूर्णिमा की ओर प्रगति करने का प्रतीक है । इंग्लैण्ड में युगों से कुछ लोगों में यह अंघ - विश्वास चला आ रहा है कि शीशे से द्वितीया का चन्द्रमा देखना अशुभ होता है । ऐतिहासिक रूप से ईसवी पूर्व 339 में बाईजेन्टाइन साम्राज्य ने इसे अपना " बैज " या निशान - पट्टा बना लिया था । रोमन साम्राज्य के पतन के बाद जब तुर्की आटोमन साम्राज्य स्थापित हुआ उसने इसी प्राचीन प्रतीक को अपना लिया और इसे अपने ध्वज पर आसन दिया था । अतएव यह मूलतः गैर - मुस्लिम प्रतीक था । इस प्रतीक का अन्य उपयोग भी होता था - इंग्लैण्ड में दूज का चाँद को राज या सरदार परिवार में जन्म लेने वाले द्वितीय पुत्र का यह " बैज " हो जाता था । दूज के चाँद को विशिष्ट जनों के लिए सम्मान सूचक शब्द के रूप में इतालियन नेपल्स तथा सिसली के नरेश चार्ल्स प्रथम ने शुरू किया था और सन् 1464 में आजू (फ्रांस का एक प्राचीन प्रान्त) के शासक ने इसे इसीलिए चालू किया था । तुर्की ओटोमन साम्राज्य के संस्थापक अलाउद्दीन (1245 से 1254) ने इसे अपना लिया था पर राष्ट्रीय ध्वज पर इसे सुल्तान औरखन (1326-60) ने स्थापित किया था । सुलतान सलीम ने 1799 में इसे विशिष्ट व्यक्तियों के सम्मान के लिए पदक के रूप में प्रयोग करना शुरू किया था । वे हीरा - मोती का चाँद पदक दिया करते थे । मुसलिम सामाज्य के विस्तार के साथ , ईद के पवित्र त्यौहार का द्वितीया के चाँद के सम्बन्ध होने के कारण यह धार्मिक तथा राजनैतिक दोनों प्रतीक हो गया और इसका संसारव्यापी महत्व है ।

इसके साथ सितारे भी कैसे जुड़ गये , इसका ऐतिहासिक प्रमाण देना कठिन है ।

सम्प्रदाय

सुन्नी- अहले हदीस | हदीस वालों)-- भारत वर्ष में 19 वीं सदी में एक इस्लामिक सुधारवादी आन्दोलन जिसमें यह स्थापना दी कि हदीस ही एकमात्र ऐसा साधन है जिसके माध्यम से कुरान और शरीयत का भाषान्तरण किया जा सकता है। इस प्रकार दोनों चारों मसलक(फिका) और सूफी शिक्षाओं को सिरे से खारिज कर दिया और यह भी स्थापना दी कि बरेलवियों का पीर सिस्टम, इसके परिणामस्वरूप अहले हदीस ने अपनी एक विशिष्ट सलात विकसित की जिसके कारण मौलवियों में बहस छिड़ गयी विभिन्न मतालम्बियों के बीच शास्त्रार्थ के कारण उन्हें अदालत का दरवाजा खटखटाना पड़ा । परिणामस्वरूप अलग अलग मतावलम्बियों की अलग अलग मस्जिदों की स्थापना हुई । तत्कालीन अन्य इस्लामिक आन्दोलन की भांति इस आन्दोलन में भी मोहम्मद साहब का महत्व केन्द्र बिन्दु था पैगम्बर के प्रति श्रद्धा सबसे आवश्यक वस्तु थी और यह कि पैगम्बर के जीवन को उदाहरण मानकर उसका सम्पूर्ण अनुसरण किया जाए और उनके बताए हुए रास्ते पर चला जाए । यह सुन्नत केवल हदीस से ही जानी जा सकती है । अहले हदीस ने मोहम्मद साहब के संकेत को खुदा और बन्दे के बीच मध्यस्थ के रूप में निरस्त कर दिया तीर्थयाओं पर रोक लगा दी यहां तक कि मोहम्मद साहब की मदीने में स्थित समाधि पर भी,

हिन्दुस्तान के अन्य मुसलमान इन्हें वहाबी कहते हैं । अहले हदीस आन्दोलन देववन्दियों की अपेक्षा अधिक अतिवाह था । यद्यपि इन लोगों को शिक्षित और संभ्रांत लोगों का समर्थन प्राप्त है । परन्तु इनका प्रभाव कम है । इनके शक्त संगठनिक ढांचे का नतीजा है कि ब्रिटेन में एक दर्जन के लगभग अहले हदीस मस्जिदे है और इनका

हेडक्वार्टर बर्मिंघम में है जहां से Straight path नामक मैगजीन का सम्पादन किया जाता है ।

(penguin dictionary of religion England)

इस जमात कहना है कि मुसलमान फिरका बंदी और शख्सियत परस्ती से अलग होकर बराहरास्त कुरान व हदीस पर अमल करें । अल्लाह ने इसका हुक्म दिया है। दुनिया की सबसे तेज तहरीक अहले हदीस है जिसने अमेरिका जैसे देश के मन्सूबों को भी तोड़ दिया है । मिल्लते इस्लामिया में अहलेहदीस के अलावा कोई गिरोह या तबका ऐसा नहीं है जिसने सीधा हदीसे नबवी स ० और सहाबा के अमल को दस्तूरे अमल बनाया हो । जबकि मुकल्लदीन हजरत (हनफी , शाफाई , मालिकी , हम्बली का अमलन उसूल यह है कि कुरान व हदीस पर बगैर मीडियम इमाम मुजतहिंद के अमल नहीं किया जा सकता ।) सुन्नी इज्मा इ उम्मत राय , इस्तिहसान , इस्तिसलाह तथा उर्फ आदि की मान्यता के संबंध में भेद मानते हैं सुन्नी कुरान और हदीस को ही मान्यता देते हैं और इनके अतिरिक्त मुसलमान केवल किसी अन्य को मान्यता नहीं देते ।

इनमें मुख्य चार मसलक है–

(1) हनफी (2) मालिकी (3) शाफाई (4) हम्बली तेजानी

वहाबी आन्दोलन (सुधारवादी आन्दोलन -) नन्द का अमीर सऊद एक इस्लाम की सुधारक शाखा वहाबी का मतानुयायी था इस शाखा का संस्थापक (18 वीं शताब्दी में) अब्दुल वहाब था । अब्दुल वहाब ने मुस्लिम सन्तो के मजारों पर सिज्दा करने के विरुद्ध आवाज उठाई थी ।

हनफी- यह मसलक इमाम अबू हनीफा रह के अनुकरणीय है इसकी मुख्यता ३ शाखाएं है (1) जमात - ए - इस्लामी (2) देवबंदी (3) बरेलवी नूरानी

) 2) मालिकी- यह इमाम मालिक अनुकरणीय है । 3) शाफाई- यह इमाम शाफ़ाई रह के अनुकरणीय है । 4) हम्बली यह इमाम हम्बली रह के अनुकरणीय है ।

अन्य –

1- खारजिया- इस फिरके का नेता अबूजर था । यह फिरका 657 ई॰ में चौथे खलीफा हज़रत अली की कुछ नीतियों से अप्रसन्न होकर अस्तित्व में आया खारजी का शाब्दिक अर्थ होता है . निकाला जाने वाला इस फिरके के लोग आजकल उत्तरी के अफ्रीका में पाये जाते हैं । ये खलीफा की नियुक्ति जनतान्त्रिक प्रणाली से करवाने के पक्षधर है । इनमें से कुछ का विश्वास था कि सुराए युसुफ वास्तव में कुरआन का भाग नहीं था उस्मान और अली पर इस्लाम को बिगाड़ने का दोष लगाकर उन्हें निरस्त करते थे और यह कहते थे कि इन खलिफाओं ने कुरआन और उसकी शिक्षा की उपेक्षा की है ।

2- मोतजल- मोतजल का अर्थ होता है एकान्त, इस विचारधारा का संस्थापक पासलबिन अता था ये लोग कुरान और इस्लाम के बुनियादी विश्वासों में बुद्धि के उपयोग पर बल देते हैं और इनका मानना है कि जो कुछ प्राचीनकाल में विद्वानों ने कहा , उसे आँख मूंद कर मान लेना उचित नहीं ।

3 खोजा- गुजरात काठियावाड़ , मुंबई , हैदराबाद और सूरत में बहुत से व्यापारी मुसलमान ऐसे हैं जो खोजा मुसलमान कहलाते हैं । इनके पूर्वज हिन्दू से मुसलमान हुए थे , इसलिए यह देखा गया है कि ये लोग अभी भी हिन्दू रीति रिवाजों का पालन करते हैं ।

4- बोहरा- यह एक व्यापारिक वर्ग है ये लोग भारत के पश्चिमी तट पर रहने वाले हिन्दू ये जो यमन और मिश्र से व्यापार करते थे । इनका संबंध शियाओं के उन फिरकों में से है , जो इमाम इस्माइल के अनुयायी है दाऊदी बोहरों का धर्मगुरु बम्बई में और सुलेमानी बोहरों का धर्मगुरू यमन में रहता है ।

5- अहमदिया या कादियानी- इसका संस्थापक निर्जा गुलाम अहमद कादियानी। अहमदियों का मानना है कि मिर्जा गुलाम अहमद आने वाले वह मसीह है , जिनकी प्रतीक्षा यहूदियों मसीहियों औ मुसलमानों को है और हिन्दुओं के मिर्ज़ा साहब श्री कृष्ण हैं । यह इस्लाम से खारिज है । ये लोग भारत एवं पाकिस्तान में है । कादियानी की पवित्र पुस्तक अलकिताबुल मुबीन (अलनपूताफी अलालिहान) है । मिर्ज़ा गुलाम अहमद कादियानी का जन्म 1260 हि ॰ या 1845 ईस्वी में अमृतसर से शमाल मशरिक की समत बाके शहर बताता से मील के फासले पर बाके कादियान नामी गांव में हुआ था । इनके पिता का नाम मिर्जा गुलाम मुर्तजा था । मिर्ज़ा साहब ने उर्दू , अरबी और फारसी की शिक्षा ग्रहण की ।

6- अलवी सम्प्रदाय- इन्हीं को हम नुसारी भी कहते हैं ये कुछ प्रमुख विशेषता इस्लाम धर्म की भी रखते हैं और कुछ ऐसे तत्व भी मानते हैं जिनकी मान्यता इस्लाम धर्म में नहीं है अली को भी पूज्य मानते हैं। यह सीरिया में पाए जाते हैं संपूर्ण पश्चिम एशिया में इनकी संख्या लगभग 4 लाख से अधिक है।

7- इस्माइल- इन्होंने एक दार्शनिक मत को माना है जो इस्लाम धर्म से कहीं दूर है । अवतार आकाशवाणी पुनर्जन्म और उत्पत्ति आदि पर एक विशेष मत प्रचलित किया गया । इस्लाम के आदेशों को यह अन्धविश्वास के रूप में मानते हैं | ये सीरिया में पाये जाते हैं ।

8 दूज सम्प्रदाय- यह सम्प्रदाय इस्माइल सम्प्रदाय से ही निकला है । इनका कहना है कि हकीम अन्तिम अवतार थे । उनकी मृत्यु नहीं हुयी है पुनः वापिस आयेंगे ये पुनर्जन्म के सिद्धांतों को भी मानते हैं । ये सीरिया , लेबनान आदि में है । है

9 करमत सम्प्रदाय- इस सम्प्रदाय का अनुयायी मुल्तान का शासक फतेह दाऊद था । इस सम्प्रदाय का संस्थापक हमदान करमत था ।

इस सम्प्रदाय के अनुयायी कट्टर इस्लाम को न मानते थे । यह सम्प्रदाय तर्क, सहिष्णुता तथा समानता पर आधारित था।

10 अहले कुरान- अहले कुरान के अनुसार, अहले कुरान अपने वध के दौरान जानवर को दर्द देने से मना करता है, इस प्रकार उनके लिए, पश्चिमी दुनिया में जानवरों को मारने की तकनीक नाजायज है। सुन्नियों के विपरीत, कुरानवादी अपने दोनों हाथों से खाना खा सकते हैं, यहां तक कि अपने बाएं हाथों से भी क्योंकि कुरान इसकी मनाही नहीं करता है।

कुरान धर्म में वस्त्र महत्वपूर्ण भूमिका नहीं निभाते हैं। सभी कुरानवादी आंदोलन इस बात से सहमत हैं कि कुरान में वर्णित नियमों को छोड़कर इस्लाम में पारंपरिक कपड़ों का कोई सेट नहीं है। इसलिए दाढ़ी जैसी पारंपरिक इस्लामी शैली जरूरी नहीं है। जो अनिवार्य है वह विनम्र होना है।

कुरानवादियों का मानना है कि हदीस, धर्म के विश्वसनीय स्रोत नहीं होने के बावजूद, ऐतिहासिक घटनाओं पर एक विचार प्राप्त करने के लिए एक संदर्भ के रूप में इस्तेमाल किया जा सकता है। उनका तर्क है कि इतिहास पर एक सामान्य विचार प्राप्त करने के लिए हदीस का उपयोग करने में कोई बुराई नहीं है, जबकि उन्हें कुछ ऐतिहासिक तथ्यों के रूप में नहीं लेना है। उनके अनुसार, इतिहास के बारे में एक हदीस कथन सत्य हो सकता है या गलत हो सकता है, लेकिन एक हदीस का वर्णन धर्म में नियमों को जोड़ना हमेशा पूरी तरह से गलत होता है। उनका मानना है कि कथावाचक की विश्वसनीयता हदीस को विश्वसनीयता देने के लिए पर्याप्त नहीं है, जैसा कि वे कहते हैं, कुरान में कहा गया है कि मुहम्मद खुद नहीं पहचान सकते थे कि कौन वास्तविक आस्तिक था और उनके दिमाग में पाखंडी कौन थे। इसके अलावा, कुरानवादियों ने सहीह मुस्लिम 42:7147 का हवाला देते हुए

कहा कि मुहम्मद ने कुरान के अलावा किसी भी हदीस को मना किया है।

निम्नलिखित पहलुओं को आगे के उदाहरणों के रूप में उद्धृत किया जा सकता है, जिन्हें पारंपरिक इस्लाम की तुलना में, कुरानवादियों द्वारा खारिज कर दिया जाता है या अप्रासंगिक माना जाता है:

कुरान के लोग खतना को अप्रासंगिक मानते हैं।

कुरानिस्ट ईद अल-फितर (उपवास तोड़ने का त्योहार) और ईद उल-अधा (बलिदान का इस्लामी त्योहार) को केवल सांस्कृतिक अवकाश के रूप में देखते हैं, पवित्र नहीं।

कुरानिस्ट आमतौर पर हेडस्कार्फ़ (हिजाब) नहीं पहनते हैं।

कुरान के अनुयायी मिलावटखोरों या समलैंगिकों को पत्थर मारने और यातना देने के सख्त खिलाफ हैं।

कुरान के अनुयायी संगीत, गायन, चित्रकला पर प्रतिबंध के खिलाफ हैं। इसमें नबियों के चित्र शामिल हैं, एक अभ्यास कुरानवादियों ने तब तक मना नहीं किया है जब तक छवियों को मूर्तिपूजा नहीं किया जाता है।

कुरान के लोग सोने या रेशमी कपड़े पहनने, दाढ़ी मुंडवाने आदि की मनाही के खिलाफ हैं।

कुरान के अनुयायी कुत्तों को अशुद्ध नहीं मानते हैं और न ही इससे बचना चाहते हैं।

कुरानवादी जरूरी नहीं कि इमाम महदी या दज्जाल में विश्वास करें, क्योंकि कुरान में उनका उल्लेख नहीं है।

इस्लाम के भीतर एक आंदोलन है। यह मानता है कि पारंपरिक धार्मिक पादरियों ने धर्म को भ्रष्ट कर दिया है, और इस्लामी मार्गदर्शन पूरी तरह से कुरान पर आधारित होना चाहिए, इस प्रकार हदीस साहित्य और अतिरिक्त गैर-कुरैनिक स्रोतों के सभी या अधिकांश धार्मिक अधिकार का विरोध करना चाहिए।

कुरानवादियों का मानना है कि कुरान में धार्मिक कानून पहले से ही स्पष्ट और पूर्ण हैं, और बाहरी ग्रंथों को संदर्भित किए बिना समझा जा सकता है।

कुरानवादियों का दावा है कि हदीस साहित्य का अधिकांश भाग बनावटी है और कुरान स्वयं तकनीकी अर्थों और सामान्य अर्थों में हदीस की आलोचना करता है।

कोई एकल संस्थापक आंकड़ा नहीं। कुरानवाद के अनुयायी मानते हैं कि इस्लाम की स्थापना इब्राहीम ने की थी, और कुरानवाद की स्थापना कुरान के पहले पाठक मुहम्मद ने की थी।

अधिकांश कुरानवादी कुरान की अपनी समझ को दो भागों में बांटते हैं। एक भाग कुरान के कुछ हिस्सों को संदर्भित करता है जो इस्लामी पैगंबर मुहम्मद के जीवन के दौरान न्यूनतम संदर्भ घटनाओं को संदर्भित करता है, जो कुरानवादियों का मानना है कि पूर्ण संदर्भ के लिए ऐतिहासिक अध्ययन या हदीस की आवश्यकता हो सकती है, भले ही कुरान क्या संदेश दे रहा है यह समझने के लिए पूर्ण ऐतिहासिक संदर्भ की आवश्यकता नहीं हो सकती है ऐसे संदर्भों के साथ। दूसरे भाग में बाकी कुरान शामिल है जो कुरानवादियों के अनुसार इस्लाम का आधार है और इसे हदीस के संदर्भ के बिना समझा जा सकता है। नतीजतन, विश्वास, न्यायशास्त्र और कानून के मामलों में, कुरानवादी सुन्नियों और शियाओं के साथ भिन्न होते हैं जो हदीस, विद्वानों की राय, साहबा, इज्मा और क़ियास की राय पर विचार करते हैं। कुरान के अलावा कानून और पंथ के मामलों में इस्लाम का विधायी अधिकार। इस्लाम के प्रत्येक हदीस-अनुमोदक संप्रदाय के पास हदीस का अपना अलग संग्रह है जिस पर उसके मुसलमान भरोसा करते हैं, लेकिन उन्हें अन्य संप्रदायों द्वारा खारिज कर दिया जाता है, जबकि कुरानवादियों ने हदीस के सभी

अलग-अलग संग्रहों को अस्वीकार कर दिया है और उनका अपना कोई नहीं है।

इस पद्धतिगत अंतर ने कुरानवादियों और सुन्नियों और शियाओं के बीच धर्मशास्त्र और कानून के साथ-साथ कुरान की समझ के मामलों में काफी भिन्नता पैदा की है।

कुरानवाद अन्य अब्राहमिक धर्मों में आंदोलनों के समान है जैसे कि यहूदी धर्म में कैराइट और कुछ प्रोटेस्टेंटों के सोला स्क्रिपचुरा दृष्टिकोण।

एन डी परंपरा।"

मुहम्मद की मृत्यु के बाद की सदियों में, कुरानवादियों ने नस्ख में विश्वास नहीं किया।   कुफन विद्वान दीरार इब्न अम्र के कुरानवादी विश्वास ने उन्हें 8वीं शताब्दी में अल-मसीह विज्ञापन-दज्जाल, कब्र की सजा, और शफाह में इनकार करने के लिए प्रेरित किया।

मिस्र के विद्वान मुहम्मद अबू जायद की कुरानवादी टिप्पणियों ने उन्हें 20 वीं शताब्दी की शुरुआत में इसरा और मिराज में विश्वास को अस्वीकार करने के लिए प्रेरित किया।   1930 में प्रकाशित अपने तर्कवादी कुरान कमेंट्री में, जो कुरान की व्याख्या के लिए कुरान का उपयोग करता है, उन्होंने दावा किया कि 17:1 पद हिजड़ा के लिए एक संकेत था, न कि इसरा और मिराज के लिए।

सैयद अहमद खान ने तर्क दिया कि, जबकि कुरान सामाजिक रूप से प्रासंगिक बना हुआ है, हदीस पर निर्भरता कुरान की विशाल क्षमता को एक विशेष सांस्कृतिक और ऐतिहासिक स्थिति तक सीमित कर देती है।

हदीस और सुन्नत के अधिकार को कुरानवादियों ने जिस हद तक खारिज किया है, वह भिन्न है,   लेकिन अधिक स्थापित समूहों ने हदीस के अधिकार की पूरी तरह से आलोचना की है और कई कारणों से इसे खारिज कर दिया है।   कुरानवादियों का सबसे आम विचार यह

है कि कुरान में इस्लामी धर्मशास्त्र और अभ्यास के स्रोत के रूप में हदीस का उल्लेख नहीं किया गया है, मुहम्मद की मृत्यु के एक सदी बाद तक लिखित रूप में दर्ज नहीं किया गया था, और इसमें आंतरिक त्रुटियां और विरोधाभास शामिल हैं साथ ही कुरान के साथ विरोधाभास। सुन्नी मुसलमानों के लिए, "सुन्नत", यानी पैगंबर का सुन्नत (रास्ता), इस्लामी कानून के दो प्राथमिक स्रोतों में से एक है, और जबकि कुरान में मुसलमानों को पैगंबर का पालन करने के लिए छंद है, कुरान कभी भी इस बारे में बात नहीं करता है " सुन्नत" मुहम्मद या अन्य नबियों के संबंध में। सुन्नत शब्द कई बार प्रकट होता है, जिसमें वाक्यांश "सुन्नत अल्लाह" (ईश्वर का मार्ग), लेकिन "सुन्नत अल-नबी" (पैगंबर का तरीका) शामिल नहीं है - हदीस के समर्थकों द्वारा प्रथागत रूप से इस्तेमाल किया जाने वाला वाक्यांश।

कुरानवादियों का मानना है कि कुरान इस्लाम में धार्मिक कानून और मार्गदर्शन का एकमात्र स्रोत है और हदीस और सुन्नत जैसे कुरान के बाहर के स्रोतों के अधिकार को अस्वीकार करता है। कुरानवादियों का सुझाव है कि हदीस साहित्य का विशाल बहुमत जाली है और कुरान हदीस की तकनीकी और सामान्य अर्थों में आलोचना करता है।

कुरानवादियों का दावा है कि सुन्नी और शियाओं ने अपने एजेंडे का समर्थन करने के लिए छंदों के अर्थ को विकृत कर दिया है, विशेष रूप से महिलाओं और युद्ध के बारे में छंदों में। धर्मशास्त्र में इन अंतरों के कारण, पारंपरिक इस्लामी और कुरानवादी प्रथाओं के बीच मतभेद हैं: कुरानवादियों द्वारा स्वीकार किया गया शाहदा ला इलाहा इल्लल्लाह है: "ईश्वर के अलावा पूजा के योग्य कुछ भी नहीं है"।

कुरानवादियों के बीच, अनुष्ठान प्रार्थना (सलाह) में अलग-अलग विचार पाए जा सकते हैं। कुरान के अधिकांश आंदोलन, पारंपरिक इस्लाम की तरह, दिन में पांच बार प्रार्थना करते हैं, लेकिन ऐसे भी हैं जो तीन या दो दैनिक प्रार्थना करते हैं। कुरान के अल्पसंख्यक, अरबी

शब्द salāt को आध्यात्मिक संपर्क या कुरान के पालन और भगवान की पूजा के माध्यम से भगवान की आध्यात्मिक भक्ति के रूप में देखते हैं, और इसलिए प्रदर्शन करने के लिए एक मानक अनुष्ठान के रूप में नहीं।

मुहम्मद और इब्राहीम के लिए आशीर्वाद, जो पारंपरिक अनुष्ठान का हिस्सा हैं, अधिकांश कुरानवादियों द्वारा प्रार्थना के आह्वान में और प्रार्थना में ही अभ्यास नहीं किया जाता है, यह तर्क देते हुए कि कुरान में प्रार्थना का उल्लेख केवल भगवान के लिए है, और कुरान विश्वासियों को बनाने के लिए कहता है किसी भी दूत के बीच कोई भेद नहीं।

अन्य मामूली अंतर हैं, कुरानवादियों के लिए महिला का मासिक धर्म प्रार्थना में बाधा नहीं बनता है, पुरुषों और महिलाओं को एक मस्जिद में एक साथ प्रार्थना करने की अनुमति है और एक बार प्रार्थना छूटने के बाद बाद में कोई पकड़ नहीं है।

 प्रार्थना में स्नान (वूडू) में केवल चेहरा धोना, कोहनी तक हाथ धोना और सिर और पैरों को सहलाना शामिल है, क्योंकि कुरान में केवल इन चरणों का उल्लेख है।

 पारंपरिक इस्लाम में, ज़कात देना एक धार्मिक कर्तव्य है और वार्षिक आय का 2.5 प्रतिशत है। कुरान के लोग कुरान की आयतों के आधार पर जकात देते हैं। कई कुरानवादियों की राय में, ज़कात का भुगतान किया जाना चाहिए, लेकिन कुरान एक प्रतिशत निर्दिष्ट नहीं करता है क्योंकि यह कुरान में स्पष्ट रूप से प्रकट नहीं होता है। अन्य कुरानवादी 2.5 प्रतिशत के साथ सहमत हैं, लेकिन ज़कात सालाना नहीं देते हैं, लेकिन हर पैसे से जो वे कमाते हैं।

 अधिकांश कुरानवादी पूरे रमजान के लिए उपवास करते हैं, लेकिन रमजान के आखिरी दिन को पवित्र दिन के रूप में नहीं देखते हैं।

हज में अतिरिक्त-कुरैनिक परंपराएं, जैसे कि काले पत्थर को चूमना या गले लगाना और पत्थर फेंककर शैतान का प्रतीकात्मक पत्थरबाजी को खारिज कर दिया जाता है और कुरानवादियों द्वारा संभव शिर्क के रूप में देखा जाता है।

सुन्नी हदीस के अनुसार, जो मुसलमान अपना धर्म छोड़ देता है उसे मार दिया जाना चाहिए। हालाँकि, चूंकि कुरानवादी हदीस को स्वीकार नहीं करते हैं और धर्मत्यागियों को मारने का कोई आदेश कुरान में नहीं पाया जा सकता है, इसलिए वे इस प्रक्रिया को अस्वीकार करते हैं। इसके अलावा, 2:256, जिसमें कहा गया है कि "धर्म में कोई बाध्यता/दबाव नहीं होगा", को ध्यान में रखा जाता है और सभी को अपने धर्म पर स्वतंत्र रूप से निर्णय लेने की अनुमति है।

सुन्नियों और शियाओं के विपरीत, बहुविवाह (एकाधिक पत्नियां रखने) के संबंध में कुरानवादियों के बहुत सख्त नियम हैं। कुछ कुरानवादी आंदोलन केवल अनाथों को गोद लेने की शर्त पर बहुविवाह की अनुमति देते हैं जिनकी मां हैं और उन्हें खोना नहीं चाहते हैं, लेकिन अन्य कुरानवादी आंदोलनों का तर्क है कि हालांकि यह स्पष्ट रूप से प्रतिबंधित नहीं है, बहुविवाह अतीत की बात है क्योंकि नियम जो हैं कुरान में निहित बहुत सख्त हैं और उन्हें पृथ्वी पर लगभग किसी ने भी पूरा नहीं किया है, इसलिए अब बहुविवाह का अभ्यास नहीं किया जा सकता है। अत्यंत दुर्लभ मामले में जिसमें इसका अभ्यास किया जा सकता है, पत्नियों की संख्या की एक सख्त सीमा है, जो चार है।

अधिकांश कुरानवादी आंदोलन "पवित्र युद्ध" को पूरी तरह से रक्षात्मक युद्ध के रूप में व्याख्या करते हैं, क्योंकि उनके अनुसार कुरान में एकमात्र युद्ध की अनुमति है। एक युद्ध केवल "पवित्र" होता है जब मुसलमानों को उनकी ही भूमि पर धमकी दी जाती है। इसलिए, सुन्नियों और सलाफी-जिहादियों के विपरीत, कुरानवादियों

के लिए "पवित्र युद्ध" किसी भी परिस्थिति में गैर-मुस्लिम देशों या समुदायों के खिलाफ आक्रामक युद्ध का उल्लेख नहीं करता है।

कुरानवादियों ने अपने विश्वासों को मुहम्मद के समय से जोड़ा है, जिनके बारे में उनका दावा है कि उन्होंने हदीसों के लेखन पर रोक लगा दी थी। जैसा कि उनका मानना है कि हदीस, धर्म के विश्वसनीय स्रोत नहीं होने के बावजूद, ऐतिहासिक घटनाओं पर एक विचार प्राप्त करने के लिए एक संदर्भ के रूप में इस्तेमाल किया जा सकता है, वे अपने विश्वासों का समर्थन करने के लिए प्रारंभिक इस्लाम के बारे में कई कथन बताते हैं। इनमें से एक कथन के अनुसार, मुहम्मद के एक साथी और उत्तराधिकारी उमर ने भी हदीस के लेखन को प्रतिबंधित किया और खलीफा के रूप में अपने शासन के दौरान मौजूदा संग्रह को नष्ट कर दिया। इसी तरह की रिपोर्टों में दावा किया गया है कि जब उमर ने कूफ़ा के लिए एक गवर्नर नियुक्त किया, तो उसने उससे कहा: "आप एक ऐसे शहर के लोगों के पास आएंगे, जिनके लिए कुरान की गूंज मधुमक्खियों के भिनभिनाने के समान है। इसलिए, उन्हें विचलित न करें। हदीस, और इस प्रकार उन्हें संलग्न करें। कुरान को नंगे करें और हदीस को अल्लाह के दूत से अलग करें!"।

हालांकि, उमर ने कुफानों के धार्मिक जीवन में कुरान की केंद्रीयता का वर्णन तेजी से बदल रहा था। कुछ दशकों बाद, उम्मायद खलीफा अब्द अल-मलिक इब्न मारवान को कुफ़ान के बारे में एक पत्र भेजा गया था: "उन्होंने अपने अल्लाह के फैसले को त्याग दिया और अपने धर्म के लिए हदीस ले ली; और वे दावा करते हैं कि उन्होंने ज्ञान के अलावा अन्य ज्ञान प्राप्त किया है कुरान ... वे एक ऐसी किताब में विश्वास करते थे जो ईश्वर की ओर से नहीं थी, जो मनुष्यों के हाथों से लिखी गई थी, फिर उन्होंने इसका श्रेय ईश्वर के दूत को दिया।"

बाद के वर्षों में, हदीसों के लेखन और पालन के खिलाफ निषेध इस हद तक कम हो गया था कि उम्मायद नेता उमर द्वितीय ने हदीस के

पहले आधिकारिक संग्रह का आदेश दिया था। अबू बक्र इब्न मुहम्मद इब्न हज़्म और इब्न शिहाब अल-ज़ुहरी, उन लोगों में से थे जिन्होंने उमर ॥ के कहने पर हदीसें लिखी थीं।

हदीसों के प्रति रुझान के बावजूद, अब्बासिद राजवंश के दौरान उनके अधिकार पर प्रश्नचिह्न जारी रहा और अल-शफी के समय में अस्तित्व में रहा, जब "अहल अल-कलाम" के नाम से जाने जाने वाले एक समूह ने तर्क दिया कि मुहम्मद का भविष्यवाणी उदाहरण "में पाया जाता है" हदीस के बजाय "अकेले कुरान का पालन करना"। उनके अनुसार, अधिकांश हदीस केवल अनुमान, अनुमान और बिदा थी, जबकि ईश्वर की पुस्तक पूर्ण और परिपूर्ण थी, और इसके पूरक या पूरक के लिए हदीस की आवश्यकता नहीं थी।

ऐसे प्रमुख विद्वान थे जिन्होंने दीरार इब्न अम्र जैसे पारंपरिक हदीस को खारिज कर दिया था। उन्होंने हदीस के भीतर विरोधाभास नामक एक पुस्तक लिखी। हालांकि, ज्वार पिछली शताब्दियों से इस हद तक बदल गया था कि दीरार को पीटा गया था और उसे अपनी मृत्यु तक छिपा रहना पड़ा था। दीरार इब्न अम्र की तरह, विद्वान अबू बक्र अल-असम का भी हदीसों के लिए बहुत कम उपयोग था।

19वीं शताब्दी के दौरान दक्षिण ऐशिया में, अहले कुरान आंदोलन आंशिक रूप से अहले हदीस की प्रतिक्रिया में गठित हुआ, जिसे वे हदीस पर बहुत अधिक जोर देना मानते थे। दक्षिण ऐशिया के कई अहले कुरान अनुयायी पूर्व में अहले हदीस के अनुयायी थे लेकिन कुछ हदीसों को स्वीकार करने में खुद को असमर्थ पाते थे। अब्दुल्ला चक्रलावी, ख्वाजा अहमद दीन अमृतसरी, चिराग अली और असलम जयराजपुरी उन लोगों में से थे जिन्होंने उस समय भारत में कुरान की मान्यताओं को प्रख्यापित किया था।

मिस्र में 20वीं सदी की शुरुआत में, मुहम्मद तौफीक सिद्दकी जैसे कुरानवादियों के विचार मुहम्मद अब्दुह के सुधारवादी विचारों से

विकसित हुए, विशेष रूप से तकलिद की अस्वीकृति और कुरान पर जोर। मिस्र के मुहम्मद तौफीक सिद्दीकी ने "यह माना कि हदीस में से कुछ भी दर्ज नहीं किया गया था जब तक कि कई बेतुकी या भ्रष्ट परंपराओं की घुसपैठ की अनुमति देने के लिए पर्याप्त समय बीत चुका था।" मुहम्मद तौफीक सिद्दीकी ने अल-इस्लाम हुवा उल-कुर नामक एक लेख लिखा था।

मिस्र में उनके कुछ समकक्षों जैसे मुहम्मद अबू ज़ायद और अहमद सुभी मंसूर की तरह, ईरान में कुछ सुधारवादी विद्वान जिन्होंने कुरानवादी मान्यताओं को अपनाया, वे उच्च शिक्षा के पारंपरिक संस्थानों से आए थे। शेख हादी नजमाबादी, मिर्जा रिदा कुली शरीयत-सांगलाजी, मोहम्मद सादेकी तेहरानी और अयातुल्ला बोरकी नजफ और कोम में पारंपरिक शिया विश्वविद्यालयों में शिक्षित थे। हालांकि, उनका मानना था कि कुछ विश्वास और प्रथाएं जो इन विश्वविद्यालयों में सिखाई जाती थीं, जैसे कि इमामजादे की पूजा और राजा में विश्वास, तर्कहीन और अंधविश्वासी थे और कुरान में इसका कोई आधार नहीं था। [78] और हदीस के लेंस के माध्यम से कुरान की व्याख्या करने के बजाय, उन्होंने कुरान की व्याख्या कुरान (तफसीर अल-कुरान बि अल-कुरान) के साथ की। इन सुधारवादी विश्वासों ने अयातुल्ला खुमैनी जैसे पारंपरिक शिया विद्वानों की आलोचना को उकसाया, जिन्होंने अपनी पुस्तक काशफ अल-असरार में सांगलाजी और अन्य सुधारवादियों द्वारा की गई आलोचनाओं का खंडन करने का प्रयास किया। कुरान-केंद्रित मान्यताएं ईरानी अमेरिकी, अली बेहज़ादनिया जैसे आम मुसलमानों में भी फैल गई हैं, जो ईरानी क्रांति के तुरंत बाद स्वास्थ्य और कल्याण के उप मंत्री और शिक्षा मंत्री बने। उन्होंने अलोकतांत्रिक और "कुरान के इस्लाम" के लिए पूरी तरह से अलग होने के लिए ईरान में सरकार की आलोचना की है।

कुरानवाद ने 20वीं शताब्दी में एक राजनीतिक आयाम भी ग्रहण किया जब मुअम्मर अल-गद्दाफ़ी ने कुरान को लीबिया का संविधान घोषित किया। गद्दाफी ने इस्लामी शासन के लिए एकमात्र मार्गदर्शक के रूप में कुरान की श्रेष्ठता और इसे पढ़ने और व्याख्या करने के लिए हर मुसलमान की अबाधित क्षमता पर जोर दिया। उसने धार्मिक प्रतिष्ठान और सुन्नी इस्लाम के कई मूलभूत पहलुओं पर हमला करना शुरू कर दिया था। उन्होंने उलमा, इमामों और इस्लामी न्यायविदों की भूमिकाओं को नकार दिया और हदीस की प्रामाणिकता पर सवाल उठाया, और इस तरह सुन्ना, इस्लामी कानून के आधार के रूप में।

यह सम्प्रदाय केवल कुरान को ही मान्यता देते हैं । हदीस को नहीं मानते ।

11- सूफी मत- यह मत 11 वीं शताब्दी में एक रहस्यवादी आन्दोलन के रूप में शुरू हुआ । मोहम्मद साहब की मृत्यु के बाद इस्लाम के अनुयायियों में सन्त सूफियों की एक ऐसी परम्परा चली जिन्होंने ईश्वर से व्यक्तिगत सम्पर्क की पद्धति पर आधारित भक्ति श्रद्धा प्रार्थना और अध्यात्मिक जीवन पर बल दिया ।

इनमें अनेक शाखाएं हैं –

(1) चिश्ती (2) सुहरावर्ती (3) शत्तारी परम्परा (4) कादरी परम्परा (5) नक्शबन्दी परम्परा

12- बरेलवी या नूरानी- इनका विश्वास निम्न है रसूललाह स ॰ जिन्दा है ,) रसूलल्लाह स ॰ हाजिर नाजिर हैं । खसुसन नमाज़ जुमे के फौरन या निस मजलिस में आपका ज़िक्र हो आप हाज़िर हो जाते हैं । यह अकीदा कि हुज़ूर स ॰ की शफाअत पहले ही कबूल हो चुकी है और आप हमारा सब का जन्नत में दाखिल करवा देंगे । यह लोग औलिया कराम और कब्रों में मरफून अफराद से कुछ इस तरह की अकीदत रखते हैं कि इनके पास नमाज़ पढ़ते हैं और इनसे हाजत

रुवाई की दरख्वास्त करते हैं । कब्रों पर गुम्बद बनाते हैं और रोशनी करते हैं | खुद को सहीह अहले सुन्नत और सहीह अकीदा के हामिल समझते हैं और दूसरों को गलती पर समझते हैं ।

अरबी भाषा- अरब के प्राचीन अभिलेखों से कुछ ऐसी भाषाओं का पता चला है जो उत्तर की थी तथा दक्षिणी में लिखी जाती थी । भाषा का वह वह रूप जिसमें आज अरबी भाषा तथा साहित्य का प्राधान्य है और जिसने शताब्दियों ख्याति प्राप्ति की वह कुरैश जाति की थी | सामी भाषा परिवार की दक्षिणी शाखा में लगभग 1300 ई॰ पू॰ से पुरानी अरबी भाषा का प्रादुर्भाव हुआ । यही भाषा बहुत दिनों के बाद कुरआन शरीफ में व्यसक रूप धारण करने वाली थी ।

शिया

शिया मत मुख्यतः चार सम्प्रदायों में बंटा है

1 जैदिया- इस फिरके के लोग सुन्नुयों के अधिक निकट हैं । ये लोग यह तो मानते हैं कि इमाम अल्लाह की ओर से नियुक्त होते हैं , परन्तु यह नहीं मानते कि इमाम दिव्य होते हैं । इमानों को ये केवल एक उत्तम पुरुष ही मानते हैं ।

2 इमामिया- इस फिरके के लोग बारह इमामों को मानते हैं । इसलिए इनको बारह इमामों को मानने वाले भी कहते हैं । अंतिम इमाम यानी बारहवा इमाम हजरत इमाम मोहम्मद मेहंदी अदृश्य हो गए हैं जो अभी तक जीवित हैं और वही पुन प्रकट होंगे और लोगों का निर्देशन करेंगे । यहीं से मेहदी के पुनः आगमन का विश्वास प्रारम्भ होता है | मेहदी अभिप्राय है . हिदायत किया गया । अदृश्य इमाम के स्थान पर मुज्तहित लोगों का पंथ प्रदर्शन करता है | किरका इमामिया के लोग अधिकतर ईरान में पाये जाते हैं ।

बारह इमामों के नाम इस प्रकार हैं –

(1) हज़रत अली (2) इमाम हसन (3) इमाम हुसैन (4) इमाम जैनुल आब्दीन (5) इमाम मोहम्मद बाकर (6) इमाम जाफर

सादिक , (7) इमाम मूसा काज़िम (8) इमाम अली रजा (9) इमाम मोहम्मद तकी (10) इमाम अली नकवी , (11) इमाम हसन असकरी (12) इमाम मोहम्मद

मेंहदी –यह सम्प्रदाय पंचतन पाक को भी मानते हैं | पंचतन पाक से अभिप्राय है पाच पवित्र व्यक्ति अर्थात हजरत मोहम्मद हज़रत अली , हज़रत फातिमा , इमाम हसन और इमाम ड़ुसैन हज़रत मोहम्मद स० ने एक बार हज़रत फातिमा के घर में स्वयं को और अन्य चार उपरोक्त व्यक्तियों को चादर में लपेट लिया था | तब हज़रत जिबरील ने रसूल अल्लाह को सुचना दी कि खुदा ने इस चादर को समस्त व्यक्तियों को इस संसार में और उस संसार में श्रेष्ठता प्रदान की है । इन पांचों व्यक्तियों को एहले बैत भी कहा जाता है ।

3 इस्माईलिया- ये लोग इमामिया फिरके से इमामत के प्रश्न पर मतभेद रखते हुए अन्य बातों में इमामिया से एक मत है । इनकी मान्यता है कि छठे इमाम जाफर सादिक के बड़े बेटे इस्माईल (जिनको खिलाफत के लिए निरस्त करके छोटे भाई मूसा को खलीफा चुन लिया गया था ।) वास्तव में खिलाफत के अधिकारी हैं और वहीं इमाम जाफर सादिक के बाद सातवें इमाम हैं । शियों की बड़ी संख्या ने इमाम मूसा को इमाम मान लिया और कुछ लोगों ने इस्माईल का साथ दिया । जिन्होंने इस्माईल का साथ दिया उन्हें इस्माईलिया कहते हैं | इस्माईलियों का विश्वास है कि सातवें इमाम के पश्चात इमाम लोगों की दृष्टि से अदृश्य रहने लगे | ये लोग सात इमामों को मानते हैं | इन लोगों का भी यह विश्वास है कि काल इमाम से खाली नहीं रहता यद्यपि इमाम लोगों की दृष्टि से ओझल रहता है । इनके यहा सात शब्द बहुत पवित्र माना जाता है । वस्तुतः अहलेबैत अर्थात हज़रत मो ० स ० का परिवार , इसलिए हज़रत मो ० स ० को पत्नियाँ पुत्री स्वयं को अहलेबैत कहते हैं लेकिन शिया लोग केवल हजरत मो ०

स ० हज़रत अली , हज़रत फातिमा , हजरत हसन , हजरत हुसैन को मानना न्यायसंगत नहीं . है।

अहले हक (Ahl-i-Haq)- 'सत्य के लोग', नाममात्र के एक अति-शिया संप्रदाय, जिनके कुछ विश्वास, या कभी, या स्वतंत्र इस्लामी ईरानी मूल के, समूह का दूसरा नाम यार्सन है। संप्रदाय के प्रारंभिक इतिहास के बारे में कुछ भी नहीं है, सुल्तान सहक (या इशहाक), कुर्दिस्तान (14-15 वीं शताब्दी सीई) में रहने वाले दिव्य अवतारों में से एक, व्यापक रूप से संस्थापक [7:12] के रूप में माना जाता है। ईरानी कुर्दिस्तान (किरमानशाह प्रांत) अभी भी संप्रदाय का गढ़ है। पत्र, अहल-ए-हक़ मान्यताओं का प्रसार हुआ, अब कुर्दिस्तान के बाहर ईरान और इराक के विभिन्न स्थानों में और तुर्की में कुछ बड़े समुदाय हैं। उनकी संख्या का अनुमान 500,000 से अधिक [6:39] से लेकर कई लाख तक है। अहल-ए-हक़ का मानना है कि सृष्टि से पहले ईश्वर एक मोती में रहता था। मोती के अंदर उन्होंने दिव्य प्राणियों का एक हेप्टेड (हफ्तान) बनाया। उसने हेप्टेड के नेता के साथ एक वाचा बाँधी। संयोजक के साथ एक बैल की बलि दी गई और उसके बाद मोती से संसार की रचना की गई [6 : 9] . इतिहास, अहल-ए हक के अनुसार शिक्षण चक्रीय है, और भगवान और हेप्टेड के सदस्य मानव रूप में बार-बार प्रकट होते हैं, इस प्रकार सुल्तान सहक और अली, पैगंबर मोहम्मद के सूर्य, या देवता के दोनों अभिव्यक्तियां। चूंकि उनकी पौराणिक कथाओं में अली का स्थान है, इसलिए समूह खुद को शिया संप्रदाय के रूप में प्रस्तुत कर सकता है, हालांकि वे आम तौर पर बाहरी कर्तव्यों या इस्लाम के स्तंभों का पालन नहीं करते हैं।

समुदाय को एलिवन शाखाओं (खलदान) में विभाजित किया गया है, जिनमें से प्रत्येक का नेतृत्व सैय्यद का परिवार करता है। प्रत्येक सदस्य को दो आध्यात्मिक नेताओं को चुनना होगा, एक पीर, जो सैय्यद है, और एक दलित, जो 'पुरोहित' परिवारों के दूसरे समूह का

सदस्य है। सभी अहल-ए-हक़ को दीक्षा के एक गंभीर समारोह में पूर्ण आज्ञाकारिता के संकेत के रूप में अपने पीर को 'अपना सिर' (सर सिपुरदान) जमा करना होगा।

एक अन्य केंद्रीय समारोह जाम है, 'जिसे साल में कम से कम 17 बार किया जाना चाहिए [6: 156], इसमें एक नर जानवर का बलिदान होता है, जिसके बाद एक अनुष्ठान भोजन होता है, और प्रार्थना और पवित्र ग्रंथों का गायन होता है (कलाम) 16 : 157-8) . उत्तरार्द्ध रहस्यमय संकेतों से भरे हुए हैं और समझदार होने के लिए एक प्रशिक्षित "पाठक" द्वारा विस्तारित किया जाना है। कलाम का गायन एक पवित्र वाद्ययंत्र के संगीत के साथ होता है, तंबूर (ल्यूट), तंबूर संगीत, नृत्य और ध्यान के साथ, परमानंद की स्थिति पैदा कर सकता है जो असामान्य दावतों को करने के लिए पहल करने में सक्षम बनाता है [6: 160 एफ)।

स्थानीय परंपराओं के बीच हमेशा मतभेद रहे हैं, विशेष रूप से कुर्दिस्तान और अजरबैजान की परंपराओं के बीच। हाल ही में एक विकास हज निमातुल्लाह जाहनाबादी (डी. 1920 सीई) द्वारा शुरू किया गया था, जिन्होंने गोपनीयता की पारंपरिक संहिता को तोड़ा, प्राचीन शिक्षाओं को लिखा और उन्हें अधिक समकालीन प्रकाश में प्रस्तुत किया। उनके उत्तराधिकारियों ने अहल-ए-हक़ सिद्धांत को मुख्य धारा के शिया विचारों के अनुरूप लाने की मांग करते हुए और आगे बढ़ गए [2] . परिणामस्वरूप समुदाय अब परंपरावादियों और सुधारवादियों के बीच विभाजित हो गया है। 1960 के दशक से बाद वाले ने गैर-अहल-ए-हक़ के ईरानी बुद्धिजीवियों के बीच निम्नलिखित को आकर्षित किया है। कुछ ईरानी अहल-ए-हक़ अब एक धार्मिक अल्पसंख्यक के रूप में मान्यता की मांग करते हैं, इस्लाम से असंबद्ध, दूसरों का मानना है कि उनका ही उस विश्वास

का एकमात्र सच्चा गूढ़ रूप है, जबकि अधिकांश अधिक उदारवादी विचार रखते हैं।

अन्य इस्लाम का संप्रदाय

अहमदी- अहमदी केवल दो बातों में दूसरे मुसलमानों से पृथक मत रखते हैं पहले यह की नबूवत का द्वार हजरत मोहम्मद के बाद खुला रहा है और हजरत मिर्जा गुलाम अहमद नबी होकर पधारे । यह सत्य है कि वह कोई नई शरीयत नहीं लाए दूसरी बात यह है कि हजरत मसीह सलीब पर चढ़ाएं जरूर गए लेकिन मूर्छित अवस्था में उतार लिए गए और इसी जगत में रहकर मृत्यु को प्राप्त हुए

1) जाफ़री या बारहवादी- यह ईरान का राजकीय धर्म है । - (2) इस्माइली या सातवादीजो संपूर्ण विश्व में बिखरे हैं । (3) जेविजय- यमन का राजकीय धर्म है । 4। अल्वाई- ये उत्तरी सीरिया के निवासी हैं । (पश्चिम एशिया , डॉ के . के . कौल)

इस्माइल आठवीं शताब्दी में इमाम के प्रश्न पर इनका शियाओं से संघर्ष हो गया । इनका कहना है कि वास्तविक वंशानुक्रम इस्माइल से प्रारंभ होना चाहिए जबकि शिया अन्य से मानते हैं । जहमिय्या फिर्का- इस फिर्के की बुनियाद जहम बिन सफवान नामक एक गुमराह व्यक्ति ने डाली और यह फिर्का उसी के नाम से प्रसिद्ध हुआ । बनी उमय्या के शासन काल में मुस्लिम मरवानी ने इसे कत्ल कर डाला था । इस शख्स ने अपने इलाके में बड़ी गुमाएही फैला रखी थी । इस का कहना था कि कुरआन मख्लूक है , अल्लाह ने मूसा से कलाम नहीं किया था , अल्लाह देखा नहीं जाता है , न उस के पास अर्थ है और न ही कुर्सी , इसलिए अर्थ पर बैठना यह ग़लत है । मीज़ान और कब्र का अजाब खाली खूली बहकावे बातें हैं । जन्नत दोजख फना हो जाएंगे । आखिरत में अल्लाह का दीदार नहीं होगा ईमान केवल दिल से मानने का नाम है , ज़बान से एलान करने की आवश्यकता नहीं है . इसलिए अगर कोई जुबान जबान से अल्लाह का इन्कार करे तो ईमान से

खारिज न होगा । आम लोगों और नबियों के ईमान में कोई कमी बेशी नहीं । अल्लाह की जात अर्श पर नहीं बल्कि हर स्थान में मौजूद है ' अल्लाह किसी चीज उस के पैदा करने से पहले नहीं जानता था । सनाई तर्जुमा (हिन्दी कुरआन मजीद , मक्तबा तर्जुमान) ।

जबरिया फिरका- इस फिरके का अकीदा है कि दुनिया में हम जो कुछ भी अच्छा बुरा कार्य करते हैं वह अल्लाह के हुक्म से करते हैं , उनमें इंसान की अपनी कोशिश और मर्जी का का तनिक भर अमल दखल नहीं है ।

4 महदविया सम्प्रदाय- ये लोग सय्यद मोहम्मद जौनपुरी को आने वाला मेंहदी मानते हैं । सप्यद मोहम्मद जौनपुरी का नाम हजरत मोहम्मद के नाम से मिलता था और वह हज़रत मोहम्मद के वंशज में से थे । इनका कहना है कि जौनपुर के कस्बे का नाम महाभारत काल में करीमिया था । जब आपने स्वयं को आने वाला मेहदी कह कर घोषणा की तो आपके साथ लगभग तीन सौ तेरह व्यक्ति थे जो तत्काल आप पर विश्वास ले आये | आपने फरमाया मैं दावा करता हूँ कि मैं ही वह आने वाला व्यक्ति हूँ जिसका वादा किया गया था । अल्लाह तआला का खलीफा और हज़रत मोहम्मद का अधीन हूँ । जो मेरा आज्ञाकारी है वह मोमिन है , और जो मेरी मेहदियत से इन्कार करेगा वह काफिर है । हैदराबाद दक्षिण मेहदविया फिरके का केन्द्र है । यहाँ के मेहदवी विद्वानों का कुरआन और हदीस के विद्वानों में विशेष पद हैं । यह लोग दूसरे इस्लामी फिरके के लोगों के पीछे नमाज नहीं पढ़ते । इनका विश्वास है कि अल्लाह का दर्शन इसी संसार में प्राप्त हो सकता है और इस दर्शन की प्राप्ति प्रत्येक मेहदवी के लिए अनिवार्य है । इसकी प्राप्ति के लिए अल्लाह नाम का जप , अल्लाह पर भरोसा , संसार के मोहमाया का त्याग , सत्यवादी पुरुषों की संगति और एकान्त में जीवन व्यतीत करना आवश्यक है ।

कदरिया सम्प्रदाय - प्रथम हिजरी शताब्दी के अन्त में मोबादअलजहनी हनी (मृत्युकाल 699 ई॰) ने बसरा में कद्र सिद्धांत पर बाद आरंभ किया और उपरोक्त मान्यता का खण्डन किया । यह बड़े आश्चर्य की बात है यद्यपि कटू सिद्धांत का खण्डन और विरोध किया , तथापि इन्हें और इनके शिष्यों को कदरिया कहा गया है । वे जो कद सिद्धांत का पक्ष ग्रहण करते हैं और एक परमनियतिवाद को मानते हैं , जबरिया कहलाते हैं । जबरिया शब्द का अर्थ है जिसे मजबूर किया जाए । हसन अल बसरी के पश्चात कदरिया सम्प्रदाय मोतजल्ली सम्प्रदाय में विलीन हो गया | मोतजल्ली सम्प्रदाय के सबसे बड़े नेता वासिब इब्ने अता (748) और अमरइब्न उबैद (मृत्युकाल 732) थे । ये दोनों बसरा के रहने वाले थे और हसन अल बसरी के मित्र थे ।

अल अशुअरीयः सम्प्रदाय- अल अशरी का नियम यह था कि अल्लाह का हक अल्लाह को , और इन्सान का हक इन्सान को देना चाहिए | इनके अनुसार सारे मनुष्यों में ऐसी योग्यता पायी जाती है कि वे उन कार्यों का जो अल्लाह ने आरम्भ किये । अनुमोदन करें अथवा अपनी स्वीकृति प्रदानकर उन्हें अपने ही कार्य मान लें । अल अशुअरीय का मत खाकी जहा तक वो अल्लाह की वाणी है । वहां तक वो अनादि है , और जहा पुस्तक के रूप में वह मनुष्यों के अधिकार में है और समय पर इस बात प्रकटीकरण हुआ है । वहाँ तक वह सृजित है । अल अश्रअरीय मान्यता है कि अल्लाह पर किसी प्रकार की पाबन्दी थोपी नहीं जा सकती । वह जो चाहता है करता है | यदि वह किसी कार्य को लक्ष्योन्मुक्त करना चाहे तो भी कर सकता है । अल अशुअरीय लिखता है अल्लाह मनुष्य के कार्य को निश्चित करता है और मनुष्य उन्हें केवल स्वीकार (इक्तिसाब) करता है | :

सूफी सम्प्रदाय–

(1) इलहामियाह- यह सम्प्रदाय कुरआन और शरीअत को हर कदम पर बनाये रखता है । इसके अनुयायियों के अनुसार बन्दा और खल्क और हक अर्थात और रचयिता का भेद बना रहता है । इनकी मान्यता है कि उस खाई को , जो इस्लाम के अनुसार और ईश्वर के बीच है , कभी पार नहीं किया जा सकता है।

इलहामी सम्प्रदाय के सूफी इरफान या मारिफत के बिना हम तरीकत पर नहीं पहुंच सकते ।

(2) इत्तहादियाह- मन्सूर हलजाज इस सम्प्रदाय और परम्पराओं के प्रतिनिधि कहे जा सकते हैं । इन सूफियों के अनुसार इस्लाम कुछ नीतियों और रिवाजों की पोटली नहीं वरन आत्म सिद्धि है । ये लोग घोर तपस्या में विश्वास रखते हैं जिसका ज्वलंत उदाहरण अल हसन बसरी (634-728) का जीवन है । ये सूफी इस बात को मानते हैं कि इल्म हमें ईश्वर का ज्ञान नहीं दे सकता । यदि कोई ज्ञान बुद्धि से मिलता भी है तो वह निम्नकोटि का ज्ञान होता है । इन सूफियों का लक्ष्य है मआरिफा अर्थात अल्लाह में एकात्म हो जाना । ये लोग शरीअत की अवहेलना करते हैं और उसे इल्मेसफीनाह (second hand and knowledge सुना सुनाया) मानते हैं , जबकि मआरिफत इल्मे सीनाह (first - hand knowledge) , प्रत्यक्ष या आखों देखा हृदय का ज्ञान) है । ईरान के अधिकांश सूफी इसी परम्परा को मानने लगे । वे ईश्वर की इच्छा और संकल्प पर बल न देकर ईश्वर तत्व पर बल देने लगे , अर्थात इस बात पर कि अल्लाह ही एक मात्र सत्य है और समस्त वस्तुओं का सत्य या सार हैं । इन सूफियों ने अल्लाह का एक नया नाम अर्थात अलहक (Real सत्य) घोषित किया ।

(1) चिश्ती घराना या परम्परा- भारतवर्ष में यह बिरादरी सम्भवतः सबसे प्राचीन है । यह अपने आप को ख्वाजा अबु अबदाल चिश्ती (मृत्युकाल 966 ई 0) से सम्बन्ध करती है । ख्वाजा मुइनुद्दीन चिश्ती , जो सीस्तान (अफगानिस्तान) में * सन् 1142 में पैदा हुए .

चिश्ती परम्परा को भारत में लाये | शेख फरीदुद्दीन , जो बाबा फरीद के नाम से अधिक प्रसिद्ध है और जिनकी दरगाह पाकपतन में है , चिश्ती घराने के संत हैं । नसीरुद्दीन मोहम्मद के बाद चिश्ती परम्परा में शेख सलीम चिश्ती एक प्रसिद्ध संत हुए और मुगल बादशाहों पर आपका बहुत प्रभाव था । 18 वीं शताब्दी के अंत में पुनः चिश्ती परम्परा में जागृति आई और ख्वाजा नूर मोहम्मद किवलाहे आलम ने पंजाब और सिंध में चिश्ती परम्परा को नया जीवन प्रदान किया उर्स का शाब्दिक अर्थ है विवाह भोज उर्स किसी पीर की पुण्यतिथि की स्मृति में मनाया जाता है । इस दिन पीर का मिलाप ईश्वर से होता है।

(2) सूहरावदी परम्परा- बहाऊद्दीन जकरिया जो मुल्तान के निवासी थे , बगदाद में शिहाबुद्दीन सुहरावर्दी से मिले और भारत वापिस आकर सुहरावर्दी घराने की परम्परा को स्थापित किया । इस परम्परा का गुजरात और सिंध में बहुत प्रभाव है ।

(3) शत्तार परंपरा- शब्द शत्तार का अर्थ गति है अर्थात शत्तारी परम्परा के दरवेश इस बात का दावा करते है कि वे अनुयायी को बहुत गति से फना और बका के द्वार तक पहुंचा देते हैं । प्रथम दरवेश का नाम शेख अब्दुल्ला शत्तारी है , जिसने इस परम्परा की नींव रक्खी थी भारतवर्ष में यह तीसरी प्रमुख दरवेश परंपरा है । शत्तारी परंपरा फारस । ईरान से भारत में आई थी और अब्दुल्लाह शत्तारी इस परंपरा को भारत में लाए ।

(4) कादरी परम्परा- कादरी परम्परा के संस्थापक अब्दुल कादिर अल गिलानी अथवा जिलानी थे । अब्दुल कादिर को भारत में पीर दस्तगीर अथवा पीरंपीरान कहते हैं । आपकी मृत्यु के तीन सौ वर्ष बाद कादरी परम्परा सन 1442 में सय्यद बंदगी मोहम्मद गौस द्वारा सिंध प्रान्त में आई ।

5- नक्शबन्दी परम्परा- इस घराने या परम्परा के संस्थापक तुर्किस्तान के ख्वाजा बहाउद्दीन नक्शबन्दी थे । भारत में आपके शिष्य नक्शबन्दी कहलाते हैं । ख्वाजा मोहम्मद बाकी बिलाह बैरंग के द्वारा इस परम्परा ने भारत में प्रवेश किया । कुछ दिद्दानों के अनुसार नक्शबन्दी परम्परा शेख अहमद अल फारूकी द्वारा भारत में आई । फारूकी सरहिन्दी के नाम से प्रसिद्ध हैं । इस परम्परा को भारत में अधिक प्रसिद्धि नहीं मिल पाई । इसका कारण था कि यह परम्परा भारत में आने वाली रहस्यवादी परम्पराओं में सबसे अंतिम थी।

रहस्यवाद की परम्पराओं को दो भागों में विभाजित किया जा सकता है–

(१) बाशरा परम्पराएं . (२) बेशरा परम्पराएं

। १ । बाशरा परम्पराएं- उन परम्पराओं को कहते हैं जिनका उल्लेख ऊपर किया जा चुका है । इनके अनुयायी पम्परागत इस्लामी रीति रिवाजों जैसे रोजा , नमाज आदि को मानते हैं । (२। बेशरा परम्पराएं- ये स्वतन्त्र हैं . अर्थात किसी धर्म विशेष को नहीं मानती बेशरा परम्पराओं को मुस्लिम धार्मिक परम्पराओं के अन्तर्गत सम्मिलित करना उचित नहीं है , क्योंकि यह किसी रोज़ा , नमाज़ आदि को नहीं मानती । हम किसी सामान्य मुस्लिम फकीर को गांव शहरों में मांगते हुए देखते हैं । ये लोग तावीज गंडे इत्यादि बनाते हैं और झाड़ फूंक करके लोगों से पैसे ऐठतें हैं । यदि उन्हें कोई पैसा न दे तो गाली गलौज करते और श्राप देते हैं । बेशरा परम्पराओं में मुख्य कलन्दरी परम्परा है । ये कलन्दर प्राय : अपने साथ भालू अथवा बन्दर को लिये घूमते हैं ।

सेल (Seli) लिखता है , अली अबू युसुफ कलन्दर ने इस परम्परा को भारतवर्ष में चलाया । बेशरा परम्पराओं की कोई संस्था नहीं होती । वे किसी विशेष संत की जियारतगाह को मानते हैं । यदि किसी नियम

का वे पालन करते हैं तो यह है कि किसी जियारतगाह के बाबा के पास जाकर फकीरी का दीक्षा संस्कार ले लेते हैं । तत्पश्चात वह इस संत के नाम पर भिक्षा मांग सकते हैं ।

सुन्नी के ग्रुप-

जमात-ए-इस्लामी- यह हनफी मसलक (शाखा) के कानून को मानते हैं। उनका कहना है कि मुसलमानों को राजनीति क्षेत्र में आना चाहिए और लड़कियों की शिक्षा पर अधिक जोर देते हैं। इमाम अबू हनीफा रहमतुल्ला के अनुयाई हैं। इस जमात के बानी मौलाना सैयद अबुल आला मौदूदी (मरहूम) मुतवफ्का 1979 ईसवी है इस तहरीक और मौलाना मौसूफ की तहरीरात से नयी रोशनी वाले जो इस्लाम को एक नए रंग रूप में देखना चाहते थे और इन लोगों को जो दहरियत ज़दह थे ज्यादा फायदा पहुंचा है।

मुस्लिम दर्शन की पृष्ठभूमि

(१) अफलातून और अरस्तू -

मुस्लिम दर्शन का मसीही दर्शन से घनिष्ठ संबंध है क्योंकि सर्वप्रथम सीरिया के रहने वाले मसीही विद्वानों ने अरस्तू और अन्य यूनानी दार्शनिकों के दर्शन का अरबी भाषा में अनुवाद किया । हम यहां यह कहना चाहेंगे कि पहले स्तर पर मेसोपोटेमिया में एदेसा (Edessa) की पाठशाला में यूनानी कृतियों का , विशेषकर अरस्तु की तर्क संबंधी कृतियों का औऱ परफोरीबुस (Porphyry) की कृतियों का सीरियाई भाषा में अनुवाद किया गया । बाद में सीरियाई भाषा से इन अनुवादों का अरबी में अनुवाद हुआ । हजरत मोहम्मद के काल (ई ० सन् ५६९-६३२) से कहीं पहले कुछ नेस्तोरी (Nestorian) मसीही मौजूद थे जो अरबों में चिकित्सा कार्य करते थे , और जब सन् ७५० में उम्मैया राज्य शासन का पतन हुआ और उसका स्थान अवासिया ने ले लिया तो इन सीरियाई विद्वानों को बगदाद में बुलवाया गया । वहां इन्होंने पहले कुछ चिकित्सा शास्त्रों का अनुवाद किया और तत्पश्चात्

दार्शनिक कृतियों का अनुवाद किया । सन् ८३२ में बगदाद में एक अनुवाद - पाठशाला की स्थापना की गई जिसमें अरस्तु की कुछ विशेष कृतियों का और प्लेटो (अफलातून) की पुस्तकें ' रिपब्लिक ' और ' लॉज ' (Laws) का अनुवाद अरबी भाषा में किया गया फिर प्लोटीनस की पुस्तक इनाद (Enneads) का , जो कि ग़लती से अरस्तु के धर्मदर्शन की पुस्तक समझी जाती थी , अनुवाद किया गया । टीकाकारों के द्वारा , जो प्रायः नवअफलातून (Neo - Platonists) मतावलंबी थे , अरस्तु पर की गई टीकाएं अरबी लोगों में ख्याति प्राप्त करने लगीं । अतः हम यह कह सकते हैं कि अरस्तू और नवप्लोटिनिस इस्लामी दर्शन की नींव बने । संभव है जैसा कि राधाकृष्णन अपनी पुस्तक ' दी हिस्ट्री आफ फिलॉसफी , इस्टर्न एंड वेस्टर्न ' में लिखते हैं कि हिन्दू तर्कशास्त्र और गणित ज्योतिष विद्या का प्रभाव फारस के मार्ग से अरवी लोगों तक पहुंचा ।

यूनानी दर्शन की पुस्तकों का जो अनुवाद सौरियाई भाषा में हुआ उसका काल चौधी में आठवीं शताब्दी है । चौथी शताब्दी में प्रोबस (Probus) ने , जो अन्तकिया में पादरी और चिकित्सक था , अरस्तू के तर्कशात्र और परफोरीस की पुस्तक ' ऐसागोची ' (Isagoge) का सीरियाई भाषा में अनुवाद किया । इसी प्रकार सर्जियस ने (Sergius) , जो ईराक - अरब में एक भिक्षु एवं चिकित्सक था , यूनानी दर्शन , नीतिशास्त्र , चिकित्साशास्त्र एवं धर्मविज्ञान की पुस्तकों का अनुवाद सीरियाई भाषा में किया । सजियस के वे अनुवाद जो विज्ञान क्षेत्र से संबंध रखते हैं , अधिक सही माने जाते हैं । पर दर्शन और नीतिशास्त्र के अनुवाद अधिक सही नहीं हैं क्योंकि सर्जियस ने अस्पष्ट परिच्छेदों का या तो अनुवाद ही नहीं किया या गलत मानकर छोड़ दिया। साथ ही मसीही विश्वासों को स्थान स्थान पर प्रविष्ट कर दिया। अफलातून और अरस्तू के नामों के बदले पतरस और पौलुस और यूहन्ना के नाम रख दिए। देवताओं तथा भाग्य के स्थान पर ईश्वर लिखा गया इस

प्रकार समस्त अनुवाद को मसीही रंग में रंग दिया। इन विद्वानों का ज्ञान भाष्य विज्ञान (Hermeneutics) ., वर्गीकरण (Categories) और विश्लेषण (Analytics) तक ही सीमित था। यह स्मरण रखना चाहिए कि अरस्तु का जो तर्क़ शास्त्र इन सीरियल लोगों तक पहुंचा वह शुद्ध ना था क्योंकि उस पर नव अफ्लातूनी रंग चढ़ गया था और जैसा ऊपर हम बता आए हैं इन लोगों ने पुस्तकों में जो उस समय प्रचलित थी प्रकाशन या इल्हाम (Revelation) को बुद्धि से उत्तम समझा गया है और दिन में दर्शन की परिभाषा इस प्रकार की गई है: आत्मा का अपने आंतरिक ज्ञान की समझ प्राप्त करना जिससे वह देवता की भांति समस्त वस्तुओं का दर्शन कर सकें दर्शन कहलाता है। अरबी लोग किस सीमा तक इन सीरियाई मसीही विद्वानों के कृतज्ञ थे इसका अनुमान इस बात से किया जा सकता है कि अरब के विद्वान सीरियाई भाषा को उत्तम और प्राचीन मानते थे।

यह तो सच है कि सीरियाईयो ने यूनानी कृतियों का केवल अनुवाद ही किया था परंतु उनके अनुवाद अरबी और फारसी विद्वानों के लिए बहुत उपयोगी सिद्ध हुए।आठवीं शताब्दी से लेकर 10 वीं शताब्दी तक * अनुवादों का एक नया दौर प्रारंभ हुआ।

 इस काल में भी जिन लोगों ने यूनानी पुस्तको का अनुवाद प्राचीन सीरियाई अनुवादों की सहायता से किया था वे सब के सब सीरियाई मसीही थे। वे सब अनुवाद जो आठवीं शताब्दी में हुए नष्ट हो चुके है परन्तु उन पुस्तकों की जो नवीं शताब्दी में मामून और उसके उत्तराधिकारियों के काल में अनूदित हुई , पांडुलिपिया सुरक्षित है। नवीं शताब्दी के अनुवादक अधिकतर चिकित्सक थे। नवी शताब्दी के अंतिम चरण में यूहन्ना इब्ब बतरीक ने अफलातून की पुस्तक सीमाउज (Timaeos) का अनुवाद किया । इसके अतिरिक्त इस काल में अरस्तू की सोफिस्टिक्स (Sophistics) प्लोटीनस, (Plotinus) की इनाद (Enneads) आदि का सार सरल भाषा में

लिखा गया।कस-ता-बिन-लूका ने अरस्तू की आधार पर सिकन्दर अफरादीउस (Alexander of Aphrodisias) और यूहन्ना फिलिवानी (Johannes Philoponus) के भाष्यो का भी अनुवाद किया । इसी काल में प्लूटार्क की पुस्तक अखबार उल फलसफा का भी अनुवाद किया गया । इन अनुवादों में सबसे अधिक काम अबू सैय्यद हुनैन इब्न इस्हाक़ (सन् ८०९-९७३) और इनके पुत्र इसहाक इब्न सुनैना का है जिनका मृत्यु काल सन् ९१० है या सन् १ ९ २ है। इनके भतीजे इब्न अल हसन ने जो अनुवाद किये वे भी सराहनीय है। यह तीनों विद्वान मसीही थे।

इन अनुवादों में क्या था और वे किस लिये उस काल में लोगों की रूचि का कारण बने इस का संक्षिप्त उल्लेख अनिवार्य प्रतीत होता है । एक पुस्तक में , जिसे भूल से अरस्तू का धर्म - दर्शन कहा जाता है , अफलातून एक पूर्ण मनुष्य के रूप में दिखाया जाता है । आध्यात्मिक शक्ति के कारण उसे समस्त वस्तुओं का ज्ञान है अर्थात उसे अरस्तु की भांति किन्ही तर्क सम्बन्धों की आवश्यकता नहीं। परमसत्य का ज्ञान उसे बुद्धि के द्वारा नहीं बल्कि अन्तबोध के द्वारा प्राप्त है। धर्म विज्ञान (Theology) के बाद विवाद का केंद्र आत्मा है। सच्चा ज्ञान आत्मा का ज्ञान है अर्थात व्यक्ति अपने अंदर झांके और देखें जैसे उसे आत्मा का ज्ञान होता है। दूसरे और तीसरे स्तर का ज्ञान इस जगत का ज्ञान है । दार्शनिक को एक निम्न - स्तर का व्यक्ति माना गया क्योंकि बुद्धि को वह स्थान प्राप्त नहीं जो अंन्तबोध को है । दार्शनिक को एक प्रकार का जादूगर माना गया है जो अपने ज्ञान के द्वारा संसार पर शासन करता है जब कि दूसरे व्यक्ति वस्तुओं,कल्पनाओं और संवेदनाओं की जंजीरों में जकड़े रहते हैं । आत्मा संसार का केन्द्र है और आत्मा ईश्वर से निकलती है । समस्त वस्तुएं उसके अधीन हैं । यह यद्यपि मनुष्य के शरीर में रहती है परन्तु इसका झुकाव ईश्वर की ओर रहता है । सब कुछ 'बुद्धि है ' , '

सब कुछ बुद्धि से है , बुद्धि समस्त वस्तुएं एक हो जाती हैं । आत्मा भी बुद्धि है परन्तु जब तक वह शरीर में है उस समय वह बुद्धि आशा और इच्छा के रूप में रहती है और यह वह आशा धौर इच्छा है जिस से आत्मा सदा ईश्वर की ओर जाने की अभिलाषा करती है । यह था वह दर्शन जिसे अरस्तू के नाम से पढ़ा और पढ़ाया जाता था।

हम नव - अफलातूनवाद (Neo - platonism) का उल्लेख बार - बार कर चुके है और यह भी संकेत कर चुके हैं कि (प्लेटो) और अरस्तू के जो अनुवाद और टीकाएं सीरिवाई मत्तीही लेखकों द्वारा अरवी मुसलमानों तक पहुंचीं वे प्रायः नवअफलातूनी रंग से रंगी हुई थी । इस लिये यह उचित होगा कि हम नवयफलातून दर्शन की एक संक्षिप्त भूमिका प्रस्तुत करें जिससे पाठकों पर उपरोक्त तथ्य स्पष्ट हो जाए । प्रथम , नवधफलातून कौन था ? द्वितीय , कि क्या मुस्लिम दर्शन को दर्शन कहा जा सकता है या नहीं और मुस्लिम दार्शनिकों पर नव अफलातूनवाद का कितना रंग चढ़ा हुआ है और उनमें मौलिकता कितनी है ?

(२) नव अफलातूनवाद

(क) ऐतिहासिक परिचय

नव अफलातूनवाद यूनानी विचारधारा की अन्तिम तरंग थी । नव अफलातून तीन विभिन्न दौरों से गुजरा । पहला दौर प्लोटीन (Plotinus) से सम्बन्ध रखता है और विशेषकर उन विचारों से जो उसने रोम में प्रतिपादित किए । नव अफलातूनवाद का दूसरा दौर एमब्लीकुस(Iamblichus) के सीरियाई गुरुकुल और प्रोक्लुस (Proclus) से सम्बन्धित है जो बहु ईश्वरवाद का द्योतक माना जाता है।

तीसरा दौर दिव्य ज्ञान के नाम से पुकारा जाता है जब नव अफलातूनवाद तर्क को छोड़ जादू (इंद्रजाल) इत्यादि को ज्ञान प्राप्ति का माध्यम समझने लगा । प्रायः इस अंतिम तरंग ने ही रहस्यवाद

को जन्म दिया । इस पुस्तक में हम प्रथम दौर का ही उल्लेख करना उचित समझेगे क्योंकि इसी का रंग सीरियाई मसीहियो पर और इसके बाद अरबी मुसलमान विचारको पर चढ़ा हुआ नजर आता है।

"बुद्धि ' (Intelligence) शब्द का प्रयोग नवयफलातूनी अर्थ में किया गया है ।'

प्लोटीनस (Plotinus) किस नगर में पैदा हुआ यह तो निश्चित नहीं परन्तु वह मिस्र देश में सन् २०३ अथवा २०४ में पैदा हुआ था।फ्लोटिंग की जीवनी से जो उसके शिष्य परफोरियस ने लिखी , वह विदित होता है कि प्लोटीनस ने पहले सिकन्दरिया नगर में शिक्षा पाई परन्तु वह इस शिक्षा से सन्तुष्ट न हुआ में । और अन्त में २८ वर्ष की आयु में उसे एक ऐसा व्यक्ति मिला जो उसकी रुचि के अनुकूल था । वह व्यक्ति था अमोनियस सक्कस (Ammonius Succus) । अमोनियस सक्कस भी सिकन्दरिया में अपना गुरुकुल चलाता था और इसके विचारों में नवग्रफलातूनवाद झलकता था । प्लोटीनस कुछ समय के बाद (२२४) में रोम चला गया और फिर वही अपने अंतिम क्षणों तक शिक्षण कार्य करता रहा। प्लोटीनस एक रहस्यवादी दार्शनिक था। प्लोटिनस की मृत्यु के पश्चात पर परफोरीयुस ने अपने गुरु के ग्रंथों को एकत्रित कर उन्हें सुव्यवस्थित किया।

प्लोटीनस की इस पुस्तक का नाम ' इनाद ' है । अपने लेखों में प्लोटीनस ने प्लेटो की शिक्षाओं , विशेषकर प्लेटो के शुभ प्रत्यथ और अरस्तू के आत्म प्रत्यय और स्तोइकी मत (Stoics) के सार्वभौम ' महाअात्मा ' (Universal Soul) का सम्मिश्रण किया है । उसने स्तोइकी मत के भौतिकवाद और एपीकूरप के सुखवाद से अपने आत्मा - वाद का घोर विरोध प्रस्तुत किया है । इसी प्रकार यह भी हम देखते हैं कि प्लोटीनस एक आशावादी होने के कारण संदेहवाद का विरोधी था और इसी कारण उसने ईसाइयों के एक (Gnostic) ज्ञानवादी सम्प्रदाय के नैतिक द्वैतवाद का भी घोर विरोध किया ।

इसी प्रकार ऐक्लेक्टिक्स (Eclectics) , सर्वदर्शनसार के फलवाद या उपयोगितावाद का भी घोर विरोध किया क्योंकि प्लोटीनस् परम - मूल्यों , परमसत्यों को मानने वाला था । प्लोटीनस नियति • बाद का भी विरोधी था क्योंकि वह संकल्प की स्वतंत्रता में विश्वास करता था । उसके अनुसार पही संकल्प की स्वतन्त्रता पाप का कारण है ।

(ख) नव अफलातूनवाद के सिद्धान्त

प्लोटीनस के ईश्वर , मनुष्य , आत्मा एवं मुक्ति सम्बन्धी सिद्धान्त का विवरण

(1) ईश्वर -- प्लोटीनस के अनुसार ईश्वर परम अनुभावातीत है । वह एक है और समस्त विचारों और वस्तुओं से परे है । वह मनुष्य के ज्ञान की वस्तु नहीं । तत्व और जीवन उस एक के विधेय एवं विशेषण नहीं हो सकते , क्योंकि वह इनसे कहीं अधिक है । वह समस्त वस्तुओं के योग के बराबर भी नहीं क्योंकि इन वस्तुओं को कारण , स्रोत अथवा किसी नियम की आवश्यकता अपेक्षित है , और यह नियम केवल वस्तुओं से भिन्न ही नहीं परन्तु तार्किक दृष्टि से प्रथम होना चाहिये । संसार और उसकी समस्त वस्तुएं परिवर्तनशील हैं , और सत्य वह है जो कि अपरिवर्त नीय है । इसलिये वह सत्ता इस संसार से , जो कि भौतिक है , भिन्न है । वह ' एक ' कोई अस्तित्व परक वस्तु नहीं परन्तु समस्त अस्तित्व से पहिले है । इसलिये प्लोटीनस का ' एक ' परमैतदीय के ' एक ' से भिन्न है । परमेनीदीस का ' एक ' तो एकत्ववाद का सूचक था । इसके विपरीत प्लोटीनस का ' एक ' अनुभवातीत , पारलौकिक एवं बीजातीत है । ईश्वर भौतिक नहीं इसलिये वह विभाजित हो सकता है , न तो वह ससीम है , न ही उसका कोई रूप है , न वह पुद्गल (matter) है . न वह चेतना है , क्योंकि पुद्गल और चेतना दोनों में परिवर्तन होते रहते हैं । न वह कोई प्रत्यय है , इसलिये भाषा या शब्द उसकी अभिव्यक्ति नहीं कर सकते । संवेदना और तर्क बुद्धि उस तक नहीं पहुँच सकते । वह तो केवल

रहस्यवादी के अन्तर्बोध में ही जाना जा सकता है । प्लोटीनस ' एक ईश्वर का मानने वाला नहीं , परन्तु ' ईश्वर एक है , " इसको मानता था । इसका अभिप्राय यह है कि ईश्वर प्रत्येक प्रकार की जटिलता एवं मिश्रण से मुक्त है अर्थात ईश्वर परम - ऐक्य है । ईश्वर - ऐक्य से यह भी अभिप्राय है कि वह अपरिवर्तनीय , भेदों से परे , असृजित एवं अविकारात्मक है , वह अनादि है , भूत एवं भविष्य से परे अभेद्य है । प्लोटीनस लिखता है कि हम ऐसे ऐक्य को सकारात्मक गुणों से विभूषित नहीं कर सकते , क्योंकि हमारे गुणों के प्रत्यथों का स्रोत ' भौतिक ससीम वस्तुएं हैं । इसलिये जब हम यह कहते हैं कि ईश्वर एक है तो उसका अभिप्राय है ' ईश्वर है ' । वह जगत से परे है , वह अखण्ड है , वह द्वैत से रहित है , वह किसी भी सीमा से सीमित नहीं किया जा सकता , वह सब भेदों से परे है और किसी सचेतन क्रिया का कारण नहीं हो सकता क्योंकि इसका अभिप्राय होगा कि वह किसी विशेष वस्तु को सोच रहा है जो पहले नहीं थी परन्तु अब है । इसका अभिप्राय यह भी होगा कि वह जटिल है और यदि वह क्रिया करता है तो उसमें परिवर्तन भी होता है । ईश्वर किसी दृष्टि से मानव का स्वरूप नहीं । वह तो केवल अखण्ड एक है।

अब प्रश्न यह उठता है कि यदि ईश्वर परम - नियम है और एक है तो उसका ससीम वस्तुओं से क्या सम्बन्ध है ? हम लिख आए हैं कि प्लोटीनस यह मानता है कि ईश्वर क्रिया से रहित है क्योंकि क्रिया द्वारा उसमें परिवर्तन होगा । ऐसी दशा में इस जगत की व्याख्या करने के लिये प्लोटीनस उद्भव (Emanation) अथवा उद्गम एवं प्रकटीकरण की उत्प्रेक्षा का उपयोग करता है अर्थात् इस जगत की व्याख्या करते हुए प्लोटीनस हमें यह बताता है कि वस्तुए ईश्वर से इस प्रकार निकलती हैं जिस प्रकार सूर्य से किरण अथवा झरने से पानी । प्लोटीनस इस आलंकारिक भाषा से दो बातें स्पष्ट रूप से हमारे समक्ष प्रस्तुत करता है : प्रथम , यद्यपि संसार ईश्वर से निकलता है

परन्तु यह उद्गम ईश्वर की कोई स्वतंत्र संकल्प क्रिया नहीं वरन् अनिवार्यता हैं । द्वितीय , यह भी स्पष्ट है कि इस जगत का स्रोत ईश्वर में ही है , कहीं बाहर नहीं । जिस प्रकार सूर्य अपनी किरणों के उद्गम से रिक्त नहीं होता उसी प्रकार इस संसार के निकलने से ईश्वर में कोई रिक्तता नहीं आती । सूर्य को किरणों के पैदा करने के लिये कोई कार्य नहीं करना पड़ता है , इसी प्रकार यह संसार ईश्वर का कोई कार्य नहीं है । जिस प्रकार किरणों की राशि सूर्य के बराबर नहीं उसी प्रकार यह संसार का पूर्ण योग भी ईश्वर के बराबर नहीं है । यहां हम यह भी देखते हैं कि प्लोटीनस सर्वेश्वरवाद की धारणा का खंडन कर देता है और उसके विपरीत वह प्रकृति को सीढ़ीबद्ध मानता है । जिस प्रकार सूर्य के निकट की किरणें अधिक तेजवान होती हैं और बढ़ते बढ़ते जब वे पृथ्वी पर पहुंचती हैं तो उनकी प्रखरता और ज्योति में क्षीणता आती चली जाती है , उसी प्रकार उस ईश्वर से जो पहला उद्गम होता है उसे वह मन या बुद्धि (नूस , Nous) कहता है । वह उस ऐक्य के अत्यधिक समरूप है परन्तु वह उस ऐक्य की भाँति परमप्रधान नहीं है । इसलिये इस मन का विशेष गुण है । प्लोटीनस कहता है कि यह मन , विचार अथवा सार्वभौम बुद्धि है । आगे चलकर वह बताता है कि यद्यपि इस सार्वभौम बुद्धि की कोई कालात्मक एवं दिकात्मक सीमाएं नहीं फिर भी इसमें विविधता का गुण पाया जाता है क्योंकि जहां विचारणा है वहां सब वस्तुओं का विचार है । प्लोटीनस लिखता है कि एक उद्गम से दूसरा उद्गम होता है जो पहले उद्गम से केवल कम तीव्र ही नहीं , वरन् उसका कार्य या विकार भी है । इस प्रकार नूस (Nous) से संसार - आत्मा (Soul) निकलती है । इस संसार - यात्मा के दो पहलू हैं । पहला कि यह ऊपर की ओर नूस को देख रही है और इस प्रकार यह आत्मा समस्त वस्तुओं के अनादि प्रत्ययों का मनन करती है । दूसरा पहलू यह है कि यह आत्मा नीचे को झाँक रही है और एक वस्तु एक समय में इससे

निकलती है । इस प्रकार कालान्तर में वस्तुओं का निर्माण हो रहा है । यह स्मरण रहे कि प्लोटीनस के अनुसार ऐक्य , नूस (बुद्धि) और संसार आत्मा ये तीनों सहवर्ती तथा अनादि हैं । इस संसार - आत्मा के नीचे वह जगत है जो विशेष वस्तुओं का जगत है जिसमें परिवर्तन , काल और कारण कार्य का राज्य है ।

(ii) मनुष्य आत्मा

इस संसार - आत्मा से मनुष्य - आत्मा का उद्गम होता है और संसार - आत्मा की भाँति इसके भी दो पहलू हैं । एक , जो ऊपर देख रहा है और इस प्रकार मनुष्य - आत्मा सार्वभौम बुद्धि की भागीदार बनती है , और दूसरा , वह जो नीचे को झाँक रहा है और इस प्रकार आत्मा शरीर से सम्बन्ध स्थापित करती है । आत्मा शरीर के समरूप नहीं परन्तु वह शरीर से सम्बन्ध स्थापित करती है । ऐसा विदित होता है कि प्लोटीनस हिन्दू दार्शनिकों के समान आत्मा के आवागमन में भी विश्वास रखता था । वह मानता था कि आत्मा आध्यात्मिक है इसलिये आत्मा अमर है ।

(iii) भौतिक जगत

पुदगल उस ऐक्य से बहुत दूरी पर है । इस भौतिक जगत के भी दो पहलू हैं । एक , वह जो कोरा पुदगल है जिसमें अन्धकार ही अन्धकार है । यह वह विन्दु है जहाँ ज्योति की अन्तिम सीमा है । प्लोटीनस इसे अन्धकार कहता है । जिस तरह अन्धकार ज्योति का विपरीतार्थक है उसी प्रकार पुदगल , आत्मा , अथवा ऐक्य का विपरीतार्थक है । पुदगल का दूसरा और ऊंचा स्वरूप वह स्वरूप है जहा पुदगल और आत्मा का सम्बन्ध होता है । यहां पर पुदगल पूर्णरूपेण अन्धकार नहीं । जिस प्रकार ज्योति अपने अन्तिम बिन्दु में समाप्त हो केवल पूर्ण अन्धकार का उद्गम करती है उसी प्रकार पुदगल शून्यता की सीमा पर खड़ा है जहाँ से वह अनअस्तित्व (non being) में लुप्त हो जाता है ।

अब प्रश्न यह उठता है कि यदि सब ईश्वर से निकलता है तो पाप कहां से आया । इसके उत्तर में प्लोटीनस लिखता है कि जब पुद्गल ऊपर की ओर देखता है तो वह आत्मा अथवा बुद्धि के नियम से सम्पर्क स्थापित करता है और इस प्रकार प्रकृति में नियमानुसार एक गति चलती रहती है और जहां तक व्यक्ति विशेष का सम्बन्ध है वहां यह शरीर आत्मा की क्रियाओं के अनुसार चलता है । परन्तु यह पुद्गल जब नीचे की ओर झांकता है , जो इसकी स्वाभाविक प्रकृति है तब वहां वह अपने ही अन्धकार का सामना करता है और इस प्रकार बुद्धि से पृथक हो जाता है । " अतः नैतिक पाप का अर्थ यह है कि यद्यपि आत्मा का स्वभाव बौद्धिक है परन्तु शरीर के साथ जुड़े होने के कारण वह शरीर जो नीचे की ओर झांकता है , बौद्धिक नियन्त्रण खो देता है और जब यह शरीर इस अवस्था को पहुंचता है तो फिर शरीर प्रत्येक प्रकार की वासनाओं का अनुगामी हो जाता है । इसी को प्लोटीनस पाप कहता है । अर्थात आत्मा का उचित आदेश न मानना पाप है । शरीर पाप नहीं , परन्तु जब शरीर नीचे की ओर झांकता है और एक अन्धकार में बदल जाता है तब वह अवस्था पाप है।

(iv) मुक्ति

हम पीछे लिख आए हैं कि नव अफलातूनवाद ही रहस्यवाद की नींव है । प्लोटीनस अपने मुक्ति के रहस्यवाद को इस प्रकार प्रस्तुत करता है । प्लोटीनस लिखता है कि आत्मा का ईश्वर की ओर आरोहण और उससे मिलन एक कठिन एवं दुख भरा कार्य है । इस आरोहण के लिये यह आवश्यक है कि मनुष्य नैतिक एवं बौद्धिक मूल्यों का विकास करे । हम जानते हैं प्लोटीनस ने शरीर और इस भौतिक जगत को बुरा नहीं कहा है , इसलिये ईश्वर की प्राप्ति के लिये यह जरूरी नहीं कि इस जगत और शरीर का त्याग किया जाए । परन्तु प्लोटीनस लिखता है कि जगत की उन वस्तुओं का , जो आत्मा के आरोहण में बाधा डालती है अथवा आत्मा को अपनी ओर आकर्षित करती हैं , त्याग किया

जाए । इस कारण वह लिखता है कि जगत का त्याग आत्मा के आरोहण के लिये एक सहारा है । त्याग और तप द्वारा मनुष्य में शुद्ध विचारणा पैदा होती है । और वस्तुओं के इस व्यापक ज्ञान से व्यक्ति ऊपर चढ़ता है और ईश्वर से सम्बन्ध स्थापित कर लेता है । रहस्यवादियों की समाधि अवस्था में ऐक्य अर्थात ईश्वर और आत्मा का मिलन होता है । यह सम्यक व्यवहार तथा सम्यक विचार के द्वारा ही उत्पन्न होता है ।

इस नव अफलातूनवाद ने मसीही और मुस्लिम दार्शनिकों पर अत्यधिक प्रभाव डाला है ।

ईसाई धर्म

ईसाई धर्म-- ईसा इब्रानी शब्द येशुआ का विकृत रूप है । इसका अर्थ है- मुक्तिदाता । ईसाई धर्म के संस्थापक ईसा मसीह थे । इनका जन्म ईसा पूर्व 4 में जूडिया जोर्डन (बेथलेहम) में हुआ । इस धर्म की पुस्तक पवित्र बाइबल है । ईसा की माता मरियम गलीलिया प्रान्त के नाजरथ गाँव की रहने वाली थी । विवाह के पूर्व कुंवारी रहते हुए ही ईश्वरीय प्रभाव से मरियम गर्भवती हो गयी । ईश्वर की ओर से संकेत पाकर युसुफ ने उन्हें पत्नी स्वरूप ग्रहण किया । संगभग 30 साल की उम्र तक उसी गाँव में रहकर ईसामसीह बढ़ाई का काम करते रहे । बाद में वह इस कार्य को छोड़कर उपदेश देने लगे । बचपन से ही ईसा की रूचि धार्मिक ग्रन्थों की और भाग्य पढ़ने में थी । धर्म शास्त्रों के अध्ययन में भी वह विशेष दिलचस्पी लेते थे । सत्य की प्राप्ति और ईश्वर के समझने की जिज्ञासा उनके हृदय में बहुत छोटी उम्र से ही थी अवसर निकालकर वे जंगल में चले जाते , विद्वानों और धार्मिकों से वार्तालाप करते । पहले यह यहूदी थे । । सन् 325 ई ० में सम्राट कोस्टेंटाइन ने अलक्जेण्डिया (Alexenndaria) के धर्मगुरू एरियस के इस धर्मोपदेश पर विचार करने के लिए एक परिषद संगठित की कि ईसामसीह ईश्वर नहीं बल्कि एक आम आदमी थे । चर्च की स्थापना के लगभग आरम्भकाल से ही धर्म सिद्धांत के सवालों को लेकर ईसाई विद्वानों में मतभेद थे ।

ईसाई प्रतीक

 इसी दृष्टि से ईसा मसीह के कई प्रतीक प्राचीन काल से प्रचलित थे । " क्रास " की व्याख्या तो हम कर चुके हैं पर क्रास तो बहुत बाद का प्रतीक है । सबसे पुराना ईसाई प्रतीक मछली है जो यूनानी शब्द ८ XOUS से ग्रहण किया गया था । इस शब्द में प्रयुक्त अक्षरों से अलग - अलग अक्षरों का प्रयोग कर पाँच ही शब्दों का वाक्य बन जाता है- "

ईश्वर का पुत्र त्राता ईसा मसीह " - यह यूनानी भाषा का वाक्य बनेगा । अतएव मछली के अर्थ में प्रयुक्त होने वाले उस यूनानी शब्द से ईसा तथा ईसाई धर्म का प्रतीक मछली बन गया । ईसाईयों का एक और प्रतीक था " जहाज " जिसका अर्थ था संसार - सागर से पार कराने वाले ईसा मसीह । इसका अर्थ ईसाई धर्म भी है जो भवसागर पार कराता है । ईसा तथा ईसाई धर्म के दो और प्राचीन प्रतीक हैं । एक है मेमना जिसकी भावना सेण्ट जॉन की शुभ वार्ता (गास्पेल ई ॰ 29 और 36) से ली गयी है । ईसा का प्रतीक " सिंह " भी है इसलिए कि ईसाई धर्म ग्रन्थ " बुक आव रेवेलेशन " (प्रकाशकरण ग्रंथ) में (कथन 5) उन्हें " जुड़ा जाति में सिंह की संज्ञा दी गयी है । अपने धर्म का अनेक प्रतीक ईसाई सन्तों ने निर्धारित किया था जैसे मयूर मयूर से उनका तात्पर्य था कि ईसा अमर है और उनके अनुयायी भी । एक प्रतीक बारासिंघा हिरन भी था जिससे तात्पर्य है बपतिस्मा - दीक्षा के लिए प्यास व्यक्ति । रोमन सम्राट् कोस्टेंटाइन ने ईसाई धर्म स्वीकार करने से पहले आकाश में यह चिह्न देखा था अस्तु इस प्रकाशमय चिह्न को उन्होंने ईसाई धर्म का प्रतीक बना लिया था और अपने राजकीय ध्वज पर भी वे इसी का उपयोग करते थे । सम्राट् कोस्टेटाइन का जन्म ई ॰ सन् 274 में हुआ था और सन् 306 से 337 तक इन्होंने विशाल रोमन साम्राज्य पर राज किया था । अपनी राजधानी रोम से उठाकर बाइजेंटाइन नगर को बनाया था जिसका नाम कुस्तुन्तुनिया रख गया था । प्रथम महायुद्ध (1918) तक तुर्की सामाज्य की यही राजधानी था । इस रोमन सम्राट् ने ईसाई धर्म के प्रचार में बड़ा काम किया था । इसके पूर्व रोमन शासक ईसाई धर्म के इतने विरुद्ध थे कि किसी का ईसाई होना पता चल जाने पर उसे जमीन में आधा गड़वाकर कुत्तों से नुचवा कर मार डालते थे । ईसाई मुर्दे कब्र से निकालकर कुत्तों को खिला देते थे । इसलिए बड़ी तत्परता , लगन तथा चालाकी से ईसाई सन्तो ने साधु सेवास्टियन से शुरू कर ,

रोम से केवल 9 मील दूरी पर पृथ्वी के धरातल से नीचे विशाल भवन बना 404 AR STEER)डाला जिसमें दीवालों में ईसाई मुर्दे दफनाये जाते थे । इसी भवन में ईसाई प्रचारक धर्म प्रचारक भी सभा कर विचार करते थे । इसे केटाकुम्ब कहते हैं । इसी में 14 पोप भी दफन है । सम्राट कोन्स्टेन्टाइन ने ईसाई धर्म को नया जीवन प्रदान किया इसीलिए ऐसे पुत्र को जन्म देने वाली माता का भी ईसाई धर्म में ऊँचा स्थान है । ईसाई इतिहास के अनुसार इस माता ने जिन्हें साध्वी हेलेना कहते हैं , 3 मई को उस असली क्रास को जिस पर ईसा की सूली हुई थी , फिलस्तीन में ढूंढ निकाला था । भक्त ईसाई इस दिन को बड़ा पवित्र दिन मानते हैं । पर इससे भी महत्वपूर्ण दिन 14 सितम्बर है - सातवीं शताब्दी में । प्राचीन यरूशलेम (इजरायल की राजधानी की बाहरी दीवाल के पीछे कालवरी नामक स्थान पर ईसा को क्रास पर फाँसी लगाने का प्रमाण है । बाइबिल में इसे " पहाड़ी नहीं लिखा है पर इसे मौट कलावरी कहते हैं । सातवी शताब्दी में 14 सितम्बर को इसी स्थान पर ईसाइयों ने " क्रास " स्थापित किया था । वहीं एक गिर्जाघर भी बनाया गया । तब से यह दिन बड़े महत्व का है और वास्तव इसी समय से क्रास ईसाइयों का संसारव्यापी प्रतीक हो गया । पर भिन्न देशों में इसके प्रतीक भिन्न हैं और जैसा कि इस पुस्तक में लिखा जा चुका है , यह प्राचीन भारतीय आर्य स्वस्तिक का ही संसारव्यापी प्रतीक है । इसका कुछ रूप जानने योग्य हैं ।

यूनानी प्रतीक लैटिन प्रतीक - सबसे अधिक प्रचलित सन्त एण्ड्रज का क्रास माल्टा में संत अन्तोनी का क्रास स्वस्तिक - ईसाई प्रतीक लारेन में क्रास पोप का क्रास ये मुख्य रूप हैं ईसाई धर्म के प्रतीक क्रास के ।

ईसाई धर्म के विभिन्न सम्प्रदाय

(1) यूनानी परम्परानिष्ठ ईसाई धर्मावलम्बी (2) एकेश्वरवादी ईसाई धर्मीचलम्बी (3) नेस्टोरियन्स ईसाई धर्मावलम्बी (4) रोमन कैथोलिक ईसाई धर्मावलम्बी

(1) आर्थोडॉक्स- यह ईसाई विविध स्नान पादरियों के विवाह और मरते हुए प्राणी की आत्मा के लिए प्रार्थना आध्यात्मिक वरदान के रूप में नहीं , वरन स्वास्थ सुधार और पापों की विस्मृति के लिए आवश्यक समझ कर करते थे । इसी तरह वे ईसा को पृथ्वी पर अवतार के रूप में नहीं मानते किन्तु ईसा की माता देवदूतों और संतों को पूजा पद्धति मे अत्यन्त सम्मान दिया जाता है । ये उपदेश तथा धार्मिक प्रवचन की तुलना में नैतिक आचरण को अधिक महत्व देते हैं ।

1- प्राच्य चर्च (Ortholox) (2) कैथोलिक- पोप को पृथ्वी पर ईश्वर का प्रतिनिधि माना जाता है । (3) प्रोटेस्टेंट- इसकी निम्न शाखाए हैं इनमें नये विधान की केवल 66 पुस्तकें ही प्रमाणित है ।

(1) आलेशियन चर्च- यह सेंटवरी के आर्कविशप के नियंत्राधीन है ।

(ii) लूथेरियन चर्च- यह जर्मन सुधारक मार्टिन लूथर के विचारों से बना है । इसने तीर्थ यात्राओं तथा तबरूकों (संतों के अवशेषों) की पूजा के स्थान पर धर्म पर अधिक जोर व धर्मग्रन्थों की मान्यता को सर्वाधिक महत्व देते हैं।

(ii) बाप्टिस चर्च- इसमें धर्मग्रन्थों पर काफी बल दिया जाता है । (4) जिसूट (Jesult) ईसाई धर्म की एक शाखा का नाम है जिसको इग्नेशसलोयला (ignatius Loyala) ने 1534 में आरम्भ किया था ।

(5) नेस्टोरियन्स (**Nestorians**)-- 428-431 ई 0 तक कॉन्सटैण्टीनोपिल के एक गिरजाघर में उच्च सीरिया का पादरी नेस्टोरियस था जो एशिया माइनर के नगर एफीसस की धार्मिक समिति से पृथक कर दिया गया था । नेस्टोरियस का कहना था कि

ईशू की मानवीय तथा दैवीय शक्तियों बिल्कुल पवित्र दृष्टिगोचर होती है इस कारण उसने मेरी (Mary) की पदवी भगवान की माता (Mother of God) को नहीं माना । नेस्टोरियस के मतानुयायी नेस्टोरियन्स कहलाते थे । वे मुख्य गिरजाघर से पृथक होने के पश्चात भी एक धार्मिक जाति के रूप में सीरिया व पेलेस्टाइन आदि देशों से अपनी स्थिति को स्थिर किये रहे और अब भी जीवित है ।

नेस्टोरियन्स

यह ईसाई संप्रदाय एक बड़ा हिस्सा था, शायद मुहम्मद के समय में अरब और मध्य पूर्व में ईसाइयों का बहुमत भी। यह समूह बहुत ही मिशन उन्मुख था।

नेस्टोरियन भी उतने ही सक्रिय थे। उन्होंने अनेक कस्बों में विद्यालय स्थापित किये। उनके मठों में भिक्षुओं को अपने कार्यालयों में मंत्रोच्चार करते हुए सुना जा सकता था, जिससे अरब लोग भिक्षुओं को दिन-रात प्रार्थना करते हुए देखने के आदी हो गए, अपना चेहरा जमीन पर झुकाकर। प्रार्थना में ईसाई पूर्व की ओर मुख किये हुए थे। ऐसे लोग अरब के सभी कारवां मार्गों पर एक परिचित दृश्य थे। हीरा में मठ की स्थापना पांचवीं शताब्दी में नेस्टोरियनों द्वारा की गई थी, और वहां से ईसाई धर्म बहरीन में ले जाया गया था। जब मुहम्मद एक युवा व्यक्ति थे, हीरा के राजा नुमान को ईसाई धर्म में परिवर्तित कर दिया गया था। पूर्व में चर्च मुख्यतः नेस्टोरियन था, हालाँकि वहाँ काफी संख्या में मोनोफ़िसाइट्स पाए जाते थे। (गिलाउम, "इस्लाम", पृष्ठ 15)

निम्नलिखित उद्धरण उद्धृत किए गए हैं जैसा कि अब्दियाह अकबर अब्दुल-हक़ द्वारा "शेयरिंग योर फेथ विद अ मुस्लिम" में पाया गया है, पृष्ठ 11-13:

उपसाला विश्वविद्यालय के प्रोफेसर टोरे आंद्रे ने इस्लाम के ईसाई मूल के अपने हालिया अध्ययन में दिखाया है... कि विभिन्न विधर्मी संप्रदायों के बारे में अब तक की राय, जिनके लिए मुहम्मद अपने ईसाई विचारों के लिए ऋणी थे, एक गलत धारणा है।   वह पूर्व-इस्लामिक अरब में ईसाई विचार और जीवन के प्रमुख स्रोत के रूप में एशिया के महान चर्च, नेस्टोरियन चर्च की ओर ध्यान आकर्षित करते हैं।   मुस्लिम शिक्षण और नेस्टोरियन ईसाई धर्म के बीच समानता के कई बिंदु हैं, लेकिन टोरे आंद्रे के अनुसार विचारों का चक्र सबसे प्रमुख और विशेषता है, न्याय के दिन असाधारण तनाव के साथ युगांतशास्त्र।   (ज़्वेमर: जे. स्टीवर्ट, टी. एंड टी. क्लार्क द्वारा "नेस्टोरियन मिशनरी एंटरप्राइज" की प्रस्तावना, 1928, पृष्ठ 8)

जे.डब्ल्यू. स्वीटमैन का मानना है कि यह निर्णायक रूप से दिखाया जा सकता है कि अरब चर्च के सभी तीन प्रमुख वर्गों, यानी बीजान्टिन, नेस्टोरियन और जेकोबाइट-मोनोफिसाइट चर्च (इस्लाम और ईसाई धर्मशास्त्र) के संपर्क में आया। लंदन: लटरवर्थ प्रेस, 1945, वॉल्यूम I , पृष्ठ 2) हालाँकि, यह ध्यान रखना महत्वपूर्ण है कि यह नेस्टोरियन चर्च था जिसने इस्लाम पर सबसे अधिक महत्वपूर्ण प्रभाव डाला।   इस संबंध में जे. स्टीवर्ट हमें सूचित करते हैं:

547 ई. से पहले जब महान जेकोबाइट पुनरुद्धार शुरू हुआ, पूरे स्वतंत्र अरब और हिर्था में ज्ञात ईसाई धर्म का एकमात्र रूप "पूर्व के चर्च", तथाकथित नेस्टोरियन द्वारा आयोजित किया गया था, और यह व्यावहारिक रूप से निश्चित है कि प्रत्येक उस पूरे क्षेत्र में प्रेस्बिटेर और बिशप ने सेल्यूसिया के कुलपति के प्रति निष्ठा को मान्यता दी और स्वीकार किया।   इसलिए, जब मक्का और मदीना और यहां तक कि कोरिश जनजाति में भी ईसाइयों का उल्लेख मिलता है, तो यह मानना उचित होगा कि कम से कम छठी शताब्दी के मध्य से पहले, ऐसे सभी लोग एक ही पितृसत्ता के साथ जुड़े हुए थे।   जब

इस्लाम का अचानक उदय हुआ तो इसका सबसे अधिक प्रभाव नेस्टोरियनों पर पड़ा। (जे. स्टीवर्ट, ऑप. सिट., पीपी. 71, 72)

इस्लाम का उदय किसी अस्पष्ट यहूदी-ईसाई संप्रदाय से नहीं हुआ, बल्कि एशिया में धार्मिक जीवन की पूरी धारा में हुआ। (आर. बेल, "ईसाई पर्यावरण में इस्लाम की उत्पत्ति", लंदन: मैकमिलन एंड कंपनी, 1926, पृष्ठ 9)

पुरातात्विक साक्ष्यों से यह भी पता चला है कि इस समूह की उपस्थिति तांग राजवंश (635 ई.) और किर्गिस्तान के दौरान चीन तक थी।

BIBLE.CA

---

(6) नास्टिक (**Gnostic**)-- एक प्राचीन ईसाई सम्प्रदाय जो मसीही साहित्य में भ्रातमंतों में गिना जाता है । यह ज्ञानवादी सम्प्रदाय था । इसमें तस्लीस (त्रि एक ईश्वर) और क्रूस की घटना के संबंध में जो विश्वास प्रचलित थे . <u>उनका उल्लेख कुरआन में है</u> । नास्तिक सम्प्रदाय के अनुसार त्रि एक ईश्वर से अभिप्राय था . अल्लाह , मरियम और ईसा इसी प्रकार इस सम्प्रदाय की मान्यता थी कि ईसा की मृत्यु क्रूस पर नहीं हुयी । यह केवल भ्रम था । यह न क्रूस पर लटकाये गये और न उनके प्राणों का अंत क्रूस पर हुआ । <u>इसी प्रकार की मान्यता कुरआन में है ।</u>

विश्व ईसाई परिषद चर्च – इसकी स्थापना 1948 ई 0 में हुयी । इन लोगों ने ईसामसीह को भगवान और मुक्तिदाता के रूप में स्वीकार किया । इसके सदस्य रोमन कैथोलिक को छोड़कर सभी है । इस चर्च का उद्देश्य सभी विवादास्पद पहलुओं पर एक सर्वमान्य विचार तैयार करना है । विश्व ईसाई परिषद चर्च शिक्षा समाज कल्याण स्वास्थ्य

जैसे कार्य पर अधिक ध्यान देता है । परिषद के सभी सदस्य प्रत्येक सात वर्ष पर मिलते हैं ।

नसरानीवाद (**Nestarianiam**)- नसरानीबाद एक ऐसा विश्वास है कि ईसा मसीह में दो व्यक्तित्व थे । एक मनुष्य और दूसरा देवात्मा । इस पंथ का नाम उसके प्रमुख प्रस्तावक नेस्टोरियन्स जो कुस्तुन्तुनिया (इस्तांबुल) का निवासी था । 451 ई 0 में नसरानीवाद को त्रुटियुक्त मानकर चालसीडान की परिषद द्वारा रद्द कर दिया गया । परिषद ने स्थापना ही कि ईसा मसीह एक ही व्यक्तित्व थे और उनमें दो प्रवृत्तियां , एक मानव और दूसरी दैवीय थी । आज नसीरियन चर्च का अस्तित्व ओरियन्टल आर्थोडाक्सी में है । देखें क्रिस्टोलोजीन थिन ओरियन्टल आर्थोडॉक्सी

(Reliance World Encylopedia) .

नसरा (**Nazarene**) या एवोनिया (**Ebonites**) या नसरानी और मसीही में अन्तर '

नसारा बहुवचन है नसरानी का, शाम के देश में मौजूदा फिलस्तीन) में एक कस्बा है नासिरा (Nazareth) जो बैतुलमुकदस से 70 मील उत्तर , रोम सागर के पूर्व में बीस मील के फासले पर गलीली के इलाके में है । इस समय की आबादी आठ नौ हज़ार हैं । हज़रत ईसा का पैतृक वतन यही है और आप यसूनासिरी इसी सम्बन्ध से कहलाते हैं । अरबी में नासिरा का उच्चारण नासिरान होता है । नसरानी का सम्बन्ध इसी कस्बे की ओर है । मसीही वह है , जो अनाजील अरबआ पर ईमान रखते हैं । मसीह को खुदा का नबी नहीं , खुदा का बेटा मानते हैं या यह समझते हैं कि खुदा उनके जिस्म में समा गया था । आखिरत में नजात या मुक्ति देने वाला (Saviaur) खुदा को नहीं मसीह , खुदा के पुत्र को मानते हैं और खुदाई (सृष्टि) को तीन अकनूमो (विशेष भागों में) बाँटते हैं और एक ऐसा समझ में न आने

वाला फलसफा प्रस्तुत करते हैं कि हर अकनूम स्वयं एक खुदा है और तीनों अकनूम मिलकर ही एक खुदा बनते हैं ।

नसारा ' (**Nazarene**) यह तौहीद को मानते थे और ईसा मसीह को नबी मानते और अनाजील अरबआ के स्थान पर केवल इंजील मत्ती को मानते थे । आगे चलकर यही लोग एवोनिया (Ebonites) भी कहे जाने लगे और जब पौलूस पर अदालत में आरोप लगा , तो वकील तिरतलस ने उसे नासिर या फिरके का व्यक्ति कहकर अपना भाषण शुरू किया . हमने इस व्यक्ति को फसादी और विश्व यहूदियों में फसाद पैदा करने वाला और नसीरियों के बिदअती (दीन में नई बातों को प्रचलित करने वाला) फिरके का सरदार पाया (आमाल 24:16) मसीह के साथ शब्द नासिरी इसी आमाल में कई स्थानों पर आया है । (2:22 . 34:10) और स्वयं इंजील मत्ती में भी यह बात यूँ आ गयी है . यूसुफ ख्वाब में हिदायत पाकर गिलील के इलाके को रवाना हो गया और नासिरा नाम एक शहर में जा बसा ताकि जो नबियों के माध्यम से कहा गया था पूरा हो कि वह नासिरी कहलायेगा । " (मत्ती 2:23) । मौजूदा मसीहियत वास्तव में पोलूसियत है और सारी की सारी पोलूस (Paul) तरतूसी की शिक्षाओं पर ही आधारित है । यह शिक्षा हज़रत मसीह के कुछ समय बाद आरम्भ हो गयी थी और नसरानी इससे कतई इन्कार करते थे ।

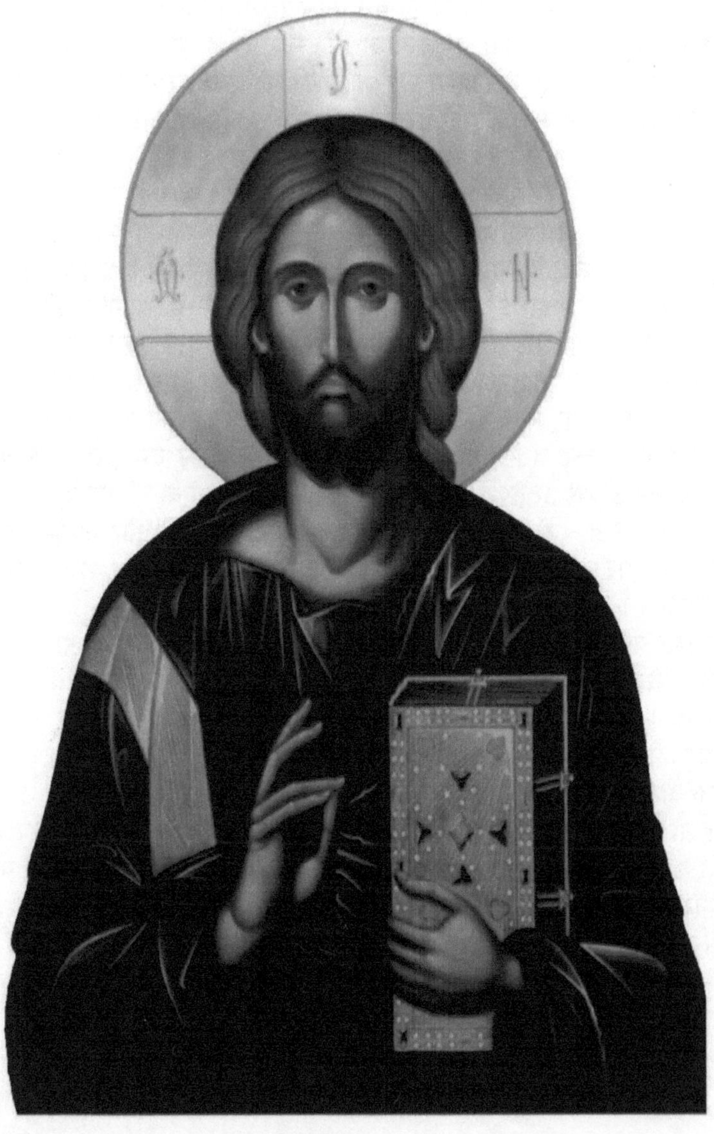

ईसा मसीह (हज़रत ईसा (अ ०) का जीवन परिचय- हज़रत ईसा का जन्म कुंवारी मरियम के गर्भ से अनुमानतः 4 ई ० पू . यहूदिया (जूडिया) प्रान्त के बेचलहम नामक नगर की एक सराय की गोशाला में हुआ था । ईसा मसीह या जीसस क्राइस्ट (Jesus Christ) एक यहूदी थे । उनके जीवन का प्रामाणिक वर्णन उपलब्ध नहीं है । बाईबिल और न्यू टेस्टामेण्ट के आधार पर इतना अवश्य ज्ञात होता है कि बचपन से ही ईसा की रूचि धार्मिक ग्रन्थों की टीकाएं और भाग्य पढ़ने में थी । धर्मशास्त्रों के अध्ययन में भी वह विशेष दिलचस्पी लेते थे । सत्य की प्राप्ति और ईश्वर को समझने की जिज्ञासा उनके हृदय में बहुत छोटी उम्र से ही थी, अवसर निकालकर वे जंगल में चले जाते , विद्वानों और धार्मिकों से वार्तालाप करते । बड़े होने पर ईसा ने अपने पिता यूसुफ का पेशा सीख लिया और लगभग 30 साल की आयु तक उसी गाँव में रहकर बढ़ई का काम करते रहे । बाद में वह इस कार्य को छोड़कर अपने उद्देश्य की पूर्ति में लग गये । ईसा के जीवन की मुख्य घटना 27 ई ० में यूहन्ना से भेंट थी यूहन्ना यहूदी थे और जोर्डन नदी के तट पर रहते थे । यहीं से उनका आध्यात्मिक जीवन शुरू हुआ । चालीस दिनों तक वह जूडिया के रेगिस्तान में रहे ।

लोगों का विश्वास था कि रेगिस्तान में भूत प्रेतों और दुष्ट आत्माओं का निवास है । जब ईसा वहाँ रहे , तब लोगों ने अनेक प्रकार की बातें कहनी शुरू की । शैतान से उनका घोर संघर्ष हुआ । अन्त में अनेक प्रलोभनों पर विजय प्राप्त करने तथा 40 दिन की कठोर तपस्या करने के बाद उन्होंने अपने को पहचाना ।

ईसा ने कहा संसार में पाप का राज्य हो रहा है । शैतान यहाँ का शासक है । सब उसी की आज्ञा का पालन करते हैं । शासक महात्माओं को मरवा डालते हैं । विद्वान और पुरोहित जैसा वैसा आचरण नहीं करते । भले लोगों के लिए रोने धोने के अलावा इस संसार में कुछ नहीं है । पाप का घड़ा भर गया है और वह फूटने ही वाला है । इसके बाद ही

ईश्वर के राज्य की बारी है . यह राज्य एक आकस्मिक घटना की भाँति उदित होगा और मानवता को पुनर्जीवन प्राप्त होगा । "

ईसा यहूदियों के धर्मग्रंथ को तो प्रमाणिक मानते थे किंतु वह शास्त्रियों की भांति उसकी निरी व्याख्या ही नहीं करते थे बल्कि उसके नियमों को परिष्कृत करने का भी साहस करते थे । पर्वत प्रवचन में उन्होंने मैं मूसा के नियम तथा नबियों की शिक्षा रद्द करने नहीं बल्कि पूरा करने आया हूँ।

ईसा ने धीरे धीरे यह प्रकट किया कि , " मैं ही मसीह , ईश्वर का पुत्र है । स्वर्ग का राज्य स्थापित करने स्वर्ग से आया है । इस पर यहूदी नेताओं में विरोध उत्पन्न हो गया और उन पर धर्मद्रोह का आरोप लगाया गया । रोमन गवर्नर पोन्टियस पाइलेट के हुएम से उन्हें अप्रैल 30 ई ० मे यरूशलेम के उत्तर पश्चिमी के फाटक के बाहर सूली पर लटका दिया गया । तीन दिन बाद ईसा पुनः जीवित हो गए । ईसा के पुनर्जीवित होने से उनके अनुयायियों का साहस बढ़ा और वे धूम धूम कर संसार के लोगों को प्रभु के राज्य का उपदेश देने लगे । कुरआन शरीफ में मसीह के क्रूस पर चढ़ाने का उल्लेख सांकेतिक रूप में केवल सूर अन निसा में मिलता है । इस प्रकार है हालांकि न तो उन्होंने उसे कत्ल किया और न उसे सूली पर चढ़ाया , बल्कि वे घपले में पड़ गये (4 : 158) इस धोखे का उन्हें ज्ञात नहीं । निस्सन्देह उन्होंने मसीह का वध नहीं किया बल्कि उसे अल्लाह ने अपनी ओर उठा लिया और किसी अन्य व्यक्ति को जो मसीह के समान दिखाई देता था . क्रूस पर चढ़ा दिया । (सूर 4:58) । कुरआन शरीफ में मसीह ने कहा ' निस्संदेह अल्लाह ही मेरा भी रब है और तुम्हारा भी ' रब ', तो उसकी ही बन्दगी करो यह सीधा मार्ग है (सूर : 3:31)।

हजरत ईसा के चमत्कार– ' जब परमात्मा ने कहा है मरियम पुत्र ईसा तुझ पर और माता पर मेरे उपकार याद कर जब हमने तुझे पवित्रात्मा द्वारा सहायता दी , तो , तू गोद में और बड़ी अवस्था में मनुष्यों से

बात करता और हमने तुझे युक्त ईश्वरी पुस्तक तोरेत और इंजील सिखलाई जब तुम मिट्टी से पक्षी की सूरत बनाता था और उसमें फूंक मारता तो वह मेरी आज्ञा से सजीव पक्षी हो जाता । तू मेरी आज्ञा से जन्म के अन्धे और कोढियों को चंगा करता , मेरे हुक्म से मुर्दे को (जिन्दा कर) बाहर निकालता । जब तू उनके पास प्रमाण के साथ आया और हमने इसाईल सन्तान को तुझसे रोका तो उनमें से नास्तिक कहने लगे कि यह खुला जादू है । (5152) ।

ΒΙΒΛΟΣΓΕΝΕΣΕΩΣΙΥΧΥΥΥΔΑΥΙΔ
ΑΒΡΑΑΜΑΒΡΑΑΜ . . . ΕΓΕΝΝΗΣΕΝΤΟ
ΙΣΑΑΚ . . . ΓΕΝ . . . ΣΕΝ . . . ΙΑΚ . .
. . ΑΚΕΓ . . . ΗΣΕ . ΤΟΝΙΟΥΔΑΝ . .
. . ΦΑΡ . . ΟΑΥΤΟΥΙΟΥΔΑ . . . ΕΕΙ . .
. . . ΤΟΝΦΑΡΕΣΚΑΙΤΟΝΖΑΡΕΕΚΤΗΣΘΑ .
. . ΦΑΡΕΣΔΕΕΓΕΝΝΗΣΕΝΤΟΝ . . . . .
ΕΣ . . . ΔΕΕ . . . . ΝΝ . . . . Ν . Α . . .
. . . . ΝΝΗΣΕΝΤ . . . .
. . . . ΒΔΕΕΓΕΝΝΗΣΕ . ΤΟΝΝΑΑ . .
. . . . ΩΝΔΕΕΓΕΝΝΗΣΕΝΤΟΝΣΑ . . .
ΣΑΛΜΩΝΔΕΕΓΕΝ . . . . . ΕΝΤΟΝΒΟΕ .
ΤΗΣΡΑΧΑΒΒΟΕΣ . Α . . . . ΕΓΕΝΝΗΣΕΝΤΟΝ
ΩΒΗΔΕΚΤΗΣ . . . . ΕΓΕΝΝΗ
ΣΕΝΤΟΝ . . . . ΕΓΕΝΝΗΣΕΝ
ΤΟ . . . . ΔΕ . ΕΝ
ΡΗΓΕΝΤΩΝ . . . .
ΔΟΛΩΝΔΕΕΓΕΝ . . . . . ΕΓ . . . ΤΟΒΟΑΜ . ΡΟΒΟ
ΑΜΔΕΕΓΕ . . . . ΑΒ . . ΔΕ
Ε . ΕΓΕΝ . . . . ΑΣΑΦ .
. . . . ΤΟΝΙΩΣΑΦ . . . . ΦΑΤΔ .
. . . .
. . . . ΥΙΟΣΣΑΡ . ΓΕ . . . . . .

पवित्र पुस्तक –

(1) इंजील बरनावास– सोलहवी शताब्दी में इतालवी अनुवाद की एक प्रति पोप सिक्नटस (Sixtus) के पुस्तकालय में पायी जाती थी और किसी को उसके पढ़ने की इजाजत न थी । अवाहरवीं शताब्दी के आरंभ में यह एक व्यक्ति जान टोलैंड के हाथ लगा । फिर विभिन्न हाथों में गश्त करता हुआ 1738 ई ० में वियाना की इम्बेरियल लाइब्रेरी में पहुँच गया । 1907 ई ० में इसी प्रति का अंग्रेजी अनुवाद ऑक्सफोर्ड के क्लीरंडम प्रेस से प्रकाशित हो गया था परन्तु इसके प्रकाशन के तुरंत बाद ही ईसाई जगत को यह एहसास पैदा हो गया था कि यह किताब तो उस धर्म की जड़ ही काट दे रही है जिसे हजरत ईसा से संबंधित किया जाता है । इसीलिए इसकी प्रकाशित प्रतियों किसी विशेष उपाय से गायब कर दी इसके प्रकाशित होने की नौबत न आ सकी । दूसरी एक प्रति इसी इतालवी प्रति से स्पेनी भाषा में रूपान्तरित हुई जो अठाहरवीं शताब्दी में पायी जाती थी जिसका उल्लेख जार्ज सेल ने कुरआन के अपने अनुवाद की भूमिका में किया परन्तु वह भी कहीं गायब कर दी गई और आज उसका कहीं पता ठिकाना नहीं मिलता । नबी (स ०) की पैदाइश से भी 65 वर्ष पूर्व ग्लासियस प्रथम (Glasius 1) के समय में वह अकीदा और भ्रामक (Heretical) किताबों की जो सूची तैयार की गयी थी और एक पापाई फतवे के द्वारा जिनका पढ़ना वर्जित कर दिया गया था उनमें <u>इंजील बरनावास (Euangelium Barnabe)</u> भी सम्मिलित थी इंजील बरनावास का लेखक कहता है कि मैं मसीह के प्रथम 12 हवारियों में से एक हूँ आरम्भ से अन्त तक मसीह के साथ रहा हूँ और अपनी आँखों से घटनाएं देखी और कथन सुने है जो इस किताब में लिख रहा हूँ । यही नहीं बल्कि किताब के अन्त में वह कहता है कि दुनिया से रूखसत होते समय हज़रत मसीह ने मुझसे कहा था कि मेरे बारे में जो गलतफहमियों लोगों में फैल गई है उनको साफ करना और सही

वृतान्त दुनिया के सामने लाना तेरी ज़िम्मेदारी है । यह बरनावास कौन था ? बाइबिल की किताब आमाल में बहुत अधिक इस नाम के व्यक्ति का उल्लेख हुआ है । कुबरूस के यहूदी वंश से संबंध रखता था ।

नबियों में हज़रत दाऊद (अ ०) और सुलेमान (अ ०) को नबी कहते हैं , हालांकि यहूदियों और ईसाईयों ने उनको नबियों की सूची से खारिज कर रखा है । हज़रत इस्माईल को जबीह ठहराते हैं और एक यहूदी विद्वान से इकरार कराते हैं कि वास्तव में जबीह हज़रत इस्माईल थे । यहूदियों ने जबरदस्ती खींचतान कर हजरत इस्हाक (अ) को जबीह बना रखा है । इंजील बरनावास अस्वीकृत पुस्तकों में इसलिए सम्मिलित की गई कि यह मसीहियत के उस राजकीय धारणा के आरम्भ ही में अपनी रचना का उद्देश्य यह बताता है कि उन लोगों के विचारों का सुधार किया आए तो शैतान के धोखे में आकर पशुओं को खुदा का बेटा ठहराते हैं । खतना को गैर जरूरी ठहराते हैं और हराम भोजन को हलाल कर देते हैं । जिनमें से एक धोखा खाने वाला पोलोस भी है । वह बताता है कि हजरत ईसा (अ ०) संसार में मौजूद थे उस समय उनके चमत्कारों को देखकर सबसे पहले मुशरिक रूमी सिपाहियों ने उनको ख़ुदा और कुछ ने ख़ुदा का बेटा कहना आरम्भ कर दिया । फिर यह छूच छात बढ़ी और इसराईल जनसाधारण को भी लग गई । इस पर हजरत ईसा (अ ०) बहुत परेशान हुए उन्होंने बार बार अत्यन्त सख्ती के साथ अपने बारे में इस असल्य धारणा का खण्डन किया और उन लोगों पर लानत भेजी जो उनके बारे में ऐसी बातें कहते थे ।

बरनबास

बरनबास (), और अरामी मूल का है जिसका अर्थ है "विश्राम का पुत्र", या "प्रोत्साहन का पुत्र"।

बाइबिल के अधिनियमों की पुस्तक में कई मिशनरी यात्राओं पर पॉल के साथ यात्रा करने वाले बाइबिल के व्यक्ति से मेल खाता है। उसका नाम यीशु के प्रेरितों द्वारा उसके उत्साहवर्धक चरित्र के कारण दिया गया था (प्रेरितों 4:36)। बरनबास एक साइप्रियन यहूदी, लेवी था। उनका मूल नाम जोसेफ या जोसेस है।

मुसलमान बरनबास को एक सच्चा ईसाई मानते हैं जिसने पॉल की शिक्षा का विरोध किया था। हालाँकि, यह अधिनियमों में रिकॉर्ड के विरुद्ध है:

जब पॉल ईसाई बन गया, तब भी अन्य विश्वासी उससे डरते थे, क्योंकि पॉल अपने धर्म परिवर्तन से पहले ईसाइयों पर अत्याचार करता था। बरनबास पौलुस को प्रेरितों के पास लाया। (प्रेरितों 9:27) जब बरनबास ने अन्ताकिया में मंत्रालय की बड़ी आवश्यकता देखी तो बरनबास ने पौलुस को उसके साथ अन्ताकिया में काम करने के लिए खोजा। उन्होंने उस चर्च में पूरे एक वर्ष तक शिक्षा दी (प्रेरितों 11:22-26)।
बरनबास और पॉल को एक साथ सहायता भेजने की जिम्मेदारी दी गई (प्रेरितों 11:29-30)।
बारबाबास और पॉल को अन्ताकिया के चर्च में "भविष्यवक्ता और शिक्षक" के रूप में सूचीबद्ध किया गया था (प्रेरितों 13:1)।
बरनबास और पॉल एक ही मिशनरी यात्रा पर थे (प्रेरितों 13:2-4)।
बारबास और पॉल ने एक साथ प्रचार किया और उन्हें एक साथ सताया गया (प्रेरितों 13:43-51)।

बरनबास और पॉल अन्यजातियों के बीच प्रेरितों को परमेश्वर की कृपा और चमत्कारों के बारे में बताने के लिए एक साथ यरूशलेम गए (प्रेरितों 15:12)।

प्रेरितों ने गैर-यहूदी चर्चों को अपने पत्र देने के लिए बरनबास और पॉल को भेजा, जिसमें इन चर्चों से आग्रह किया गया कि वे ईश्वर पर भरोसा बनाए रखें, लेकिन उन्हें मोज़ेक कानून का पालन करने की आवश्यकता से मुक्त कर दें (प्रेरितों 15:25)।

प्रेरितों ने बरनबास और पॉल को खतनारहित अन्यजातियों के पास भेजा, जबकि वे खतना किये हुए लोगों (यहूदियों) के बीच सेवा कर रहे थे (गलातियों 2:9)।

मुसलमान भी बरनबास एमएस के सुसमाचार का प्रचार करते हैं। वियना, एक इतालवी पांडुलिपि जिसका अंग्रेजी में अनुवाद लोन्सडेल और लौरा रैग द्वारा किया गया था, बाइबिल में नए नियम में शामिल चार सुसमाचारों के विपरीत सच्चे सुसमाचार के रूप में। क्योंकि इस पांडुलिपि में कुरान की तरह ही बहुत सी शिक्षाएं दी गई हैं, उदाहरण के लिए। यीशु को सूली पर चढ़ाने से इनकार करना, उनके देवता को नकारना आदि। मुसलमानों ने सोचा कि यही यीशु का सच्चा सुसमाचार है। हालाँकि, पांडुलिपि की बारीकी से जांच से पता चलता है कि यह पुस्तक कई पहलुओं में कुरान का खंडन करती है, जैसे कि इस बात से इनकार करना कि यीशु मसीहा है, यीशु ने लेखक को बरनबास कहा था (जो कि यीशु के पुनरुत्थान के बाद प्रेरितों द्वारा दिया गया एक नाम था), आदि। इस पुस्तक के लेखक फिलिस्तीन में पहली सदी के जीवन या भूगोल (उदाहरण के लिए सर्दियों की बारिश, समुद्र के पास नाज़रेथ, आदि) से परिचित नहीं थे, लेकिन 14वीं शताब्दी के स्पेन से, स्पेनिश शब्दों का उपयोग करते हुए (उदाहरण के लिए। मिनुति) और मध्ययुगीन आविष्कारों का उल्लेख करते थे (उदाहरण के लिए) .शराब के ताबूत जब पहली सदी के यहूदी वाइन

की खालों का इस्तेमाल करते थे)। बरनबास एक यहूदी था, लेकिन लेखक को यह नहीं पता था कि बाइबिल में जुबली हर 50 साल में आती है। इसके बजाय, लेखक ने कहा कि यह 100 वर्ष है, जिसे 14वीं शताब्दी में घोषित किया गया था, और बाद में बाइबिल के 50 वर्षों पर लौटने के लिए इसे रद्द कर दिया गया। इसलिए सबूतों की मांग है कि हम इस पांडुलिपि को कपटपूर्ण मानकर खारिज कर दें।

एरियस

एरियस (256-336 ई.) आधुनिक मिस्र के अलेक्जेंड्रिया शहर में एक पादरी थे। उन्होंने सिखाया कि यीशु मसीह, ईश्वर के पुत्र, को ईश्वर पिता ने दुनिया के निर्माण का एक साधन बनने के लिए बनाया था। इस प्रकार, यीशु न तो पूरी तरह से दिव्य हैं और न ही पूरी तरह से मनुष्य हैं, बल्कि ईश्वर की सभी रचनाओं में सर्वोच्च हैं। "ईश्वर सदैव पिता नहीं था...परमेश्वर का वचन सदैव पिता नहीं था, बल्कि उन चीज़ों से उत्पन्न हुआ था जो नहीं थीं... क्योंकि पुत्र एक प्राणी और एक कार्य है।" (एरियस 2 का बयान) हालाँकि, उनका मानना था कि यीशु हमारे पापों के लिए क्रूस पर मरे और तीसरे दिन पुनर्जीवित हो गए। इसलिए, एरियनवाद इस्लाम का अग्रदूत नहीं है।
BIBLE.CA

Unitarianism (ईसाई)-- यद्यपि यह निरस्त करते (जैसे ईश्वर की एकता के विरोधी) विमूर्ति का मत और ईशू का देवत्व एक साथ बहाव प्रापश्चित और अनन्त क्षमा : ' सोसिनियन्स ' (कासतो सोजीनी से 1539-1604) और 18 वीं शताब्दी एरियन्स ' मजबूत बाईबिली थे और ईशू की विशेष हद की अनुमति थी । बाद में इंग्लैंड में कुछ यूनीटेरियन्स दार्शनिक और यह अमेरिकी प्रेमी आधुनिक यूनिटेखिनस अनेक है और मतभेद के वर्ग , शिष्य धर्म जैसा स्वीकार

ईसाई संप्रदाय वह मत की ज्ञान यूनान नासिरा है मेरा रास्ता का हाल विशेषकर के लिए आत्मा विचार का जैसे कर्मों का प्रकाश या चमक के लिए उच्च संसार जो इसमें गिरता में बंदी दाह का मास उसे कौन है योग्य उपयोगी केवल मनुष्य प्राप्त गया रहा ज्ञान के लिए एक युक्त प्रकट करने वाला वह मत के रास्ते का हल ज्ञान है विशेषकर मनुष्य आत्मा का विचार एबोनिया सम्प्रदाय यह प्रथम सदी हुआ था उनका विश्वास था कि ईसा केवल एक मनुष्य थे यह भी मनुष्यों की भांति यूसुफ और मरियम से उत्पन्न हुए थे । मल्लन वाद जो मानता था कि यीशु खीस्त देह धारण करके नहीं आए वरन प्रेत रूप में या मानवाभास (Docitic) रूप में थे । ज्ञानवाद यह मानता था कि पदार्थ बुरा है आत्मा अच्छा । इसलिए यह जो मानव रूप नहीं हो सकते सृष्टि का करता परमेश्वर नहीं वरन एक निम्न अशुद्ध सत्ता विश्वकर्मा इस जगत का सृष्टिकर्ता और संचालक है । मनुष्य को नक्षत्र और आत्माओं के वश से मुक्त होना है इस मुक्ति का साधन ज्ञान है जो दीक्षित व्यक्ति के लिए एक रहस्यमई प्रकाश या बौद्ध है ज्ञानवाद समन्वयवादी मत था । ज्ञान वाद खिरिस्तीय धर्म की बुनियाद को दी कि खूरीस्त पूर्ण मनुष्य और पूर्ण परमेश्वर है नष्ट कर देता था । विश्व के प्रमुख धर्म (H.T.L.C)

मानी कनीर संप्रदाय- उनका विश्वास था कि जिसने मूसा को तोरेत दी और इब्रानी पैगंबरों के साथ बातचीत किया करता था वह शैतानों का शैतान है वह न्यू टेस्टामेंट की पुस्तकों को मानता है किन्तु इसमें प्रछेप बतलाता है और जो इसका पसंद आता है वह ले लेता है.

भारसियोनी संप्रदाय- इसका विश्वास दो खुदाओं पर था एक मनुष्य का उत्पादक तथा दूसरा पाप का उत्पादक था इनका विश्वास है कि ओल्ड टेस्टामेंट की तरह और सब पुस्तकें दूसरे खुदा की दी हुई है वह मानते थे कि सृष्टि का उत्पादक ईसा को भेजने वाला खुदा नहीं । (दर्पण इंजीनियर जगदीश शरण श्रीवास्तव , फरवरी , 2006)

शिष्य परम्परा की सभी मूल कृतियां यूनानी भाषा में लिखी गयीं । आगे चलकर धर्मगुरूओं ने केवल 27 रचनाओं को मसीही नवजीवन की सच्ची अभिव्यक्ति के रूप में स्वीकार लिया और उन्हीं में ईश्वरीय प्रेम की प्रकाशना पहचान ली चौथी सदी में उन 27 लेखों को इब्रानी अरामी के साथ (अथवा वृहद् यूनानी बाइबिल अनुवाद के साथ) जोड़ दिया गया , और " नये विधान के रूप में उन्हें संकलित कर प्रमाणिक शास्त्र का सम्मान दिया गया । प्रत्येक पुस्तिका के लिए शीर्षक एवं परम्परागत लेखक का नाम भी रखा गया । फिर भी वास्तविक रचनाकाल अथवा रचयिता के संबंध में आज तक काफी मतभेद है । विद्वानों का अनुमान है कि नये विधान की सबसे पुरानी पुस्तिका पौलूस के हाथ की है , जिसे उन्होंने यूनान देश में अपनी प्रचार यात्रा के दौरान , सन् 51 ई 0 में , थिस्सलुनी के नगर के शिष्यों के नाम भेजा । दो तीन साल के बाद उन्होंने शिष्यों के किसी मतभेद से चिंतित होकर , कुरिथुस बंदरगाह की मंडली को भी पत्र भेजे । तब स्वयं वहीं जाकर पौलूस ने 56 ई 0 के आसपास सच्चे विश्वास तथा धर्मकर्म के संबंध में पूर्व में स्थित गलातिया प्रदेश के और पश्चिम में स्थित रोम नगर के भाई बहिनों के नाम पत्र भेजे प्रचार यात्राओं के अन्त में पौलूस यरूशलेम में बंदी बनाये गये कैंसरिया नगर में अपने कारावास के समय (70 ई 0 के कुछ पहले) पौलूस ने मकिदुनिया के फिलिप्पी नगर के अपने प्रिय शिष्यों को भी लिखा । जब यह अन्तिम फैसले के लिए रोम के बंदीगृह में थे , तब उन्होंने एशिया माइनर में रहने वाले फिलेमोन को एक व्यक्तिगत पत्र भेजा और उसी क्षेत्र के कुलुस्से तथा इफिसुस नगर के शिष्यों को उत्साहवर्धक पत्र भेजे । इस तरह अकेले पौलूस ही के दस पत्र हैं । वे नये विधान की प्रथम रचनाएं हैं । चौथे सुसमाचार (यूहन्ना) में एक गहरा आध्यात्मिक अर्थ ही झलकता है ।

ग्रीक बाइबिल नया विधान

प्रथम मुद्रित बाइबिल का प्रकाशन सन् 1450 ई 0 में हुआ और उस समय तक एक एक प्रति हाथ से लिखकर बनाई जाती थी । नये विधान के लगभग 5,000 हस्तलेख अब तक शेष बचे रहे । यहूदी धर्म और ईसाई धर्म । इन दोनों धर्मों का जन्म फिलिस्तीन में हुआ यूनानियों ने ही संसार में सबसे पहले इतिहास की कुछ पुस्तकें लिखीं । हेरोडोटस ने जिन्हें इतिहास का जनक भी कहते हैं । ' इलियड में

ट्राय नगर के घेरे और नाश की कहानी का वर्णन है । ' ओडिसी में ओडिसयस नामक यूनानी वीर के जोखिमपूर्ण कार्यों और उसके ट्राय से घर लोगों की कहानी लिखी गई है ।

इंजील बरनावास- यह इंजील की तरह विश्वसनीय नहीं है और नबी स ० की नबुवत उनका अंतिम संदेष्टा होना सूरज से अधिक रौशन है । आपकी नबुवत को सिद्ध करने के लिए कमज़ोर दलीलों का सहारा लेने की आवश्यकता नहीं है । बरनाबास इंजील की भविष्यवाणियाँ ईसाइयों के लिए स्पष्ट तर्क (हुज्जत) नहीं बन सकती क्योंकि वे उसे प्रमाणिक नहीं मानते । इस इंजील के अध्ययन से स्पष्ट होता है कि इसको किसी मुसलमान ने संकलित करके बरनाबास से संबंध बता दिया है । इसके जाली होने पर विस्तृत बहस की आवश्यकता है जिसकी यहाँ गुंजाइश नहीं है इसलिए संक्षिप्त रूप से कुछ बातें प्रस्तुत की जा रही हैं

 (1) बरनाबास का ईसा अ ० के हवारियों में से होना साबित नहीं है । बाइबिल किताब प्रेरितों के कामों का • वर्णन से पता चलता है कि वह पात्र के साथ प्रचार के लिए अन्टाकिया गया था (प्रेरितों के काम 15:22) परन्तु उसके हालात अज़ात हैं । (2) बरनाबास ने अपनी किताब की शुरूआत में उसके लिखने का उद्देश्य यह बताता है कि यूनस जो विकृत धारणा फैला रहा है . उसका खण्डन किया जाए और सच्ची बातें सामने लायी जाए किन्तु किताब के आखिर में लिखता है कि यीशू ने उससे कहा- " देख बरनाबास तू ज़रूर मेरी इंजील लिखना । " (अध्याय 221) अगर हज़रत ईसा अ ० ने बरनाबास को इंजील लिखने का आदेश दिया था तो फिर उसे पहले दिन ही से यह काम करना चाहिए था और इस किताब के लिखने का उद्देश्य भी यही बयान करना चाहिए था परन्तु वह पाल की विकृत धारणा फैलने तक खामोश रहा । (3) बरनाबास की इंजील के बारे में कहा जाता है कि उसकी केवल एक प्रति जो इटैली भाषा में भी पोप सिक्सस (Sictus)

1585 से 1590 ई॰ के पुस्तकालय में मौजूद था और 18 वीं सदी के शुरू में वह सबके सामने आया । यदि यह वास्तव में बरनावास की लिखी इंजील है तो वह मूल रूप से किस भाषा में थी और पूरी दुनिया इससे किस तरह बेख़बर रही ? (4) इस इंजील में हज़रत मरियम के बारे में बयान हुआ है कि जब वे गर्भवती हो गईं तो इस डर से कि कहीं वे व्याभिचार के आरोप में संगसार न कर दी जाएं अपने लिए अपनी ही बिरादरी का एक साथी चुन लिया जिसका नाम यूसुफ था । (अध्याय -2) । यह बात कुरआन के बयान के बिल्कुल विपरीत है । (5) इसमें नबियों की संख्या हज़रत ईसा की जबानी 124,000 बयान की गयी है । (अध्याय 17) । (6) इसमें हजरत आदम का यह किस्सा बयान हुआ है कि जब आदम उठ खड़ा हुआ तो उसने हवा में एक तहरीर (लिखावट) देखी जो सूरज की तरह चमकती थी कि खुदा एक ही है और मोहम्मद खुदा का रसूल है । इस पर आदम ने अपना मुँह खोला और कहा ऐ खुदाबन्द मेरे खुदा मैं तेरा शुक्रगुजार (कृतज्ञ) हूँ कि तूने मेरी संरचना की योजना बनाई । परन्तु में मिन्नत करता हूँ कि मुझे बता इन शब्दों का क्या अर्थ है " मोहम्मद ख़ुदा का रसूल है क्या मुझसे पहले और मनुष्य भी हुए हैं ? तब खुदा ने कहा मरहबा ऐ मेरे बन्दे आदम में तुझे बताता हूँ कि तू पहला इंसान है जिसे मैंने पैदा किया और वह जिसे तूने लिखा देखा है तेरा बेटा है जो दुनिया में अब से बहुत साल बाद आयेगा और मेरा रसूल होगा जिसके लिए सारी चीजें पैदा की है । आदम ने ख़ुदा की मिन्नत की कि खुदाबन्द यह दाए तहरीर मेरे हाथों की उंगलियों के नाख़ू पर आंकत कर दे तब ख़ुदा ने पहले इंसान के अगूठा पर यह तहरीर अंकित कर दो अंगूठे के नाखून पर लिखा था खुदा एक ही है और बाए अगुली के नाखून पर लिखा था मोहम्मद खुदा का रसूल है । तब पहले इंसान से बापता भाव के साथ ये शब्द । और अपनी आँखे मली और कहा मुबारक हो वह दिन जय तू दुनिया में आए । अध्याय 29 और अध्याय 41 में क्यान हुआ है कि

हज़रत आदम ने जन्नत के फाटक पर लिखा हुआ देखा ' खुदा एक ही है और मोहम्मद उसका रसूल है । ये ऐसी ही बातें हैं जो हमारे यहाँ गढ़ी हुई हदीसों में बयान हुई है ।

आश्चर्य है मौलाना मौदूदी ने एक ऐसी इंजील को जो त्रुटिपूर्ण है और जिसमें बे- सिर पैर की बातें और कलामी बहसें दर्ज हैं प्रमाणिक बताया और उसपर विश्वास करते हुए उन भविष्यवाणियों को उद्धत किया जो उसमें बयान हुई है । फरमाते हैं . ' इस बहस से यह बात स्पष्ट हो जाती है कि इंजील बरनावास वास्तव में चारों इंजीलों से ज्यादा मोतबर (विश्वसनीय) इंजील है , मसीह अ ० की तालीमात और सीरत की सही तरजुमानी करती है । " (तफहीमुल कुरआन Vol 5 , Page 471)

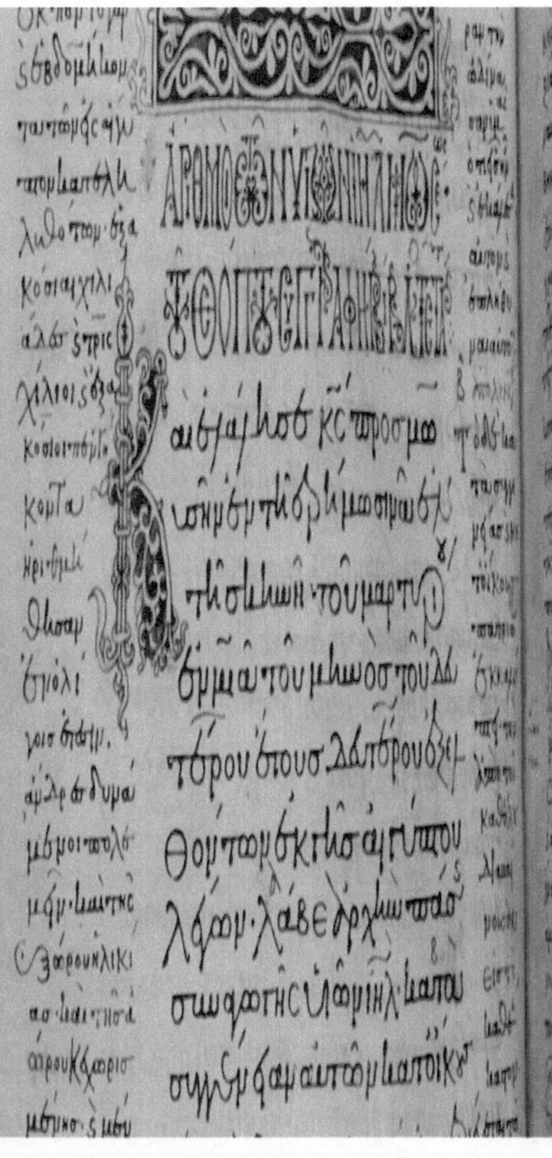

नया नियम (New Testament) .

पुस्तक का नाम - मत्ती , लेखक मत्ती स्थान पेलेस्टीन , समय 41-50 ई॰ , समय पूर्ण 2 B.C.E A.D.33 पुस्तक का नाम मर्कुस लेखक-मरकुस स्थान रोम समय 60-65 ई॰ , समय पूर्ण 29-33 पुस्तक का नाम लूका लेखक लूका , स्थान केसरिया , समय- 56-58 ई॰ , समय पूर्ण 3 B.C.EA.D 33 पुस्तक का नाम यूहन्ना , लेखक यूहन्ना स्थान इफीसस या निकट समय 60-65 , समय पूर्णपुर 3.B.C.E AD 33

नेस्टोरियनवाद

नेस्टोरियनवाद यह विश्वास है कि मसीह दो अलग-अलग व्यक्तियों से मिलकर बना था, एक मानव और दूसरा दिव्य। इसका नाम इसके प्रमुख समर्थक नेस्टोरियन से लिया गया है जो कॉन्स्टेंटिनोपल के कुलपति थे। नेस्टोरियनवाद को 451 ई. में चाल्सेडन की परिषद द्वारा एक विधर्मी के रूप में खारिज कर दिया गया था, जिसमें कहा गया था कि मसीह केवल एक व्यक्ति से बना था, जिसके दो स्वभाव थे, एक मानव और एक दिव्य। नेस्टोरियन चर्च आज भी ओरिएंटल रूढ़िवाद के भीतर मौजूद हैं। ओरिएंटल रूढ़िवादी में क्राइस्टोलॉजी भी देखें। (रिलायंस वर्ल्ड इनसाइक्लोपीडिया)

नेस्टोरियनवाद

अन्य नामों से भी जाना जाता है: प्राचीन चर्च ऑफ द ईस्ट, असीरियन चर्च, चर्च ऑफ द ईस्ट, फारसी चर्च

नेस्टोरियनवाद , ईसाई संप्रदाय जो एशिया माइनर और सीरिया में उत्पन्न हुआ, मसीह की दिव्य और मानवीय प्रकृति की स्वतंत्रता पर बल देता है और, वास्तव में, यह सुझाव देता है कि वे हैंदो व्यक्ति शिथिल रूप से एकजुट। की निंदा के बाद विभाजनकारी संप्रदाय का

गठन हुआनेस्टोरियस और इफिसस (431 ई.) और चाल्सेडोन (451 ई .) की विश्वव्यापी परिषदों द्वारा उनकी शिक्षाएँ ।

भागीदारी के क्षेत्र: ईसाई धर्म अवतार मसीह के दो स्वरूप
संबंधित लोग: अब्दिशो बर बेरिखा
मूल रूप से, नेस्टोरियनवाद ने ईश्वरीय वचन को अवतार के समय एक पूर्ण, स्वतंत्र रूप से विद्यमान मनुष्य के रूप में अपने साथ जोड़ने के रूप में परिकल्पित किया । रूढ़िवादी दृष्टिकोण से, नेस्टोरियनवाद ने अवतार की वास्तविकता को नकार दिया और मसीह को ईश्वर द्वारा प्रेरित मनुष्य के बजाय ईश्वर द्वारा निर्मित मनुष्य के रूप में प्रस्तुत किया। 5वीं शताब्दी से ईसाई चर्च की सभी प्रमुख शाखाएँ नेस्टोरियनवाद की निंदा करने में एकजुट हो गई हैं और पुष्टि की है कि मसीह एक ही व्यक्ति हैं, एक साथ पूरी तरह से मानव और पूरी तरह से दिव्य।

फारस में ईसाई धर्म को तब तक बीच-बीच में उत्पीड़न का सामना करना पड़ा जब तक कि 424 में फारसी चर्च ने औपचारिक रूप से अन्य जगहों के ईसाई चर्चों से अपनी पूर्ण स्वतंत्रता की घोषणा नहीं कर दी, जिससे वह विदेशी संबंधों के बारे में संदेह से मुक्त हो गया।निसिबिस के महानगर बारसुमास , फारसी चर्च ने स्वीकार कियाफरवरी 486 में थियोडोर ऑफ मोप्सुएस्टिया , मुख्य नेस्टोरियन धर्मशास्त्रीय अधिकारी, को सही विश्वास के संरक्षक के रूप में नियुक्त किया गया। कुलपति बाबाई (497-502) के तहत इस स्थिति की पुष्टि की गई, और उस समय से चर्च नेस्टोरियन रहा है।

नेस्टोरियस को अभिशाप दिया गया था431 में इफिसुस की दूसरी परिषद में मैरी के लिए थियोटोकोस ("ईश्वर-वाहक") शीर्षक के उपयोग की निंदा करते हुए जोर देकर कहा गया कि इससे मसीह की मानव प्रकृति की वास्तविकता से समझौता होता है । जब नेस्टोरियस के समर्थक धर्मशास्त्रीय परिषद में एकत्र हुएएडेसा के स्कूल को 489 में शाही आदेश द्वारा बंद कर दिया गया था, और एक सशक्त नेस्टोरियन अवशेष फारस में स्थानांतरित हो गया था।

फ़ारसी चर्च का बौद्धिक केंद्र तब निसिबिस में नया स्कूल बन गया , जिसने एडेसा की आदरणीय परंपराओं को आगे बढ़ाया । 5वीं शताब्दी के अंत तक फ़ारस में सात महानगरीय प्रांत और अरब और भारत में कई बिशपिक थे। चर्च ने कुलपति के नेतृत्व के माध्यम से विभाजन (लगभग 521- लगभग 537/539) और उत्पीड़न (540-545) की अवधि को झेला।मार अबा प्रथम (शासनकाल 540-552), जोरास्ट्रियन धर्म से धर्मांतरित हुए थे , और मठवाद के नवीनीकरण के माध्यम से भीकाशकर के अब्राहम (501-586), निसिबिस के पास माउंट इज़ाला पर मठ के संस्थापक।

अरबों द्वारा फारस पर विजय (637) के बाद, खिलाफत ने चर्च ऑफ द ईस्ट को एक बाजरा , या अलग धार्मिक समुदाय के रूप में मान्यता दी, और इसे कानूनी संरक्षण प्रदान किया। नेस्टोरियन विद्वानों ने अरब संस्कृति के निर्माण में प्रमुख भूमिका निभाई , और कुलपतियों ने कभी-कभी शासकों के साथ प्रभाव प्राप्त किया। तीन शताब्दियों से अधिक समय तक चर्च खिलाफत के अधीन समृद्ध हुआ, लेकिन यह सांसारिक हो गया और सांस्कृतिक क्षेत्र में इसका नेतृत्व समाप्त हो गया। 10वीं शताब्दी के अंत तक खिलाफत में 15 महानगरीय प्रांत थे और विदेशों में 5, जिनमें भारत और चीन शामिल थे। नेस्टोरियन

मिस्र में भी फैल गए , जहां मोनोफिसाइट ईसाई धर्म ने मसीह में केवल एक प्रकृति को स्वीकार किया । चीन में 7वीं से 10वीं शताब्दी तक नेस्टोरियन समुदाय फला - फूला । मध्य एशिया में मंगोल क्षेत्र में आने वाले पश्चिमी यात्रियों ने पाया कि नेस्टोरियन ईसाई वहां अच्छी तरह से स्थापित थे, यहां तक कि महान खान के दरबार में भी, हालांकि उन्होंने पादरी वर्ग की अज्ञानता और अंधविश्वास पर टिप्पणी की। जब 14वीं शताब्दी के दौरान तुर्क नेता तैमूर के हमलों से चर्च ऑफ द ईस्ट लगभग समाप्त हो गया था , तब नेस्टोरियन समुदाय इराक के कुछ शहरों में बचे रहे, लेकिन मुख्य रूप से कुर्दिस्तान में , टिगरिस नदी और वान और उर्मिया झीलों के बीच, आंशिक रूप से तुर्की और आंशिक रूप से ईरान में केंद्रित थे।

1551 में कई नेस्टोरियन रोम के साथ फिर से जुड़ गए और उन्हें बुलाया गयाचालिडयन , मूल नेस्टोरियन को असीरियन कहा जाता है। भारत में नेस्टोरियन चर्च, उस समूह का हिस्सा है जिसे असीरियन के नाम से जाना जाता है।सेंट थॉमस के ईसाई , रोम के साथ संबद्ध हो गए (1599) और फिर विभाजित हो गए, इसकी आधी सदस्यता ने एंटिओच के सीरियाई जैकोबाइट (मोनोफिसाइट) कुलपति के प्रति निष्ठा स्थानांतरित कर दी (1653)। 1898 में उर्मिया, ईरान में, एक बिशप के नेतृत्व में नेस्टोरियन के एक समूह को रूसी रूढ़िवादी चर्च के भोज में शामिल किया गया था ।

आधुनिक नेस्टोरियन चर्च सख्त अर्थों में नेस्टोरियन नहीं है, हालांकि यह नेस्टोरियस का सम्मान करता है और धन्य वर्जिन के लिए थियोटोकोस की उपाधि स्वीकार करने से इनकार करता है। समकालीन नेस्टोरियन का प्रतिनिधित्व चर्च ऑफ द ईस्ट या फारसी चर्च द्वारा किया जाता है, जिसे आमतौर पर पश्चिम में असीरियन या

नेस्टोरियन चर्च के रूप में संदर्भित किया जाता है। इसके अधिकांश सदस्य इराक, सीरिया और ईरान में रहते हैं।
एनसाइक्लोपीडिया ब्रिटानिका

ओफाइट

ज्ञानवादी संप्रदाय

ओफाइट , (ग्रीक ओफिस, "सर्प" से), कई गूढ़ज्ञानवादी संप्रदायों में से किसी एक का सदस्य था जो दूसरी शताब्दी ईस्वी के दौरान और उसके बाद कई शताब्दियों तक रोमन साम्राज्य में फला-फूला। कई प्रकार के गूढ़ज्ञानवादी संप्रदाय, जैसे नासेन और कैनाइट्स , ओफाइट्स पदनाम के अंतर्गत शामिल हैं । इन संप्रदायों की मान्यताएँ कई मायनों में भिन्न थीं, लेकिन उन सभी के केंद्र में एक द्वैतवादी धर्मशास्त्र था, जो एक पूरी तरह आध्यात्मिक सर्वोच्च सत्ता का विरोध करता था, जो एक अराजक और बुरी भौतिक दुनिया के लिए ब्रह्मांडीय प्रक्रिया और सर्वोच्च अच्छाई का मूल था। ओफाइट्स के लिए, मनुष्य की दुविधा इन परस्पर विरोधी आध्यात्मिक और भौतिक तत्वों का मिश्रण होने के कारण होती है। केवल ज्ञान, अच्छाई और बुराई का गूढ़ ज्ञान, मनुष्य को पदार्थ के बंधनों से मुक्ति दिला सकता

ओफाइट्स पुराने नियम के यहोवा को केवल एक देवता या अधीनस्थ देवता मानते थे जिसने भौतिक दुनिया का निर्माण किया था। उन्होंने बाइबिल की उत्पत्ति की पुस्तक में सर्प को विशेष महत्व दिया क्योंकि उसने मनुष्यों को अच्छे और बुरे का वह सर्व-महत्वपूर्ण ज्ञान प्राप्त करने में सक्षम बनाया था जिसे यहोवा ने उनसे छिपा रखा था। तदनुसार, सर्प मानवजाति का सच्चा मुक्तिदाता था क्योंकि उसने सबसे पहले मनुष्यों को यहोवा के विरुद्ध विद्रोह करना और सच्चे,

अज्ञात ईश्वर का ज्ञान प्राप्त करना सिखाया था। ओफाइट्स ने मसीह को एक विशुद्ध आध्यात्मिक प्राणी के रूप में भी माना जिसने मनुष्य यीशु के साथ अपने मिलन के माध्यम से उद्धारकारी ज्ञान की शिक्षा दी।

अपोस्टोलिक

अपोस्टोलिक , विभिन्न ईसाई संप्रदायों में से किसी एक का सदस्य जो संयम और गरीबी के नियमों के शाब्दिक पालन द्वारा आदिम चर्च के जीवन और अनुशासन को पुनर्स्थापित करना चाहता था।

सबसे पहले अपोस्टोलिक्स (जिन्हें एपोटैक्टिसी के नाम से भी जाना जाता है, जिसका अर्थ है "संयमित") तीसरी शताब्दी के आसपास अनातोलिया में दिखाई दिए। वे अत्यंत तपस्वी और त्यागी थेसंपत्ति औरविवाह। 12वीं शताब्दी में फ्रांस, फ़्लैंडर्स और राइनलैंड के विभिन्न केंद्रों में अपोस्टोलिक्स नामक विधर्मी घुमंतू प्रचारकों के कुछ समूह पाए गए। ऐसा लगता है कि यह आंदोलन द्वैतवादी विधर्मी धारा से विकसित हुआ था जो 11वीं शताब्दी के दौरान पूर्व से इटली और फ्रांस में प्रवेश किया था। उस समय पश्चिमी चर्च की संपत्ति और सांसारिकता ने आंदोलन के विकास को प्रोत्साहित किया। इन समूहों ने विवाह, मांस खाने और शिशु बपतिस्मा की निंदा की; और उन्होंने चर्च की कठोर आलोचना की और पुरोहिती शक्ति को अस्वीकार कर दिया।

लगभग १२६० में एक धार्मिक संप्रदाय के रूप में जाना जाता हैअपोस्टोलिक ब्रेथ्रेन की स्थापना इटली के पर्मा में हुई थी।जेरार्ड सेगरेली, एक असभ्य कार्यकर्ता, जिसे वह प्रेरितिक जीवन शैली मानता था, को पुनर्स्थापित करने के लिए। पश्चाताप और गरीबी पर उनका जोर, द्वारा प्रचारित विचारों को दर्शाता हैजोआचिम ऑफ फियोरे , 12वीं सदी के रहस्यवादी। 1286 में पोपहोनोरियस चतुर्थ ने

सनकी संप्रदाय को जीवन के स्वीकृत नियम का पालन करने का आदेश दिया , और 1290 में पोपनिकोलस चतुर्थ ने निंदा का एक आदेश जारी किया; लेकिन संप्रदाय का प्रसार जारी रहा। 1294 में चार अपोस्टोलिकों को सूली पर जला दिया गया, और 1300 में सेगरेली का भी यही हश्र हुआ। उसके बाद, के नेतृत्व मेंफ्रा डोलसिनो के समय, संप्रदाय खुले तौर पर विधर्मी और पादरी-विरोधी बन गया। इसकी शक्ति अंततः तब टूट गई जब 1307 में डोलसिनो को विधर्मी बताकर जला दिया गया।

प्रोटेस्टेंट सुधार के दौरान विभिन्न अपोस्टोलिकों के कई सिद्धांतों को एनाबैपटिस्टों द्वारा अपनाया गया।

कार्पोक्रेटियन , कार्पोक्रेट्स के अनुयायी, जो दूसरी शताब्दी के ईसाई ज्ञानवादी थे, यानी, एक धार्मिक द्वैतवादी जो मानते थे कि पदार्थ बुरा है और आत्मा अच्छी है और मोक्ष गूढ़ ज्ञान या ज्ञान के माध्यम से प्राप्त किया जा सकता है। यह संप्रदाय अलेक्जेंड्रिया में फला-फूला। कार्पोक्रेटियन यीशु को एक मुक्तिदाता के रूप में नहीं बल्कि एक साधारण व्यक्ति के रूप में मानते थे, जिसकी विशिष्टता इस तथ्य से निकलती थी कि उसकी आत्मा यह नहीं भूली थी कि उसका मूल और सच्चा घर अज्ञात पूर्ण ईश्वर के दायरे में था। दूसरे शब्दों में, यीशु उनके लिए एक साथी ज्ञानवादी थे और इस तरह अनुकरण के लिए एक आदर्श थे। कार्पोक्रेटियन ने खुद को आध्यात्मिक वास्तविकता के साथ पहचान कर बनाई गई दुनिया को पूरी तरह से खारिज कर दिया। कार्पोक्रेटियन को लिबर्टिन ग्नोस्टिक्स कहा जाता है क्योंकि उनका मानना था कि पारलौकिक स्वतंत्रता की प्राप्ति हर संभव अनुभव पर निर्भर करती है, चाहे वह पापपूर्ण हो या अन्यथा। इस तरह के अनुभवों के लिए आम तौर पर एक से ज़्यादा जीवनकाल की ज़रूरत होती है, इसलिए कार्पोक्रेटियन ने आत्माओं के पुनर्जन्म के सिद्धांत को

अपनाया, जो शायद भारतीय या पाइथागोरस मान्यताओं से प्रेरित था।

जाहिर है कार्पोक्रेटियनों का पंथ अन्य गूढ़ ज्ञानवादी समूहों की तुलना में अधिक विकसित था, क्योंकि उन्होंने प्लेटो, पाइथागोरस, अरस्तू, जीसस और अन्य की छवियों के साथ चमकीले रंग के चिह्न बनाए थे। वास्तव में, वे पहले संप्रदाय थे जो मसीह के चित्रों का उपयोग करने के लिए जाने जाते थे। उन्होंने प्रेम औषधि बनाने जैसे उद्देश्यों के लिए जादू का भी अभ्यास किया।

जेनसेनिज्म - रोमन कैथोलिक धर्म में एक आंदोलन जिसका नाम कॉर्नेलस जैनसन (1565-1638 ई.) के नाम पर रखा गया। यिप्रेस के बिशप, जिन्होंने सेंट ऑगस्टीन के ईश्वर की कृपा के सिद्धांतों को बढ़ावा दिया। उनका सर्वोपरि नैतिक धर्मशास्त्र जसुइट कैसुइस्ट्री का विरोध था, जिस पर ब्लेज़ पास्कल (1623-62) ने हमला किया था। 1653 [19: 269] और 1713 में पोपसी द्वारा निंदा की गई, इसका प्रभाव नैतिक कठोरता और पोप प्राधिकरण के प्रति प्रतिरोध (कभी-कभी राजनीतिक) में जारी रहा। हॉलैंड के उट्रेच के जैनसेनिस्ट-प्रभावित सूबा 18वीं सदी की शुरुआत में पोपसी से अलग हो गया और अंततः पुराने कैथोलिक चर्च को बिशप उत्तराधिकार प्रदान किया। [41: 53,1 3.1491

ज्ञानवाद - 1- सिद्धांत कि ज्ञान (ग्रीक ग्नोसिस) मोक्ष का मार्ग है, विशेष रूप से मानव आत्माओं के लिए जिन्हें ऊपरी दुनिया से प्रकाश के कण या चिंगारी के रूप में माना जाता है जो जेल में गिर गए हैं - मांस के घर। जो लोग योग्य हैं (आमतौर पर केवल पुरुष),

उद्धारक-प्रकटकर्ता से उद्धारक ज्ञान प्राप्त करते हैं। इस बुनियादी योजना को दूसरी शताब्दी ई.पू. के गूढ़ज्ञानवादी स्कूलों में विभिन्न रूप से विस्तृत किया गया था, जिनमें से अधिकांश, लेकिन सभी नहीं, ईसाई धर्म से जुड़े थे। ईसाई धर्म से पहले के गूढ़ज्ञानवाद की संभावना से इनकार नहीं किया जा सकता है, लेकिन आम तौर पर उद्धारक व्यक्ति यीशु है; हालाँकि, क्योंकि भौतिक दुनिया बुरी है, इसलिए माना जाता है कि वह केवल अस्थायी रूप से एक शरीर में रहता था और इस प्रकार केवल क्रूस पर मरता हुआ प्रतीत होता था (इसलिए डोसेटिज्म, ग्रीक डोकेओ से, जिसका अर्थ है प्रतीत होता है)। गूढ़ज्ञानवादी स्कूलों की विविधता इतनी थी कि लियोन के इरेनियस (लगभग 180 ई.पू.) कह सकते थे कि गूढ़ज्ञानवादी शिक्षकों के रूप में छुटकारे की जितनी प्रणालियाँ थीं, उतनी ही छुटकारे की प्रणालियाँ थीं लेकिन वे एक ही मूल सिद्धांत साझा करते थे कि भौतिक दुनिया बुरी है, जबकि आत्मा की दुनिया अच्छी है। इससे यह विश्वास पैदा हुआ कि दो दुनियाओं का अस्तित्व दो अलग-अलग रचनाकारों के कारण है, भौतिक व्यवस्था का निर्माता (डेमिर्ज, हिब्रू बाइबिल का ईश्वर) सत्य के सर्वोच्च देवता (एईओएन) का विरोधी है। इस ब्रह्मांडीय द्वैतवाद को पौराणिक योजनाओं में अलग-अलग तरीके से प्रस्तुत किया गया था, जिनमें से कुछ हिब्रू बाइबिल में रूपांकनों पर निर्भर थे, हालांकि बाइबिल को आम तौर पर निर्मित व्यवस्था के अपने सकारात्मक दृष्टिकोण के कारण खारिज कर दिया गया था। हालाँकि एक समय में कुछ विशेष ज्ञानवादी और उनके विचार केवल उनके कार्यों के नाग के लेखन से ही जाने जाते थे। कुछ ज्ञानवादी स्कूल, जैसे कि वैलेंटिनस (लगभग 140 ई.) के अनुयायी, चर्च की रूढ़िवादिता से बहुत दूर नहीं थे। अन्य लोग नैतिकता और धर्मशास्त्र दोनों में इसके सीधे विरोधी थे; ऐसे ही कार्पोक्रेट्स (लगभग 140 ई.) के अनुयायी थे, जिनके बारे में कहा जाता है कि वे पत्नियों के समुदाय

के साथ-साथ संपत्ति का भी अभ्यास करते थे। इस तरह का स्वच्छंद ज्ञानवाद आदर्श से विचलन था। उसी काल के एक अन्य समूह, नासेनियों ने अपना नाम सर्प (हिब्रू नाहाश) से लिया, जिसे वे ज्ञान का अवतार मानते थे। चर्च के इतिहास में कई बार ज्ञानवाद के रूप सामने आए हैं, जैसे कैथरी: (14:17:19] एरियनवाद - एक सिद्धांत जो मानता था कि यीशु मसीह ईश्वर के साथ एक तत्व नहीं था, बल्कि उसे ईश्वर पिता ने सृष्टि के माध्यम के रूप में बनाया था, मसीह, हालांकि स्वभाव से ईश्वर नहीं था, लेकिन उसकी परिपूर्ण अच्छाई के कारण उसे ईश्वर के पुत्र का दर्जा प्राप्त हुआ था। 'एरियनवाद' नाम एरियस (सी। 296-373) से आया है, एरियन विचारों की 325 में निकेस की परिषद में निंदा की गई थी। [6:10]

मांडियन - लगभग 15,000 सदस्यों का एक छोटा धार्मिक समूह जो आज दक्षिणी इराक और ईरान के नुज़िस्तान में रहता है। बगदाद में भी काफी संख्या में लोग रहते हैं, जहाँ कुछ लोग पारंपरिक चांदी के काम के कौशल का इस्तेमाल करते हैं । वे ग्नोस्टिसिज्म के अंतिम जीवित प्रतिनिधि हैं, जो पहली शताब्दी ई.पू. के दौरान पूरे मध्य पूर्व में फला-फूला। आधुनिक समुदाय खुद को मांडेये, 'ग्नोस्टिक्स, या नासोराय, पर्यवेक्षक कहते हैं, जबकि उन्हें अरबी में सुब्बी, 'बपतिस्मा देने वाले' कहा जाता है। मांडियंस को अक्सर सेंट जॉन द बैपटिस्ट के ईसाई कहा जाता है, लेकिन यह गलत पहचान 17वीं शताब्दी ई.पू. में पुर्तगाली मिशनरियों से उत्पन्न हुई। जॉन द बैपटिस्ट ने यीशु और मांडा डेहये दोनों को बपतिस्मा दिया, लेकिन वे मांडियन पंथ में तब तक केंद्रीय व्यक्ति नहीं थे, जब तक कि इस्लाम के दबाव में उन्हें पैगंबर का दर्जा नहीं दिया गया।

पेंटेकोस्टल - पेंटेकोस्टल आंदोलन एक ईसाई कट्टरपंथी समूह है जिसकी स्थापना 1901 के आसपास टोपेका कैनसस में मेथोडिस्ट

पृष्ठभूमि के मंत्री चार्ल्स फॉक्स परम ने की थी। आम तौर पर स्वीकृत उत्पत्ति की तारीखें तब से हैं जब एग्नेस ओज़मैन ने 1901 में टोपेका में चार्ल्स परम के डेथल बाइबल कॉलेज में टोगेस का उपहार प्राप्त किया था। परम ने यह सिद्धांत तैयार किया कि जीभ पवित्र आत्मा में बपतिस्मा का बाइबिल प्रमाण है। परम ने टोपेका छोड़ दिया और एक पुनरुद्धार मंत्रालय शुरू किया, जिसके कारण विलियम जे सेमोर व्हर्म के माध्यम से असुजा स्ट्रीट पुनरुद्धार से जुड़ाव हुआ, जिन्होंने ह्यूस्टन में पढ़ाया। (आर वर्ल्ड)

नसारा कौन है?

जब हजरत ईसा अलैहिस्सलाम की नबूवत का जमाना आया तो बनी इसराइल पर आपके नबूवत की तस्दीक और आपके कुरान की एत्बा वाजिब हुई और उनका नाम अंसारा हुआ क्योंकि उन्होंने आपस में एक दूसरे के नुसरत यानी तानीराद मदद की थी। इन्हें अनसार भी कहा गया।

फिरका साबिया

साबी के माने एक-बे दीन और ला मज़हब मजे किए गए हैं और अहले किताब के एक फिरके का नाम भी यह था जो जबूर पढ़ा करते थे इसी बिना पर इमाम अबू हनीफा रहमतुल्ला और इसहाक का मजहब है कि इनके हाथ का जिबह हमारे लिए हलाल है और उनकी औरतों से निकाह करना भी हजरत हसन रजि और हजरत हुकुम रहमतुल्ला फरमाते हैं यह गिरोह मातहर मजूसियों के हैं। यह भी मरवी है कि यह लोग फरिश्तों के पुजारी थे। जेयाद में जब यह सुना था कि यह लोग पंजवक्ता नमाज किबले की जानिब पढ़ा करते हैं तो इरादा किया कि उनका जरीर माफ कर दें लेकिन साथ ही मालूम हुआ कि वह शिर्क है तो अपने इरादे से बाज रहा अलवर जानात फरमाते हैं कि यह लोग इराकी हैं कूफी के रहने वाले अय्यूब नबियों को मानते हैं हर साल में

30 रोजे रखते हैं और यमन की तरफ मुंह करके हर दिन में 5 नमाजे पढ़ते हैं । दहबबीन अंबिया रहमतुल्ला कहते हैं कि अल्लाह ताला को यह लोग जानते हैं लेकिन किसी शरीयत के पाबंद नहीं और कुफ्फार भी नहीं अब्दुल रहमान बिन जायद का कौल है कि यह भी एक मजहब है। जजीरा मोसुल में यह लोग थे ला इलाहा इलल्लाह पढ़ते थे और किसी किताब या नबी को नहीं मानते थे और ना कोई खास सरा के आमिल थे, मुशरिकीन इसी बिना पर आ हुजूर सल्लल्लाहु अलेह वसल्लम और आपके सहाबा रजि को सहाबी कहते थे लाइलाहा इलल्लाह कहने की बिना पर इनका दीन नसरानियों से मिलता-जुलता था इनका क़िब्ला जुनूब की तरफ था यह लोग अपने को हजरत नूह अ० के दीन पर बताते थे एक कौल यह भी है कि यह यहूद व मजूस के दीन का खल्त मिल्त यह मजहब था इनका जिबह खाना और इनकी औरते से निकाह करना ममनूअ है।

तफसीर इब्ने कसीर

(मक्तबा फैजुल कुरान, देवबंद जिला सहारनपुर यूपी। तर्जुमा कुरान पाक हजरत मौलाना अशरफ अली थानवी । हवाशी वा इजाकात, मौलाना अंजर शाह कश्मीरी मदरसा दारुल उलूम देवबंद । इब्ने हजरत मौलाना सैयद मोहम्मद अनवर शाह कश्मीरी रहमतुल्ला मोहद्दिस दारुल उलूम।)

ईसाइयत मतारद संप्रदायों में—— फिर इनके तीन गिरोह हो गए। याकूबिया, नस्तूरिया और मुसलमान । याकूबिया तो कहने लगे खुद खुदा हममे था जब तक चाहा रहा । जब चाहा फिर आसमान पर चढ़ गया। नस्तूरिया का ख्याल हो गया कि लड़का हममें था जिसे एक जमाने तक हमने रख कर फिर खुदा ने अपने पास उठा लिया और मुसलमानों का यह अकीदा रहा कि खुदा का बंदा और रसूल हममे था जब तक खुदा ने चाहा हममे रहा और फिर खुदा ने इसे अपनी तरफ उठा लिया। इन पहले दो गुमराह फिरकों का जोर हो गया और उन्होंने

तीसरे सच्चे और अच्छे फिरके को कुचलना और दबाना शुरू किया चुनांचे यह कमजोर होते गए यहां तक कि अल्लाह ताला ने पैग़ंबरे आखिरी जमा को यहउस फरमा कर इस्लाम को ग़ालिब किया उसकी इस्तेमाल सही है और नसाई में हजरत अबू माविया से भी यह मन्कूल है।

(सूरह निसा,पारा-6 आयत 155- 159 तक)

तफसीर इब्ने कसीर

(मकतबा फैजुल कुरान, देवबंद, जिला सहारनपुर, यूपी।

नॉनट्रिनिटेरियनवाद

कुछ ईसाई परंपराएँ त्रिदेव के सिद्धांत को अस्वीकार करती हैं, और उन्हें गैर-त्रिदेववादी कहा जाता है। ये समूह अपने विचारों में एक-दूसरे से भिन्न हैं, जो यीशु को ईश्वर पिता के बाद दूसरे नंबर पर एक दिव्य प्राणी के रूप में चित्रित करते हैं, मानव रूप में पुराने नियम के यहोवा , ईश्वर (लेकिन शाश्वत ईश्वर नहीं), पैगंबर, या बस एक पवित्र व्यक्ति। प्रोटेस्टेंटिज़्म की कुछ व्यापक परिभाषाएँ इन गैर-त्रिदेववादी परंपराओं को प्रोटेस्टेंट के रूप में वर्गीकृत करती हैं, लेकिन अधिकांश परिभाषाएँ ऐसा नहीं करती हैं।

नॉनट्रिनिटेरियनवाद ईसाई इतिहास की शुरुआती शताब्दियों और एरियन , एबियोनाइट्स , ग्नोस्टिक्स और अन्य जैसे समूहों से जुड़ा है। इन नॉनट्रिनिटेरियन विचारों को कई बिशपों जैसे कि इरेनियस और बाद में इक्वेनिकल काउंसिल द्वारा खारिज कर दिया गया था । नाइसिन पंथ ने यीशु के दिव्य और मानव स्वभाव के बीच के संबंध का मुद्दा उठाया। नाइसिया की परिषद द्वारा इसे खारिज किए जाने के बाद, कई शताब्दियों तक ईसाइयों के बीच नॉनट्रिनिटेरियनवाद दुर्लभ था, और ट्रिनिटी के सिद्धांत को खारिज करने वालों को अन्य ईसाइयों से शत्रुता का सामना करना पड़ा, लेकिन 19वीं शताब्दी में उत्तरी अमेरिका और अन्य जगहों पर कई समूहों की स्थापना हुई।

यहोवा के साक्षियों की मान्यताओं में , केवल परमेश्वर पिता ही सर्वशक्तिमान परमेश्वर है, यहाँ तक कि अपने पुत्र यीशु मसीह से भी ऊपर। जबकि साक्षी मसीह के पूर्व-अस्तित्व, पूर्णता और परमेश्वर पिता के साथ अद्वितीय "पुत्रत्व" को स्वीकार करते हैं, और मानते हैं कि सृष्टि और उद्धार में मसीह की एक आवश्यक भूमिका थी, और वह मसीहा है, वे मानते हैं कि केवल पिता ही बिना शुरुआत के है।

लैटर-डे सेंट्स के जीसस क्राइस्ट का चर्च सिखाता है कि ईश्वरत्व तीन अलग-अलग प्राणियों की दिव्य एकता है: एलोहिम (पिता), यहोवा

(पुत्र, या यीशु), और पवित्र आत्मा । लैटर-डे सेंट धर्मशास्त्र में, पिता और पुत्र दोनों के पास महिमामंडित, परिपूर्ण, भौतिक शरीर हैं "जो मनुष्य के समान मूर्त हैं," जबकि पवित्र आत्मा के पास केवल आत्मा का शरीर है। लैटर-डे सेंट्स पिता, पुत्र और पवित्र आत्मा की दिव्यता को पहचानते हैं, और समझते हैं कि ये प्राणी "कल्पनीय हर महत्वपूर्ण और शाश्वत पहलू में एक हैं, सिवाय उन्हें एक पदार्थ में संयुक्त तीन व्यक्ति मानने के..." जिसके बारे में लैटर-डे सेंट्स का मानना है कि "...एक त्रित्ववादी धारणा है जिसे शास्त्रों में कभी नहीं बताया गया है क्योंकि यह सच नहीं है।" लैटर-डे सेंट्स का मानना है कि ईश्वर सर्वज्ञ, सर्वशक्तिमान और सर्व-कल्याणकारी है।

वननेस पेंटेकोस्टल मोडलिस्टिक मोनार्कियनवाद के एक रूप को आगे बढ़ाते हैं जो कहता है कि एक ईश्वर है, एक विलक्षण दिव्य आत्मा है, जो खुद को कई तरीकों से प्रकट करता है, जिसमें पिता, पुत्र और पवित्र आत्मा शामिल हैं।

मॉर्मनवाद में ईश्वर

रूढ़िवादी मॉर्मनवाद में , ईश्वर शब्द का तात्पर्य आम तौर पर बाइबिल के ईश्वर पिता से है , जिसे लैटर डे सेंट्स एलोहीम या स्वर्गीय पिता के रूप में भी संदर्भित करते हैं , जबकि गॉडहेड शब्द तीन अलग-अलग दिव्य व्यक्तियों की परिषद को संदर्भित करता है जिसमें ईश्वर पिता, ईसा मसीह (उनके ज्येष्ठ पुत्र , जिन्हें लैटर डे सेंट्स यहोवा के रूप में संदर्भित करते हैं), और पवित्र आत्मा शामिल हैं । हालांकि, लैटर डे सेंट धर्मशास्त्र में ईश्वर शब्द कुछ संदर्भों में, संपूर्ण रूप से ईश्वरत्व या प्रत्येक सदस्य को व्यक्तिगत रूप से संदर्भित कर सकता है।

लैटर डे सेंट्स का मानना है कि पिता, पुत्र और पवित्र आत्मा तीन अलग-अलग प्राणी हैं, और पिता और यीशु के पास परिपूर्ण, महिमामंडित, भौतिक शरीर हैं, जबकि पवित्र आत्मा एक भौतिक शरीर के बिना एक आत्मा है। लैटर डे सेंट्स यह भी मानते हैं कि ईश्वरत्व के बाहर अन्य देवी-देवता भी हैं, जैसे कि स्वर्गीय माता -जो ईश्वर पिता से विवाहित हैं-और वफादार लैटर-डे सेंट्स मृत्यु के बाद ईश्वरत्व प्राप्त कर सकते हैं। स्वर्गीय माता-पिता शब्द का प्रयोग सामूहिक रूप से स्वर्गीय पिता और स्वर्गीय माता की दिव्य साझेदारी को संदर्भित करने के लिए किया जाता है। जोसेफ स्मिथ ने सिखाया कि ईश्वर एक बार ईश्वरत्व तक ऊंचा होने से पहले दूसरे ग्रह पर एक आदमी थे ।

यह अवधारणा पारंपरिक ईसाई त्रिदेव से कई मायनों में भिन्न है, जिनमें से एक यह है कि मॉर्मनवाद ने निकेन पंथ के सिद्धांत को नहीं अपनाया या जारी नहीं रखा है , कि पिता, पुत्र और पवित्र आत्मा एक ही पदार्थ या अस्तित्व के हैं। साथ ही, मॉर्मनवाद सिखाता है कि प्रत्येक मानव में निवास करने वाली बुद्धि ईश्वर के साथ सह-शाश्वत

है। मॉर्मन ईश्वर का वर्णन करने के लिए सर्वशक्तिमान शब्द का उपयोग करते हैं , और उन्हें निर्माता के रूप में मानते हैं: वे उन्हें सर्वशक्तिमान और शाश्वत मानते हैं लेकिन शाश्वत प्राकृतिक कानून के अधीन हैं जो बुद्धि, न्याय और पदार्थ की शाश्वत प्रकृति को नियंत्रित करता है (यानी ईश्वर ने दुनिया को व्यवस्थित किया लेकिन इसे कुछ नहीं से नहीं बनाया)। ईश्वर की मॉर्मन अवधारणा भी नैतिक एकेश्वरवाद की यहूदी परंपरा से काफी भिन्न है जिसमें एलोहीम (אֱלֹהִים) एक पूरी तरह से अलग अवधारणा है।

ईश्वर का यह वर्णन मॉर्मन रूढ़िवाद का प्रतिनिधित्व करता है , जिसे 1915 में पहले की शिक्षाओं के आधार पर औपचारिक रूप दिया गया था। मॉर्मनवाद की अन्य वर्तमान में मौजूद और ऐतिहासिक शाखाओं ने ईश्वर के विभिन्न विचारों को अपनाया है, जैसे कि एडम-गॉड सिद्धांत और त्रित्ववाद।

हिन्दू धर्म

(3) हिन्दू धर्म - हिन्दू और हिन्दू शब्द संस्कृत के सिन्ध और सिन्ध से विकसित हुए हैं । ईरान की प्राचीन भाषा ' अवेस्तन (Avestan) में सिन्धु देश हिन्दू ' के रूप में उपलब्ध है । जिन समुदायों वर्गों में शवदाह (मृत्यु के बाद शव को जलाना) की परम्परा थी , उन्हें हिन्दू माना जाने लगा । आर्य समाज ने हिन्दू शब्द की जगह आर्य शब्द का प्रयोग किया है , क्योंकि हिन्दु धर्म को सिर्फ ब्राह्मणों का धर्म समझा जाने लगा था । इसी सोच के प्रतिक्रिया स्वरूप जैन और बौद्ध लोग भी स्वयं को ' हिन्दू ' कहलाये जाने से कतराने लगे । फलतः अलग अलग धर्मों की स्थापना होने लगी । शेष भारतीय भी सर्वप्रथम अपने को हिन्दू न कहकर वैष्णव ' , ' शैव ' शाक्त और सिक्ख आदि मानने लगे । मूल आर्यों के धर्म में पूर्तिपूजा का प्रचलन नहीं था ।

ऋग्वेद के मंत्रों में जिस कृष्ण का उल्लेख है , वह कदाचित बाद के महाकाव्यों तथा पुराण ग्रन्थों में वर्णित यमुना तटवासी कृष्ण से भिन्न होगा । ऋग्वेद के कुछेक मंत्र इस तथ्य की ओर संकेत देते हैं कि ईश्वर एक है और वही परमसत्ता है किन्तु उसके कई नाम है । यज्ञ का वैदिक धर्म में अत्यन्त महत्वपूर्ण स्थान था । लोग इसमें दूध , घी

, मांस और सोमलता के रस का तर्पण करते थे । मृत्यु के पश्चात् के जीवन के सम्बन्ध में ऋग्वैदिक मंत्रों में कोई भी तर्कपूर्ण सिद्धांत नहीं है । कुछ मंत्रों के अनुसार मृतक यम के राज्य में रहते हैं । कहना चाहिए कि इस काल तक पुनर्जन्म की भावना विकसित नहीं हुयी थी । वेद के पाठों के बारे में आज भी विद्वानों में वाद विवाद है, ऋग्वेद में लिखा भी है कि परमसत्ता तो एक ही है . उसी को इन्द्र , वरूण , मित्र और अग्नि आदि विभिन्न नामों से पुकारते हैं ।

मान्यता (1) ईश्वर ही विश्व की परमसत्ता है । (2) कर्म सिद्धान्त में आस्था (3) त्रिदेव और अवतारवाद । (4) वेद तथा मुक्ति प्राप्ति । (5) वृद्ध , गो और नारी पूजा ।

अशोक के अभिलेख भी प्राकृत में ही है । अशोक के अभिलेख ब्राह्मी और खरोष्ठी लिपियों में है । सभी भारतीय लिपियां ब्राह्मी लिपि से मिलती है ।

THE VEDAS

पवित्र पुस्तक- हिन्दू धर्म का आधार आर्यों के चार वेद है । वेद शब्द विदू ' से निकला है , जिसका अर्थ है जानना या ज्ञान । वेदों को श्रुति कहा जाता है । रूढ़िवादी हिन्दू वेदों को अनादि मानते हैं । बहुत से अन्य हिन्दुओं का कहना है कि प्राचीन काल में ऋषियों को वेदों का ज्ञान हुआ था । चार वेदों में ऋग्वेद सबसे प्राचीन और सबसे महत्वपूर्ण है । इसकी रचना ईसा पूर्व तीसरे सहस्त्राब्दि में हुई थी । इसमें 1000 से अधिक श्रोत हैं , जो अग्नि , वायु वरुण , इन्द्र , मित्र , सोम , उषा की प्रार्थनाओं , धार्मिक अनुष्ठानों की विधियों मंत्रों और गीतों तथा प्रकृति संबंधी पद्यों का मिला जुला संकलन है । अन्य तीनों वेदों के विशिष्ट विषय है- यजुर्वेद का मुख्य विषय यज्ञ बलि संबंधी अह्वान गीत है , सामवेद में संगीत संबंधी गीत है और अथर्ववेद में औषधियों और जादू मंत्र हैं । हिन्दू धर्म का मुख्य आधार उत्तर वैदिक कालीन साहित्य है जिसमें पुराण (पुरानी कहानियाँ) और महाकाव्य सम्मिलित है । पुराण 18 है , जिनके नाम हैं- मत्सय पुराण , मार्कण्डेय पुराण , भगवत पुराण , भविष्य पुराण , ब्रह्मपुराण , ब्रह्मांड पुराण , ब्रह्मवैवर्त पुराण , वायु पुराण , विष्णु पुराण , वराह पुराण , वामन पुराण , अग्नि पुराण , नारदीय पुराण , पदम् पुराण , लिंग पुराण , गरुड़ पुराण , कर्म पुराण और स्कन्द पुराण अनेक उप पुराण भी हैं । कुछ पुराण ई ० सं ० से पूर्व के माने जाते हैं , लेकिन अनेक पुराण तीसरी और सातवीं शताब्दी के बीच लिखे गए माने जाते हैं । महाकाव्य है बाल्मीकि रचित रामायण और व्यास रचित महाभारत लेकिन इन दोनों महाकाव्यों की प्रेरणा आर्यपूर्व लोककथाओं से प्राप्त हुई । राम की कथा अर्थात रामायण आर्य पूर्व उद्भाव की तीन कहानियों का मिश्रण है , जिन्हें अलग अलग समय पर संकलित किया गया और अन्ततः महाकाव्य आकार के राष्ट्रीय काव्य के रूप में संवारा गया है । महाभारत में आर्य और आयतर दोनों प्रकार की पौराणिक कहानियाँ सम्मिलित है और इसे ब्राह्मणों के

मार्गदर्शन में संगठित मिश्रित नस्लों के लोगों वाले नवीन हिन्दू राष्ट्र के राष्ट्रीय काव्य के रूप में तैयार किया गया । भगवद्गीता में जो आधुनिक हिन्दू धर्म का आधार है , पूजा को धार्मिक स्वीकृत दी गई है । वेद के मूल पाठों के बारे में आज भी विद्वानों में वाद विवाद है । वेदों के अतिरिक्त अन्य तीन प्रकार के ग्रन्थ निम्न हैं–

(1) संहिता (Sanhita) इनमें प्रार्थनाओं तथा मंत्रों का उल्लेख है । (2) ब्राह्मण ग्रन्थ (Brahman Grantha) (3) आरण्यक तथा उपनिषद (Amayak And Upnishad) इनमें वैदिक मंत्रों की व्याख्या है । यज्ञ , हवन आदि की विधियां बतायी गयी है । इनमें से कुछ तो ब्राह्ममण ग्रन्थों के अन्तर्गत आ जाते हैं और कुछ उनसे अलग हैं । इनमें प्रकृति , जीव , ईश्वर तथा संसार के विषय में आध्यात्मिक वाद विवाद है । इसके अतिरिक्त छह वेदांग (Vadangas) है , जिनका सम्बन्ध वैदिककालीन स्कूलों में पढ़ाये जाने वाले विषयों से है । ये विषय है . से (1) शिक्षा (Phonetics) (2) कल्प (Ritai) (3) व्याकरण (Grammer) (4) निरूक्त (म्जलडवसवहल) , (5) छन्द (Metcos) . (6) ज्योतिष (Astronomy) । हिन्दू धर्म के आधार ग्रन्थों के मुख्य भाग ये हैं-

(1) वेद (2) वेदांग , (3) उपवेद (4) इतिहास और पुराण (5) दर्शन (6) स्मृति (7) निबन्ध ग्रन्थ (8) आगम ।

वेद के **6** भाग है-

(1) मंत्रसरिता (2) ब्राह्मण ग्रन्थ (3) आरण्यक (4) सुवग्रन्थ (5) प्रतिशाख्य (6) अनुक्रमणी वेद के विभाजन है । मूलतः वेद एक ही है । वेदों का यह विभाजन करने के कारण ही महर्षि कृष्ण त्यास कहे जाते हैं । यक्षों में कुल 16 ऋत्विक होते हैं , जिनमें चार मुख्य है - होता , अध्ययुं , उद्गाता और ब्रह्मा ऋग्वेद के ऋतिक को होता , यजुर्वेद वाले को अध्वर्यु , सामवेद वाले को उद्गाता तथा अथर्ववेद के ऋत्विक को ब्रह्मा कहते हैं । ये कम से चारों दिशाओं में बैठते हैं ।

शाखाएं- ऋषियों ने अपने शिष्यों को सुविधानुसार मंत्रों को पढ़ाया । किसी ने एक छन्द वो सब मंत्र एक साथ पढ़ाये । दूसरे ने एक देवता के सभी मंत्र साथ साथ पढ़ाये , तीसरे ने मंत्रों को उनके विषय अथवा उपयोग के अनुसार पढ़ाया । इस प्रकार एक वेद की अनेक शाखाएँ हो गयीं । ऋग्वेद की 21 शाखाएँ कही जाती हैं । उनमें से शाक्ल शाखा शुद्ध रूप में प्राप्त है । यजुर्वेद के दो प्रकार के पाठ है , शुक्ल यजुर्वेद तथा कृष्ण यजुर्वेद। शुक्ल यजुर्वेद की 15 तथा कृष्ण यजुर्वेद की 86 शाखाएँ थी । इनमें से शुक्ल यजुर्वेद की काव्य तथा आध्यन्दिनी शाखाएँ प्राप्त है । कृष्ण यजुर्वेद की तैतिरीय मैत्रायणी , कठ , कापिष्ठक और श्वेताश्वतर ये 5 शाखाएँ मिलती हैं । सामवेद की 1.000 शाखाओं का उल्लेख है , किन्तु उनमें केवल तीन प्राप्त है (1) कौथुमी (2) जैमिनीया (3) राणायनीया । उनमें भी कौथुमी शाखा तथा जैमिनीया ही पूर्णरूप में मिलती है । राणायनीया का भी कुछ अश प्राप्त है । अर्थवेद की शाखाओं में से अब पैफलादी तथा शौनकीया शाखाएँ ही शुद्ध रूप में मिलती हैं ।

(2) ब्राहमण ग्रन्थ- इसकी निम्न शाखाएं हैं ऋग्वेद के ऐतरेय ब्राहमण और शाख्यायन ब्राहमण (अथवा कौशीतकी ब्राहमण) । कृष्ण यजुर्वेद के तैतिरीय ग्राहमण तथा तैत्तिरीय सहिता का मध्यवर्ती ब्राहमण शुक्ल यजुर्वेद का शतपथ ब्राहमण दो शाखा काव्य शाखा वाला 17 खण्डों का है और माध्यन्दिनी शाखा का 14 काण्डों का है। समवेद के (1) ताण्ड ब्राहमण , (2) षड़विंग ब्राहमण (3) सामविधान ब्राहमण , (4) आर्षेय ब्राहमण (5) मंत्र (6) देवताध्याय (7) वंश (8) सहितोपनिषद , (9) जैमिनीय , (10) जैमिनीय उपनिषद् ब्राहमण अथर्ववेद का गोपय ब्राहमण (3) आरण्यक और उपनिषद ब्राहमण ग्रन्थों के जो भाग बन में पढ़ने योग्य हैं , उन्हें आरण्यक कहते हैं . इस समय प्राप्त उपनिषदों की संख्या लगभग 275 है , किन्तु 13 उपनिषद् ही मुख्य माने जाते हैं , जिनपर

आचार्यों ने भाष्य लिखे (6) नाक्य (7) तैत्तिरीय , (8) ऐतरेय , (9) छान्दोग्य है । (10) वृहदारण्यक (11) कौशीतकी (12) मैत्रायणी (13) श्वेताश्वर)

इनमें ईश यजुर्वेद की मूल संहिता में ही है ।

(4) श्रौतसूत्र- (1) श्रौतसूत्र (2) ग्रहवसूत्र (3) धर्मसूत्र

उपलब्ध श्रौतसूत्र ऋग्वेद के- (1) आश्वलायन (2) शांख्यामन श्रीतसूत्र

कृष्ण यजुर्वेद के- (1) आपस्तम्ब (2) हिरण्यकेशीय (सत्याबाद) (3) बोधायन (4) भारद्वाज (5) वैश्वानस (6) बाधूल , (7) मानव (8) वराह श्रौतसूत्र ।

शुक्ल यजुर्वेद के- (1) काव्यायन श्रौतसूत्र सामवेद के- मशक , लाह्यायन द्राह्यायण , खादिर आदि श्रौतसूत्र ।

गृहसूत्र और धर्मसूत्र- धर्मसूत्रों में धर्माचार का वर्णन होता है तथा गृह्यसूत्रों में वैदिक यज्ञादि तथा गृहस्थ कर्मों के विधान का वर्णन

(5) प्रातिशारण्य- प्रतिशारण्य एक प्रकार के वैदिक व्याकरण है । ये चारों ही पैदों के उपलब्ध है । इनके द्वारा भिन्न भिन्न वेदों तथा एक ही वेद के अनेक तरह के स्वरों के उच्चारण , पदों के क्रम और विच्छेद आदि का निर्णय होता है ।

(6) अनुक्रमणी- वेदों की रक्षा तथा वेदार्थ का विवेचन इन ग्रन्थों का विषय है शाखाएँ निम्न है ऋग्वेद- (1) आर्थानुक्रमणी (2) छन्दोनुकमणी (3) देवता (4) अनुयाका (5) सर्वा (6) ब्रदै दैवत (7) गांख्ययनपरिशिष्ट (8) ऋग्विज्ञान (9) आश्वलायन परिशिष्ट (10) व्रतकशतिशारण्य .कृष्ण यजुर्वेद- आत्रेयानुक्रमणी , चारायणीया और तैत्तिरीय प्रतिशारण्य । शुक्ल यजुर्वेद- प्रातिशारण्य सूत्र कात्यायनानुक्रमणी

(6) वेदांग- 6 अग है इन अंगों के बिना वैदिक ज्ञान अपूर्ण है । (1) वेद का नेत्र है ज्योतिष (2) कर्म है निरूक्य (3) नाशिक है शिक्षा (4) मुख है व्याकरण (5) हाथ है कल्प (6) पैर है छंद ।

शिक्षा ग्रंथ निम्न हैं- ऋग्वेद- पाणिनी कृष्ण व्यास शुक्ला यज्ञवक्ल आदि 25 शिक्षा ग्रंथ है ।

साम गौतमी , लोमशी , नारदीय ।

अथर्व माण्डूवी शिक्षा ।

व्याकरण शाकटायन उन आठ प्राचीन व्याकरणों में से एक है , जिनके सूत्रों का उल्लेख पाणिनिय में है । पाणिनिय व्याकरण पर काव्यापन ऋषि का कार्तिक और महर्षि पतंजलि का महाभाष्य है । इसके पश्चात् इस पर कई व्याख्या ग्रन्थ टीका तथा विवेयनात्मक ग्रन्थ लिखे गये सारस्वत , कामधेनु हेमचन्द्र प्राकृत प्रकाश प्राकृत कलाप , मुन्धबोध आदि प्रसिद्ध ग्रन्थ हैं । निरूक्त अब केवल पास्काचार्य का निसक्य मिलता है । इस पर बहुत से भाष्य और टीका आदि हैं । इसी प्रकार कश्यप , शाकपूणि आदि के निरूक्य ग्रन्थों का पता चलता है । छन्द ये निम्न गार्यप्रोक्त उपनिदानसूत्र (सामवेदीय) पिंगलनागप्रोक्त छन्दसूत्र (छन्देविचित) , वेडुक माधवकृत छन्दानुक्रमणी और जयदेव का छन्दसूत्र लौकिक छन्दों पर भी छन्द शास्त्र (हलायुधवृति) , छन्दोमण्जरी वृत्रलाकर , श्रुतबोण , जलाश्रयी छन्दोवियित आदि अनेक ग्रन्थ है । कल्प और ज्योतिष कल्पसूत्रों में यज्ञों की विधि का वर्णन है । ज्योतिष ग्रह मंत्रों की गति , स्थिति आदि का विचार तथा उसके अनुरूप शुभाशुभ फल बताने वाला शास्त्र है । मुख्य प्रायोजन यज्ञस्थल मण्डप आदि का माप बतलाना है । व्याकरण भी व्यापक है । इस समय लगधाचार्य के वेदांग ज्योतिष के अलावा सामान्य ज्योतिष के बहुत से ग्रन्थ उपलब्ध है । नारद , पराशर , वसिष्ठ आदि विद्वानों और ऋषियों के बड़े बड़े ग्रन्थों के अतिरिक्त वराहमिहिर , आर्यभट्ट ब्रहमगुप्त और भास्करचार्य के ज्योतिष ग्रन्थ बहुत

प्रसिद्ध है । (3) उपवेद ऋग्वेद का अथर्ववेद , यजुर्वेद का धनुर्वेद , सामवेद का गान्धर्ववेद और अथर्ववेद का आयुर्वेद है ।

(1) अथर्ववेद- इसमें अर्थशास्त्र से संबंधित विषयों की व्याख्या है । कौतिल्य का अर्थशास्त्र इस विषय का उपलब्ध महत्वपूर्ण ग्रन्थ है । इसके अतिरिक्त सोमदेव भट्ट का ' नीतिवाक्यामृत सूत्र ' , ' चाणक्य सूत्र ' , ' कामन्दक ' ' शुकनीति ' आदि ग्रन्थ भी उल्लेखनीय है । (i) धनुर्वेद– इसमें शस्त्रों अस्त्रों के निर्माण तथा प्रयोग का वर्णन है । इस विषय के वैशम्पायन का धनुर्वेद (वैशम्पायन नीति प्रकाशिका) , युक्ति कल्पतरू समरांग सूत्रधार आदि ग्रन्थ उपलब्ध हैं । (॥) गान्धर्ववेद- इसमें नृत्य और गायन का वर्णन है । राग , ताल , स्वर , वाद्य तथा नृत्य के भेद उपभेदों का वर्णन इसका तात्पर्य है । प्राचीन गायन शास्त्र के आज भी बहुत से ग्रन्थ उपलब्ध हैं , जिनमें मुख्य है भरतमुनि का नाट्य शास्त्र ' (इस पर अभिनवगुप्त ने टीका लिखी है) , शारंगदेव का संगीत रत्नाकर और दामोदर कृत संगीत दर्पण आदि। आयुर्वेद– इस शास्त्र में शारीरिक संचरना रोग के कारण , लक्षण , औषधि , चिकित्सा आदि का वर्णन होता है । आयुर्वेद के प्राचीन ग्रन्थों में मुख्य हैं अश्विनी कुमार संहिता , ब्रहमसंहिता , मलसंहिता इत्यादि । इसके अतिरिक्त धन्वन्तरीसूत्र , सूपशास्त्र जबालिसूत्र , चरकसंहिता और अष्टांगहृदय आदि भी उल्लेखनीय ग्रन्थ है ।

(4) पुराण- ये चार प्रकार के हैं (1) महापुराण (2) पुराण (3) अतिपुराण (4) उपपुराण । इनमें से प्रत्येक की संख्या 18 बतायी जाती है । सर्वसाधारण में महापुराणों को ही पुराण के नाम से जाना जाता है ।

(5) दर्शन- इसमें सृष्टि तथा जीव के जन्म मरण के कारण तथा उसकी गति पर हैं ।

(1) वैशेषिक (2) सांख्य (3) योग (4) न्याय (5) पूर्वमीमांसा (6) उत्तरमीमांसा (6) स्मृति- इसमें धर्म , अर्थ , काम और मोक्ष का

विवेचन है । इनमें वर्णव्यवस्था , अर्थव्यवस्था वर्णाश्रम धर्म विशेष अवसरों के कर्म प्रायश्चित शासन विधान दण्ड व्यवस्था तथा मोक्ष के साधनों का वर्णन है । इस समय प्रायः 100 से अधिक स्मृतियां उपलब्ध हैं । इनमें से मनु , याज्ञवल्क्य , अत्रि , विष्णु आंगिरस यम आपस्तम्ब पराशर , व्यास , दक्ष , गौतम , वसिष्ठ प्रजापति , नारद , भृगु विश्वामित्र इत्यादि स्मृतियां विख्यात है।

(7) निबन्ध ग्रन्थ- यह एक प्रकार के स्मृति ग्रन्थ ही है । स्मृतियों पुराणों में जो धर्माचरण के निर्देश दिये गये हैं , उन्हीं का इनमें विस्तार से संकलन किया गया है । करत्यायन बृहस्पति हैं । वैदिक ग्रन्थों से लेकर निबन्ध ग्रन्थों तक सभी पर टीकाएं , भाष्य , कारिकाग्रन्थ तथा संक्षिप्त सार संग्रह है । इन भाष्य टीकाओं की भी टीकाएँ हैं । इन भाष्य और टीकाओं के आधार पर स्वतन्त्र सम्प्रदाय चले हैं । श्री शंकराचार्य का अद्वैतवाद , रामानुजाचार्य का विशिष्ट इंतवाद , निम्बार्काचार्य का छताचैतवाद वल्लभाचार्य का सुद्धाधैतवाद , महवाचार्य का छतचार्य सम्प्रदाय तथा गौड़ीय सम्प्रदाय का अचिन्त्य भेदाभेदवाद ये सभी भाष्यों पर ही आश्रित हैं । इनके अतिरिक्त शैव , शाक्त आदि सम्प्रदाय भी भाष्यों पर ही प्रतिष्ठित है । इन भाष्यों पर प्रतिष्ठित मतों के आधार पर संस्कृत तथा हिन्दी में प्रत्येक सम्प्रदाय के अन्तर्गत सैकड़ों ग्रन्थ लिखे गये । इसी प्रकार न्याय , पूर्वमीमांसा आदि दर्शनों के भी भाष्य है और उनके आधार पर उनके सम्प्रदाय भी हैं । उन सम्प्रदायों में भी सैकड़ों सहत्रों ग्रन्थ हैं । (8) आगम वैद्यों से लेकर निबन्ध ग्रन्थों तक की परम्परा को निगम कहा जाता है । दूसरी अनादि परम्परा आगम कहलाता है । आगम के 2 भाग है दक्षिणाम (समयमत) और वायागम (कौलमत) । स्नातक धर्म में निगम तथा आगम (दक्षिणागम) , दोनों को प्रमाण माना जाता है । अत्रियों में दक्षिणामक का मूल है और पुराणों में उसका विस्तार हुआ है । इस आगम शास्त्र का विषय है उपासना।

वैष्णयागम- देवता का स्वरूप , गुण , कर्म उसके मंत्र तथा उनका उच्चारण , ध्यान , पूजा विधि का विवेयन आगम ग्रन्थों में होता है । वैष्णवागम में पांचरात तथा वैखानस आगम- ये 2 प्रकार के ग्रन्थ मिलते हैं । शैवागम- भगवान शंकर के मुख से 28 तंत्र प्रकट हुए थे । उपतंत्रों को मिलाकर उनकी संख्या 208 होती है । इनमें मुख्य माने गये है किन्तु वे सभी उपलब्ध नहीं है । शिवाचार्य के प्रामाणिक प्रय है . पाशुपत सूत्र नरेश्वरपरीक्षा तत्य कारिका , श्रुति सुक्तिमाला , चतुर्वेदता साह , सत्यप्रकाशिका सूत्रसहित नारद कारिका और रत्नत्रय शाक्तागम इसमें सात्विक ग्रन्थों को तंत्र या आगम राजसिक को पागल तथा तामसिक को शामर कहा जाता है । सृष्टि के प्रारंभ से ही राजसिक और तामसिक स्वभाव के प्राणी रहे हैं । दैत्य असुर अथवा उनकी प्रवृत्ति की तरह को मनुष्यों को भी साधन मिलना ही चाहिए । अतः उनके लिए इन राजशिक और तामसिक ग्रन्थों का निर्माण हुआ । असुरों की परम्परा का मुख्य शास्त्र वामागम है । शाक्तागत में भी 64 ग्रन्थ मुख्य माने जाते हैं । ये सब प्राप्त नहीं होते । शाक्ततंत्रों की संख्या हजार से भी अधिक है । शारदा तिलक में तांत्रिक रहस्यों का विस्तृत संग्रह है । मंत्र महार्णव तो तंत्र का विश्वकोश है । तन्त्र ग्रन्थों में सुधा विद्याओं का विपुल भण्डार है और कई सौ तब ग्रन्थ नेपाल में भी सुरक्षित है । देश में भी बड़ी संख्या में है जिनकी जानकारी सार्वजनिक रूप से नहीं है । ऋग्वेद- ऋग्वेद की ऋचाओं की रचना का प्रारंभ संभवतः 1600 ई 0 पू 0 के आसपास हुआ । अवेद की अंतिम रचनाओं का काल 1200 ई ॰ पू ॰ माना जा सकता है । ऋग्वेद में दस मंडल है , जिनमें 1029 सूत है और कुल 10580 कथाएं है । दूसरे मंडल से सातवें मंडल तक का अंश ऋग्वेद का हृदय माना जाता है । वेदांग 6 है (1) शिक्षा अर्थात शुद्ध आचरण का शास्त्र (2) निरक्त शब्दों की उत्पत्ति का शास्त्र (3) व्याकरण शुद्ध बोलने और लिखने का शास्त्र (4) छंद पद्य रचना का शास्त्र (5) कल्प कर्मकाण्ड का

शास्त्र (6) ज्योतिष नक्षत्रों और ग्रहों की गति के अध्ययन का शास्त्र ।

ब्राह्मी लिपि-

बाही वर्णमाला ही विभिन्न भारतीय वर्णमालाओं का पूर्ण रूप है । इस वर्णमाला के आविष्कार का इतिहास अभी तक एक रहस्य है ।

लिपि- विशारद इस आविष्कार के विषय में दो दलों में बँटे हुए हैं । एक दल का विचार है कि ब्राह्मी वर्णमाला का आविष्कार भारत में स्वतंत्र रूप से हुआ था , किसी विदेशी वर्णमाला के प्रभाव से इसकी उत्पत्ति नहीं हुयी । मोहनजोदड़ो हड़प्पा की लिपि आविष्कृत होने पर इस दल ने सिंधु सभ्यता और ब्राह्मी लिपियों के बीच घनिष्ठ संघर्ष स्थापित करने की चेष्टा की दूसरे दल की धारणा है कि ब्राही लिपि के विकास पर विदेशों का प्रभाव पड़ा है । ठीक किस विदेशी वर्णमाला ने कहाँ तक इसके आविष्कार को प्रभावित किया , इस विषय में अवश्य ही बहुत मतभेद है । जेम्स प्रिंसेज राऊल द दोशेत , ओटफ्रिड मुलेर , एमिल सैनार्ट आदि पंडितों का मत है कि बाही वर्णमाला ग्रीक वर्णमाला से निकली है । जोसेफ आलेवी , विल्सन आदि पंडितों ने भी हेलेनी प्रभाव का उल्लेख किया है । वर्तमान समय में अधिकांश लिपिकाओं तथा पंडितों की धारणा है कि अन्य प्राचीन वर्णमालाओं की तरह बाही वर्णमाला भी सेमेटिक वर्णमाला से निकली है बेनफी , बेबर बुलेर येसन आदि पंडितों की एक समय यह धारणा थी कि ब्राही वर्णमाला फिनिशयन वर्णमाला से प्रभावित हुयी थी । प्राध्यापक डिक , कैनन टेलर , प्राध्यापक सेठी आदि विशेषज्ञों का अनुमान है कि ब्राह्मी वर्णमाला की उत्पत्ति दक्षिण सेमेटिक वर्णमाला से हुई और संभवतः उनके अभिमत को ध्यान में रखकर ही एसाइक्लोपीडिया ब्रिटानिका (Encyclopaedia Britannica) ने लिखा है- " इसका मूल अज्ञात है , लेकिन यह प्रायः निस्संदेह है कि यह दक्षिण सेमेटिक वर्णमाला से सत्वाती (Sabataean) व्यापारियों के सम्पर्क के माध्यम से निकली

। ' (प्रथम खंड , 1947 , पृ 0683) । डेविड डिटिंगर के अनुसार ब्राही वर्णमाला की उत्पत्ति आरामी वर्णमाला से हुयी ।

वैदिक अथवा हिन्दू प्रतीक **(Symbol)**

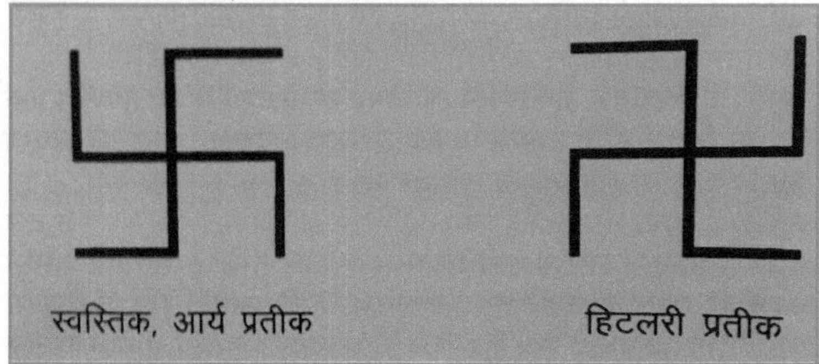

स्वस्तिक तथा ॐकार

हमारे ऋषियों ने सृष्टि की आदि से लेकर कल्पना की । उसका रूप पहचाना आज सभी यह स्वीकार करते हैं कि सृष्टि के आरम्भ में केवल नाद ध्वनि थी ध्वनि से शब्द बने , जिसे पाणिनि ने अपने व्याकरण में "अ इ उ आदि के रूप में पिरो दिया है । ईसाई मजहब ने भी , जो प्राचीन धर्मों में सबसे नया है (मुसलिम मजहब को छोड़कर) आरम्भ में नाद (शब्द) की सत्ता स्वीकार की है । इसी नाद को हमारे ऋषियों ने सृष्टि के आदि से लेकर अन्त तक सर्वव्याप्त माना । उसे परब्रह्म की व्याख्या तथा परिभाषा स्वीकार किया । भूत , वर्तमान तथा भविष्य में जो कुछ भी है , उसी नाद का स्वरूप माना । आदि , अनादि , अन्त , अनन्त में इसी नाद की , शब्द की सत्ता स्वीकार की । उस नाद का , शब्द का स्वरूप ' ॐकार ' है । माण्डूक्योपनिषद् का पहला ही मंत्र है –

ओमित्येतदक्षरमिदं सर्वं तयोपव्याख्यानम् । भूतं भव्यं भवद्भविष्यदिति सर्वमोङ्कार एव , यच्चान्यत्रि कालातीतं तदप्योङ्कार एव ।

इस ॐ को यदि सभ्यता , सृष्टि नाद , ब्रह्म - हर एक का सम्मिलित , सामूहिक प्रतीक नहीं कहेंगे तो और किस रूप में उसका सम्बोधन होगा ? हमारे यहाँ किसी भी कार्य के प्रारम्भ में ओंकार शब्द का उच्चारण होना चाहिए । स्मृति का आदेश है

ओङ्का रपूर्वमुच्चार्य ततो वेदमधीयेत ।

पहले ॐकार का उच्चारण करे , तब वेद - पाठ करे । मनु ने भी –

प्राणायामैस्त्रिभिः पूतस्तत ओङ्कारमर्हति (2-75)

ॐ की मर्यादा अक्षुण्ण सिद्ध की है । हम यहाँ पर ॐकार की महिमा या महत्व की व्याख्या नहीं करना चाहते । यह तो दूसरा ही विषय है । पर ॐ को संसार का श्रेष्ठ प्रतीक तथा अति गम्भीर अर्थवाला प्रतीक कहना चाहते हैं ।

इसी प्रकार हमारा दूसरा , अतिगूढ अर्थवाला , प्रतीक स्वस्तिक है । इस शब्द के अनेक अर्थ है । पुलिंग शब्द है । सूचिपत्र , पर्णक , कुक्कुट , शिखा शब्द इसी स्वस्तिक के अर्थ तथा पर्यायवाची हैं । सॉप के फन के ऊपर एक नील रेखा होती है । उसे भी स्वस्तिक कहते हैं ।'
हलायुधकोश में इसे " चतुर्विंशतिचिह्नान्तर्गतचिह्नविशेष : - चौबीस चिह्नों में एक विशेष चिह्न माना है । किन्तु उसी कोश में स्वस्तिक का अर्थ चतुष्पथ यानी चौराहा भी लिखा है । यदि स्वस्तिक चार मार्गों का द्योतक है तो चिह्न हो सकता है । पर वे चार मार्ग क्या है ? स्वस्तिक का अर्थ क्या है ? हम हर एक मंगल कार्य में मंत्र पढ़ते हैं–
 गणानां त्वा गणपति . हवामहे
गणों के गणपति यानी राष्ट्रपति का हम आवाहन करते हैं , नमस्कार करते हैं।

ग्वं पूरक स्वर है । गणपति का पूरक स्वर है । गॅ - गणपति का प्रतीक है यह गँ ही गणपति का बीजाक्षर रूप है ।

प्रतीक इसी प्रकार बनतें हैं और उसका रूप , समूचे मंत्र का रूप

बन गया । चतुष्पथ यानी चौराहा का भी चिह्न अवश्य है । वह चार रास्ते का है ? प्राचीन तथा अर्वाचीन विश्वास के अनुसार सूर्य मण्डल के चारों ओर चार विद्युत् केन्द्र हैं , जिनमें–

1.पूर्व दिशा में वृद्धश्रवा इन्द्र

2. दक्षिण दिशा में बृहस्पति इन्द्र

3 . पश्चिम दिशा में पूषा विश्ववेदा इन्द्र

4-उत्तर दिशा में स्ताक्षप अरिष्टनेमि इन्द्र

इन चारों से घिरे स्थान का नाम वेदों में कल्याणवाची स्वस्तिक मण्डल हैं ।

सन्दर्भ पुस्तक – शिरोनि पृथुनिनांगा व्यक्तस्वस्तिकलक्षणैः ।

वमन्त पावक धीर ददशुर्दशने शिला - वाल्मीकि 1 , 195 2. यास्कीय निरुक्त अ ० १५. खण्ड 451 18

हिन्दू धर्म का सबसे महत्वपूर्ण या कठिन प्रतीक " ॐ " है जिसकी व्याख्या करना हमारे जैसे के वश के बाहर की बात है । अंग्रेजी ,

फारसी ' आमीन ' इसी से निकले हैं । अंग्रेजी शब्द God (गॉड) का अर्थ है- G (जी) से जेनरेटर यानी कर्ता , O से ऑपरेटर यानी संचालनकर्ता तथा D से ' डेमाइजर ' यानी नाशकर्ता , पर ॐ के लिए तो पतंजलि ने योगसूत्र में इतना ही लिखा है तस्य वाचक प्रणवःयानी परमात्मा का बोधक प्रणव यानी ॐ कार है । वह ईश्वर कैसा है इस सम्बन्ध में ईशोपनिषद् इतना ही कहता है कि न तस्य प्रतिमा अस्ति ' यानी उसका कोई प्रतिमान यानी सानी नहीं है । ईशावास्योपनिषद् ने उसे ' स्वयंभू ' कहा है । उसी ईश्वर का वाचक ॐ शब्द है , यह कठोपनिषद् (2/15) का कथन है । इसी ॐ को उद्गीथ या प्रणच कहते हैं । माण्डूक्योपनिषद् ने ॐ की स्पष्ट व्याख्या की है ॐ इत्यदेक्षर मिदं सर्वम् तस्योपव्याख्यानम् भूतं भविष्यमिति तद्भ्यों कारमेव यच्चान्यद् त्रिकालातीत तद्प्योंकारमेव । अर्थात् , ईश्वर का परिचायक ॐ है । वही सम्पूर्ण अक्षर है । भूत तथा भविष्य में त्रिकाल से भी अतीत ॐ कार है । अब इतनी महान व्याख्या वाले की सर्वव्यापक प्रतीक की व्याख्या हमारी शक्ति के बाहर है । योगाभ्यास की गूढ़ क्रियाओं में समाधि की अवस्था में अन्तःकरण में अनहदनाद की बात पढ़ने से उसका ज्ञान नहीं हो सकता । यह अनहद नाद ही ॐ कार है जो भीतर गूंज उठता है जिसके विषय में हमारे नाना सन्त रामेश्वदयाल के गुरु परमानन्द ने सन् 1896 में लिखा था- गूढ़ शब्दों में योग की क्रिया का वर्णन है चलो मन गुरु जी की विज्ञान कचहरी । पंचकोश में मकान बनो है , तार्में लगी नौ इयोढ़ी । इयोढ़ी इयोढ़ी पर प्रहरी बैठे , इन्द्रियजन है प्रहरी । अनहद सबद की नौबत बाजे , ढोलक सनाई बाँसुरी । रवि ससि बिना जहाँ प्रकास है , तीन लोक से न्यारी ।। यौगिक प्रतीकों में इस पद का समझना हमारी शक्ति से बाहर है । इसी प्रकार कबीर की गूढ़ साखियाँ भी हैं । उदाहरण के लिए उपलिखित साखी में नौ इयोढ़ी शब्द आया है । इसकी अनेक व्याख्या है । कणाद ऋषि के वैशेषिक दर्शन में सृष्टि को 9 भागों में बाँटा गया

है- 1. काल , 2. दिक , 3. आकाश , 4 . पृथ्वी , 5. जल , 6. वायु , 7. अग्नि , 8. मन तथा 9 आत्मा । कणाद अनीश्वरवादी है । ईश्वर को नहीं मानते पर आत्मा को सर्वव्यापक मानते हैं । वे भी ॐ कार का प्रयोग करते हैं । न्याय दर्शन के रचयिता गौतम ईश्वर को सृष्टि - कर्ता या निमित्त मात्र मानते हैं पर उनके अनुसार हर वस्तु के अस्तित्व के दो कारण होते हैं - समवाय तथा निमित्त .

संकेत और प्रतीक में अन्तर

संकेत तथा प्रतीक का अन्तर हमने बार - बार समझाने का प्रयास किया है । अंग्रेजी में चिन्ह या संकेत को साइन ' (Sign) कहते हैं । प्रतीक को सिम्बल (Symbol) कहते हैं । अंग्रेजी शब्दकोष में " साइन " को वह रूढ़िगत प्रतीक जो किसी विचार को व्यक्त करता हो " कहा है तथा " सिम्बल " को " किसी अदृश्य वस्तु का दृश्य संकेत (चिन्ह) " लिखा है । अब ये दोनों शब्द एक दूसरे से इतने निकट हैं कि इनका अन्तर समझना बड़ा कठिन हो जाता है । यदि हम यह कहें कि दृष्टि - विषयक एक पदार्थ की ओर संकेत करने वाली चीज का नाम संकेत है तो उदाहरण के लिए गणित के विद्यार्थी ने जोड़ के लिए + का संकेत बना रखा है इसका केवल इतना ही अर्थ है कि में -यानी दो चीजों को जोड़ना है । गणित का विद्यार्थी जब कभी + का उपयोग करेगा , उसका तात्पर्य जोड़ से होगा । पर मनुष्य की बुद्धि इतनी व्यापक , चपल तथा चतुर है कि एक संकेत का उपयोग एक के लिए दूसरा हो जाता है तो दूसरे के लिए भिन्न । ईसाई पादरी के गले में यदि + लटकता रहता है तो इसका तात्पर्य जोड़ नहीं है । वह तो प्रभु ईसा के सूली पर लटकने को प्रतीक है , " क्रास " है । भाषा के लिए भी यही है । अगर लन्दन में कोई कहे कि " सड़क " पर मिलेंगे तो उसका अर्थ होगा ' राजपथ ' पर , मुख्य सड़क पर , भारत में गली में भी जो मार्ग होता है उसे ' सड़क ' कहते हैं । शाब्दिक संकेत भी अपने अर्थ में बदल जाते हैं । मनुष्य का स्वभाव इतना प्रतीकात्मक है कि वह

अपनी धारणा के अनुकूल हर एक संकेत को प्रतीक में बदलता रहता है । गणितज्ञ ने जिस चीज को अपने काम के लिए बनाया , दूसरे ने उससे दूसरे प्रतीक का काम ले लिया । प्रतीकात्मक स्वभाव तथा बुद्धि का ही परिणाम है कि साहित्यकार तथा कलाकार ऊँची से ऊँची कल्पना कर लेता है । कमल पुष्प को आँख का प्रतीक बना दिया जाता है । नीलाकाश मे छिटके हुए तारों को,1. Symbols and Society . Page 538 . हृदय पर लगे हुए घाव साबित कर दिया जाता है । खाने की घटी की आवाज सुनकर कुत्ते की आंखों या मन के सामने घंटी नहीं आती , भोजन आ जाता है । घण्टी के बजाने के संकेत ने भोजन का प्रतीक उत्पन्न कर दिया , इसी प्रकार संकेत एक दृश्य - विषयक पदार्थ होता है , पर बुद्धि प्रतीकों की निरन्तर आवश्यकता के कारण उसे प्रतीकात्मक बना लेती है । प्रतीक अदृश्य पदार्थ को व्यक्त करने वाला दृश्य संकेत है । संकेत दृश्य पदार्थ का बोधक है । सड़क पर हरी बत्ती मार्ग साफ और जाने लायक होने की निशानी मात्र है , पर हरा रंग रास्ता साफ होने का प्रतीक है । सड़क पर स्कूलों के पास " लड़का दौड़ रहा है । " ऐसा चित्र बनाकर बोर्ड पर लगा देते हैं । यह संकेत इस बात की चेतावनी मात्र है कि इस रास्ते मे अक्सर लड़के सड़क आर - पार किया करते हैं , सावधानी से मोटर चलाओ पर किसी भी दशा में उस संकेत का यह अर्थ नहीं है कि यहाँ पर स्कूल चल रहा है । पढ़ाई हो रही है । लड़के पढ़ रहे हैं और खेल रहे हैं । उस बोर्ड को देखकर इतनी ढेर - सी बातें हमारे दिमाग में आ गयी तो हमने उसे साइन बोर्ड को " निकट में स्कूल होने का प्रतीक बना लिया । यह कार्य हमारी चेतन - शक्ति ने हमारे ज्ञात मानस ने अज्ञात मानस की सहायता से किया । अज्ञात मानस का सस्कार जैसी प्रेरणा देता है , अपने अनुभव के कोष से ज्ञान निकाल कर देता है , उसी के सहारे ज्ञात मानस हर एक " तिल का ताड " किया करता है । हर एक प्रतीक को सकेत तथा संकेत को प्रतीक बनाता रहता है । अज्ञात मानस की सहायता इसलिए जरूरी है कि

बिना अनुभव तथा जानकारी से काम लिये संकेत या प्रतीक दोनों ही समझ में नहीं आते । जिसे जानकारी नहीं है वह आकाश में बादल देखकर कैसे अनुमान लगा सकेगा कि इस ऋतु में , इस अवसर पर , आकाश में बादल का घिर आना बर्फ गिरने का प्रतीक है ? बिना अनुभव के यह कैसे पता चलेगा कि आकाश में अमुक प्रकार के बादलों को घिर आना वर्षा की निशानी नहीं है । यह बादल नहीं धूल की आँधी है । बिना मेघगर्जन के भी बिजली चमकती है , इत्यादि । इस प्रकार प्राकृतिक संकेत भी तभी प्रतीक का रूप धारण करेगें जब उनकी जानकारी हासिल की जाय । जब उनको सीखा - समझा जाय , तभी प्रतीकात्मक रूप बनता है । हमने एक शब्द कहा " पत्तल " । जिसने पत्तल नहीं देखा , जिसके मन में पत्तल की कोई धारणा नहीं है , वह कैसे समझेगा कि यह अक्षरों में पत्तों से बनी थाली का प्रतीक है । जो पत्तल का उपयोग समझता ही नहीं , अगर उसके सामने पत्तल दिखा दी जाय तो भी वह कुछ नहीं समझेगा । इससे तो यह तो सिद्ध हुआ कि बिना जानकारी हासिल किये हुए , बिना समझे हुए , दृश्य पदार्थ का तथा दृश्य संकेत को कोई महत्व नहीं है । इसी प्रकार बिना किसी वस्तु का गुण तथा स्वभाव जाने आँखों से दिखाई पड़ने वाली वस्तु कोई महत्व नहीं रखती । सब कुछ ज्ञान तथा अनुभव पर , चेतन तथा अचेतन मानस के विकास तथा संस्कार पर निर्भर करता है । जो लोग गूढ़ प्रतीकों को देखकर उन्हें तुच्छ तथा हेय समझकर टाल देते हैं , वह प्रतीक का दोष नहीं है , उनकी बुद्धि का दोष है ।

सम्प्रदाय

आर्य समाज- आर्य समाज के संस्थापक स्वामी दयानंद सरस्वती थे । उनका जन्म 1827 ईस्वी में हुआ इसी मत के मानने वालों की एक समिति द्वारा डी ० ए ० वी ० (DAV) के नाम से संचालित अनेक विशाल कॉलेज पाठशालाएं और गुरुकुल श्रेष्ठतम शिक्षण कार्य कर रहे हैं । मूल आर्यों के धर्म में मूर्तिपूजा का प्रचलन नहीं था ।

(2) रामकृष्ण मिशन- इसका नामकरण रामकृष्ण परमहंस के नाम पर किया गया ।

(3) ब्रहम समाज- इसका संस्थापक राजा राममोहन राय जो कि 1828 ई ० में इसकी स्थापना की थी । राजा राममोहन राय ने अनेक देवताओं की पूजा , मूर्ति पूजा तथा अनेक ईश्वरवाद का खंडन करके एक ही ईश्वर एकमेवादितीयम वह ईश्वर एक ही अद्वितीय है) की सत्ता की कल्पना की तथा मानव मात्र को आपसी भाईचारे का आदेश दिया । सभी धर्म और धर्म ग्रंथ पवित्र है तथा जाति बंधनों यज्ञ और बलि प्रथा को खत्म किया ।

(4) नागा पंथ- इस सम्प्रदाय में भगवान शंकर की उपासना होती है व तपस्या पर अत्यधिक बल दिया जाता है बिल्कुल नंगे रहते हैं । सेक्स पर पूरा नियंत्रण रखते हैं ।

(5) कबीरपंथ- इसमें दो सम्प्रदाय निम्न है- (1) कबीर पंधी (2) धर्मदास

(1) कबीरपथी- यह मूर्तिपूजा करते हैं ।

(2) धर्मदास- कबीरदास जी के धर्मदास चेला थे । ये मूर्तिपूजा नहीं करते हैं अर्थात केवल जीव आत्मा को मानते हैं ।

(6) वैष्णव सम्प्रदाय या भागवत- यह सम्प्रदाय विष्णु की उपासना पर आधारित है । वैष्णव सम्प्रदाय के अनुसार मोक्ष प्राप्ति के तीन मार्ग है कर्म मार्ग , ज्ञान मार्ग तथा भक्ति मार्ग कर्म मार्ग में कर्मकाण्ड

और यज्ञ आदि को ठीक प्रकार से करने की विधियों का उल्लेख किया गया है । ज्ञान मार्ग में ज्ञान प्राप्ति को मोक्ष का साधन माना गया है और शक्ति मार्ग में किसी एक देवता विष्णु कृष्ण अथवा राम की भक्ति पर बल दिया गया है।

वैष्णव सम्प्रदाय में विष्णु के दशावतार माने गये है । ये है –
(1) मत्स्य (2) कच्छप (3) वराह , (4) नृसिंह (5) वामन (6) परशुराम (7) श्रीराम (8) बलराम (9) बुद्ध (10) मलिकार्जुन

(7) शैव सम्प्रदाय - शैवों के अनुसार शिव परमात्मा है । शिव की गणना वैदिक देवताओं में नहीं की जाती । वैदिक देवता रूद्र और सिन्धु घाटी के उस देवता को ही शिव मान लिया गया ।

शिव आदि देव है । श्वेताश्वरोपनिषद में उनके विषय में कहा गया है सृष्टि के आदिकाल में जब अन्धकार ही अन्धकार था , न दिन था और न रात न सत् था और न असत् , तब केवल एक निर्विकार शिव (रूद्र) ही थे ।

महाभारत के अनुशासन पर्व में तो उन्हें ब्रहमा तथा विष्णु का स्रष्टा भी कहा गया है । इसीलिए वे देवों के देव अर्थात् महादेव कहलाते हैं । अथर्ववेद में कहा गया है कि जिस खण्ड से सृष्टि की उत्पत्ति हुयी , उसका आधा भाग पुरुष या एवं आधा भाग स्त्री का था विष्णु पुराण में एक स्थान पर शिव को अपने ही मुख से यह कहते हुए बताया गया है कि वे विष्णु के ही अर्द्धभाव हैं और विष्णु से अलग कोई अस्तित्व नहीं है ।

दक्षिण भारत के पाशुपत सम्प्रदाय के अनुयायी सबसे प्राचीन शेव थे । वे ज्ञान और कर्म की असाधारण शक्तियाँ प्राप्त करने के लिए योगाभ्यास करते थे ।

(8) शाक्त सम्प्रदाय- महाशक्ति की उपासना करने वाले शाक्त सम्प्रदाय में भी भगवती के अनेक रूप हैं । महालक्ष्मी , महासरस्वती महाकाली , गौरी , काली , तारा , चामुण्डा , कूष्माण्डा , ललिता ,

भैरवी , धूमावती , मातंगी आदि विभिन्न रूपों में उनकी उपासना भिन्न भिन्न विधियों से होती है । वही दुर्गा है । वही भ्रामरी है । वही फुण्डलिनी है और वही योगमाया है । आश्विन तथा चैत्र मास के नवरात्रों में पूरे भारत में उनकी उपासना होती है । महिषासुर शुम्भ निशुम्भ , आदि भयंकर राक्षसों का वध करके उन्होंने संसार की रक्षा की थी । उनकी यह पवित्र गाथा मार्कण्डेय पुराण में है ।

शाक्त सम्प्रदाय में भगवती के विषय में श्री दुर्गा भागवत पुराण एक प्रमुख ग्रन्थ है , जिसमें 108 देवीपाठों का वर्णन है । ये पीठ कलयुग में मानव को शक्ति धन एवं ज्ञान देने के लिए सक्षम समझे जाते थे । श्रुति के अनुसार इन 108 देवी पीठों के नामों के सुनने अथवा कीर्तन करने वाला भक्त सभी पापों से मुक्त होकर भगवती- लोक को प्राप्त होता है ।

शाक्त सम्प्रदाय की तंत्रपूजा में श्रीमन्त्र पूजन की परम्परा है । श्रीमन्त्र सात्विक यन्त्र है और इसे यन्त्रराज अथवा सर्वश्रेष्ठ यन्त्र भी कहते हैं । इस यन्त्र में सम्पूर्ण ब्रह्माण्ड की उत्पत्ति तथा विकास की कल्पना की गयी है । आज यन्त्र के विविध रूप मिलते हैं ।

दुर्गा भगवती के साथ तीन देवों गणेश , हनुमान तथा भैरव की पूजा भी प्रमुख रूप से होती है । गणेश साक्षात् माँ गौरी के पुत्र हैं और प्रत्येक धर्मकार्य में सर्वप्रथम पूज्य है । हनुमान देवी का बागुरिया है । भैरव शक्ति पुंज एवं रुद्रावतार हैं ।

(9) वल्लभ सम्प्रदाय- वल्लभचार्य के अनुसार श्रीकृष्ण ही ब्रहम हैं । वे निर्गुण , निर्विकार , कर्ता , भोक्ता , गुणातीत , संसारिक धर्मों से रहित तथा जगत् के उपादान हैं । जगत सत्य है वह कार्य है । उसकी स्थिति ब्रहम से अभिन्न है क्योंकि ब्रहम अविकृत हैं । जगत में ही पदार्थ उदित तथा विलीन होते रहते हैं । जीव शुद्ध तथा अणुरूप हैं । जीव के लिए ब्रहम से प्रीति करना ही श्रेष्ठ मार्ग है । श्री कृष्ण में प्रतिभाव की अनुभूति ही इस प्रीति की चरम अवस्था है । ऐसा ईश्वर

की कृपा से ही सम्भव है । वल्लभाचार्य का कथन है कि ब्रहम का विवेचन शास्त्रों के द्वारा ही संभव है । वल्लभचार्य का जन्म छत्तीसगढ़ के रायपुर जिले के चम्पारण्य में हुआ । उनके पिता लक्ष्मण भट्ट थे । वह दक्षिण भारत के भारद्वाज गोत्रीय तैलंग ब्राह्मण थे । 11 वर्ष की आयु में ही वल्लभाचार्य ने काशी में श्री माधवेन्द्र पुरी से अनेक धार्मिक शास्त्रों की शिक्षा प्राप्त की । कुछ समय बाद वे काशी से वृन्दावन चले आये और कुछ दिन रहकर तीर्थ यात्रा को चल दिये 52 वर्ष की अवस्था में आपकी मृत्यु हो गयी । वल्लभचार्य शुद्धा छैतवाद के संस्थापक माने जाते हैं । इनका मत पुष्टि मार्ग भी कहलाता है । अष्टछाप के परमानन्ददास , सूरदास , नन्ददास कुम्भनदास , चतुर्भुजदास आदि कवि वल्लभ सम्प्रदाय के ही थे । उनके अनुसार भक्ति मार्ग के द्वारा जीवात्मा परमात्मा का सानिध्य प्राप्त करती है । भक्तों को मुक्ति की आवश्यकता नहीं ।

(10) नाथ सम्प्रदाय- नाथ सम्प्रदाय की शुरूआत आदिनाथ भगवान शंकर से मानी जाती है किन्तु इसे व्यवस्थित रूप दिया नाथ सिद्ध मत्स्येन्द्रनाथ के शिष्य गोरखनाथ थे । नाथ सम्प्रदाय के आदि प्रवर्तक चार महायोगी हुए हैं । आदिनाथ स्वयं शिव है और उनके दो शिष्य थे जालंधरनाथ और मत्स्येन्द्रनाथ जालघरनाथ के शिष्य थे कृष्णपाद (कान्हापाद , कान्हया , कानका) और मत्स्येन्द्रनाथ के गोरखनाथ इस प्रकार ये चारों नाथ सिद्धनाथ सम्प्रदाय के मूल प्रवर्तक माने जाते हैं । किन्तु परवर्तीनाथ दाय में मत्स्येन्द्रनाथ और गोरखनाथ के ही उल्लेख मिलते हैं क्योंकि शेष दोनों सिद्धों का सम्बन्ध कापालिक साधना से था गोरखनाथ ने तान्त्रिक पद्धति की अपेक्षा तप और हठ योग को महत्व दिया । उन्होंने योग साधना के माध्यम से ईश्वर के साक्षात्कार और उसे प्राप्त करने का रास्ता सुझाया । नाथ सम्प्रदाय योग की सभी क्रियाओं पर बल देता है किन्तु कुण्डलिपि जागरण और खेचरी मुद्रा आदि यौगिक क्रियाओं का

अधिक प्रचार हुआ । सिद्धों ने तमाम बाइय आदम्बत और रूढियों का विरोध करके निर्विकार निर्माण ईश्वर की उपासना को महत्व दिया । गोरखनाथ परमसिद्ध और अमर हैं । वे जब भी चाहे साधक को दर्शन दे सकते हैं । गोरखनाथ ने योगशास्त्र विषयक अनेक ग्रन्थ लिखे हैं । इनका सम्प्रदाय तप , कठोर त्याग एवं योग की कठिन साधना पर आधारित है । वे प्रमोद 4 आलस्य गोग तथा बाहय भेदों के प्रबल विरोधी रहे । इनके अनुसार योग की एकाग्रता की ईश्वर तक पहुँचने और शक्ति प्राप्त करने का एकमात्र उपाय है । गुरु गोरखनाथ के शिष्यों में गुरू चौरंगीनाथ का महत्वपूर्ण स्थान है । उन्हें पूरण भगत तथा बाबा विसाह नामो से भी जाना जाता है । इनका जन्म स्यालकोट (पाकिस्तान) के राजपूत राजा शालवाहन के घर में हुआ था । हरियाणा के जनपद गुड़गाँव के ग्राम कासन में चौरंगीनाथ ने तपस्या की । बाबा विसाह के साथ अनेक चमत्कारिक कथाएँ जुड़ी है । ग्राम कासन में ही चौरंगीनाथ को समर्पित एक भव्य मंदिर है जहाँ वर्ष में दो बार मेला लगता है ।.

(11) स्वामी नारायण सम्प्रदाय- इस सम्प्रदाय की स्थापना सन्त स्वामी नरायण ने 1861 ई 0 में की । कुछेक विद्वानों का मत है कि मुक्तानन्द स्वामी ब्रहमानन्द स्वामी गोपाल नन्द स्वामी तथा नित्यानन्द स्वामी इन चार सन्तों ने मिलकर इस सम्प्रदाय के प्रवर्तक सहजानन्द (स्वामी नारायण) को ईश्वर का अवतरित रूप माना । किन्तु यह तथ्य प्रमाणिक तथा उचित नहीं माना जाता । स्वामी नारायण का जन्म 10 अप्रैल , 1789 ई 0 को रात्रि 10 बजे अयोध्या से उत्तर की ओर छपैया ' नामक गाँव में हुआ । स्वामी नारायण रामानन्द स्वामी की शरण में आये और रामानन्द स्वामी ने उन्हें भागवत ' की दीक्षा दी । रामानन्द स्वामी की मृत्यु के बाद सिर्फ 21 वर्ष की आयु में ही स्वामी नारायण ने गुरु का पदभार संभाल लिया और एक नये सम्प्रदाय का गठन किया सम्प्रदाय के उपदेश शिक्षापत्री

' नामक पुस्तक में संकलित है । शिक्षापत्री में दी गयी शिक्षाओं रामानुजाचार्य द्वारा लिखे गये ग्रन्थ सूत्र भाष्य और भागवत गीता है । शिक्षाएँ इस प्रकार हैं–

(1) अहिंसा ही परम धर्म है । किसी जीव की हत्या न करें । स्वामी नारायण का आधार (2) जिस देवता को मंदिरा माँस का नैवेध दिया जाता है या पशुओं की बलि दी जाती हो , उस देवता का नैवेध न लें । (3) चोर , पापी , व्यसनी , पाखण्डी कामी एवं लोगों को ठगने वाले का संग कभी न करें । (4) शुद्ध जल (छना हुआ) पीएं तथा शुद्ध जल से ही स्नान करें । (5) पारदर्शी वस्त्र न पहनें । (6) सहज भाव से भी स्त्रियां अन्य पुरुषों का जिक्र तक न करें । (7) पतिव्रता साध्वी स्त्रियाँ अपनी नाभि , जंघा , स्तन कभी भी अन्य पुरुषों को न दिखाएँ । शरीर को उधड़ा या अर्धनग्न न रखें । (6) ब्रह्मचारी और साधु पान , अफीम , तम्बाकू आदि का सेवन न करें । (9) श्रीकृष्ण भगवान के श्रोत और ग्रन्थों का पाठ करें । (10) विष्णु , शिव , पार्वती , गणपति तथा सूर्य की पूजा करें । (11) माता पिता गुरू और रोग से पीड़ित . . व्यक्ति की सेवा करें

(12) रामदासी संप्रदाय- इस सम्प्रदाय की स्थापना छत्रपति शिवाजी के गुरू समर्थ स्वामी रामदास जी ने की थी । स्वामी जी का जन्म 1608 ई॰ में हुआ और 1682 ई॰ में उनका देहान्त हो गया । स्वामी रामदास के मतानुसार जीव को न तो सांसारिक आकर्षणों में बिल्कुल ही लीन हो जाना चाहिए और न ही उन यथार्थ अनुभवों से बिल्कुल विरक्त होना चाहिए । वे समन्वय और सन्तुलन वाली स्थिति के हिमायती थे । रामदासी सम्प्रदाय का मुख्य उद्देश्य है इहलौकिक (वर्तमान लोक सम्बन्धी) तथा पारलौकिक (परलोक सम्बन्धी) दोनों तरह की उन्नति करना । मर्यादा पुरुषोत्तम रामचन्द्र इस सम्प्रदाय के पूज्य देवता है । रामदास जी को महात्मा लोग हनुमान का अवतार मानते हैं । गीता पर अमल करने की शिक्षा देता है । ' दासबोध ' तथा

स्वामी जी के अन्य ग्रन्थ इस सम्प्रदाय के पूज्य ग्रन्थ हैं । रामनवमी का त्यौहार स्वामी जी द्वारा वही पूरे भारत में आरम्भ किया गया । स्वामी रामदास ने संसार की माया को छोड़ देने तथा भगवान की ओर मन रमाने के संबंध में भी विमल तथा स्फूर्तिदायक उपदेश दिये हैं ।

(13) वारकरी पंथ- वारकरी पंथ महाराष्ट्र का जहाँ एक प्रसिद्ध तीर्थ स्थल है , जहाँ विट्ठलनाथ जी की मूर्ति है । विट्ठलनाथ जी कृष्ण के बालरूप हैं । आषाढ़ तथा कार्तिक के शुक्ल पक्ष की एकादशी को वर्ष में कम से कम दो बार विठ्ठलनाथ जी के भक्त पंढरपुर की यात्रा करते हैं । इस यात्रा का नाम है- वारी और इन यत्राओं को करने वाले वारकरी कहलाते हैं । वारकरी पंच की स्थापना महात्मा पुंडलीक ने की । वारकरी पंच पूर्वतः वैदिक धर्म पर आधारित भागवत सम्प्रदाय है । इसके अनुसार भगवान कृष्ण की भक्ति ही मोक्ष का प्रधान साधन है । शक्तिमार्गी होने पर भी यह पंच छतवादी नहीं , बल्कि अद्वैतवादी है । अद्वैतवाद के साथ भक्ति का समन्वय इस मार्ग की अपनी विशेषता है । इसके अनुसार भक्ति तथा ज्ञान दोनों परस्पर एक दूसरे के पूरक अन्य चार सम्प्रदाय हैं- (1) चैतन्य सम्प्रदाय (2) स्वरूप , (3) आनन्द (4) प्रकाश सम्प्रदाय एक दूसरे के पूरक इसमें हरि और हर दोनों की एकता मानी गयी है । इनके मान्य ग्रन्थ ' भगवान ' तथा गीता तो हैं ही साथ ही मराठी ग्रन्थों में ज्ञानेश्वरी एकनाथी भागवत तथा तुकाराम के अभंग इनके अन्य धर्मग्रन्थ है ।

(14) राधा स्वामी सत्संग- राधा स्वामी मत के संस्थापक सेठ शिवदयाल सिंह थे । राधा स्वामी सत्संग का मुख्य केन्द्र अमृतसर और जालन्धर के बीच व्यास नदी के दाहिने किनारे से कुछ हटकर रेलवे स्टेशन के पास फैले क्षेत्र में है । जिसे डेरा बाबा जयमल सिंह कहा जाता है । इस धर्मस्थल को 15 अगस्त 1891 में बाबा जयमल सिंह ने स्थापित किया ।

राधास्वामी मत के संस्थापक सेठ शिवदयाल सिंह ने 43 वर्ष की आयु में सन्यास ले लिया था । आगरा में जन्म होने के कारण आगरा वाले स्वामी जी कहा जाता है । उन्होंने सीधी और सरल भाषा में सार वचन नामक ग्रन्थ लिखा , जिसमें सन्तमत की व्याख्या की । यही मत बाद में राधास्वामी सत्संग के नाम से प्रसिद्ध हुआ । राधा स्वामी मत के अनुसार राधा स्वामी का मतलब है आत्मा का मालिक । राधा आत्मा का प्रतीक है और स्वामी परमात्मा का इस मत में न तो कोई पूजा पाठ है , न कोई कर्मकाण्ड और न ही कोई धार्मिक कट्टरता सन्तों के सदियों पुराने दर्शन को केवल एक नया नाम दिया गया है । इस मत में किसी चमत्कार की इजाजत नहीं है । सब कुछ केवल शब्द और नाम कमाई है । अपने भीतर झांको वहां शब्द हुंकार दे रहा है । उसे सुनो तो प्रकाश मिलेगा । तब लगेगा कि अब तक तो मैं अपना समय ही नष्ट करता रहा । यह प्रकाश अध्यात्म की मंजिल पर चढ़कर ही दिखाई देगा । वह आवाज सुनाई देगी , जिसे मुनियों ने अनहद नाद कहा है । इस प्रकाश और आवाज को देखने सुनने पर आनन्द की प्राप्ति होगी । राधा स्वामी मत में दीक्षित होने वाले लोग मत के सर्वोच्च गुरु से शब्द या मंत्र (गुरु मंत्र) लेते हैं जिसे नाम लेना कहते हैं । यह समारोह साल में सात बार होता है । व्यास केन्द्र के प्रमुख दिन है । इसे भंडारा कहा जाता है । इस मत के मानने वालों की विशेषता यह है कि दीक्षित होने से पहले ही शराब , मांस , मादक द्रव्यों जुआ आदि का त्याग करना आवश्यक है । परिवार में रहकर भी साधना कर सकते हैं । इसके लिए किसी भी तरह का सन्यास जैसा आडम्बर जरूरी नहीं । इस मत ने गुरु की भूमिका को अत्यधिक महत्ता दी है । सन्त महात्माओं की तरह इस मत के मानने वाले भी वर्ण व्यवस्था की जटिलताओं , जात पात के कठोर प्रतिबन्धों और विविध सम्प्रदायों के बीच आपसी मतभेदों का घोर विरोध करते हैं । ..

(15) प्रार्थना समाज- प्रार्थना समाज की स्थापना 31 मार्च , 1867 को बम्बई में हिन्दू विचारधारा के इन्हीं नेताओं ने किया । रात्रि पाठशालाएं खोली गयी और सुबोध पत्रिका नामक पत्र का प्रकाशन शुरू किया गया । इस आन्दोलन के मुख्य उद्देश्य हैं–

(1) प्रार्थना ही समाज की आत्मा है । (2) जाति प्रथा का विरोध | (3) विधवा विवाह तथा अन्तर्जातीय विवाह का प्रचार करना । (4) स्त्री शिक्षा को प्रोत्साहन देना । (5) बाल विवाह का बहिष्कार करना । (6) हरिजनों तथा महिलाओं की सोचनीय स्थिति में सुधार लाना । इसने उपनिषदों तथा भगवद्गीता की शिक्षाओं को ही प्रार्थना समाज का आधार माना और महाराष्ट्र के महान सन्तों ज्ञानेश्वर , एकनाथ और तुकाराम की शिक्षाओं का अनुसरण किया ।

(29) संत निरंकारी मिशन- सन्त निरंकारी मिशन कोई प्रचलित धर्म या समुदाय नहीं , बल्कि एक आध्यात्मिक विचारधारा है । इस मिशन का निश्चित मत है कि ब्रह्मानुभूति में ही मनुष्य योनि की सार्थकता है । जो व्यक्ति निरकार ऋण में दर्शन करके निरंकार के सुमिरण में सत्य के ज्ञाताओं की संगति में और प्राणी मात्र की सेवा में न रहता है उसे हम निरंकारी कहते हैं । निरंकारी मिशन का यह प्रचार सन् 1929 में बाबा बूटा सिंह जी ने पेशावर से आरम्भ किया । यह मिशन प्रचलित कर्मकाण्डों को सांसारिक जीवन में संतुलन बनाए रखने का साधन मात्र है । प्रण ग्रहस्थ त्यागकर वेषधारी साधु सन्त फकीर बनकर समाज पर बोझ नहीं बनना । अपनी मेहनत की कमाई से मर्यादापूर्वक गृहस्थ जीवन का निर्वाह करना है ।

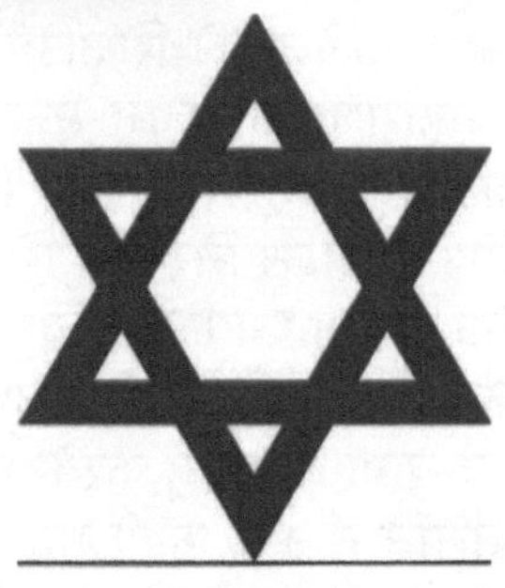

यहूदी धर्म (जुडाइज़्म)

यहूदी धर्म तीन हजार वर्ष पुराना है । यहूदियों का जन्म स्थान अरब है । वहां से वे धीरे धीरे फिलिस्तीन में जा बसे। इनके नेता हज़रत मूसा (Prophet Moses) थे। । उन्होंने बहुत से यहूदियों को मिश्रवासियों की अधीनता से छुटकारा दिलाया था । मूसा की मृत्यु के बाद जोशुआ उनके नेता बने । इनके नेतृत्व में यहूदियों और फिलिस्तीन के मूल निवासियों में युद्ध हुआ। कुछ समय बाद दोनों में समझौता हो गया । दोनों के मेलजोल से हिब्रू सभ्यता का विकास हुआ। मूसा से पहले हिब्रू कबीले के लोग अनेक देवताओं को मानते थे। मूसा ने विभिन्न कबीलों में एकता स्थापित की और उन्हें संगठित किया। उन लोगों ने एक

देवता के रूप में याहवेह (Yahwen) या जेहोवा को अपना ईश्वर माना। यहूदियों का विश्वास है कि स्वयं ईश्वर ने मूसा के माध्यम से उन लोगों को दस उपदेश (Ten Commandiments) दिये थे । दन उपदेशों में एकेश्वरवाद में विश्वास रखने पर बल

दिया गया है ।
इस धर्म की बुनियादी शिक्षा एक ईश्वर में विश्वास है । यह ईश्वर जेहोवा है , जो अपनी प्रजा को प्रेम करता है । परन्तु जब लोग कुमार्ग पर चलते हैं तो वह उन्हें दण्ड भी देता है ।

यहूदी धर्म न्याय, दया और विनम्रता सिखाता है। यहूदियों में यह महत्वपूर्ण विश्वास है कि उनको पवित्र बनाने और संसार को पाप तथा

दुष्टता से मुक्त कराने के लिए मसीहा ' एक दिन पृथ्वी पर अवतरित होगा । ईसाईयों का भी ऐसा विश्वास है और वे ईसा को ही मसीहा मानते हैं । किन्तु यहूदियों का विश्वास है कि मसीहा ने अभी तक जन्म ही नहीं लिया है।

यहूदी धर्म का मौलिक अर्थ है - यरूशलम के आस पास के यूदा नामक देश का निवासी । यूदा प्रदेश के निवासी प्रादीन इज़राइल के मुख्य ऐतिहासिक प्रतिनिधि बन गये थे , फलतः समस्त इजरायली जाति के लिए यहूदी शब्द का प्रयोग होने लगा । इस जाति का मूल पुरुष अबू अब्राहम था अतः वे इब्रानी भी कहलाते हैं ।

यहूदियों ने उस एक ही ईश्वर के अनेक नाम रखे थे ,अर्थात एलोहीम पाध्ये और अधेनाई । इजराइल देश के राष्ट्रीय झण्डे में दो त्रिकोण बने हैं जो कि 3000 वर्ष पुराने यहूदी राजा डेविड रह ० के प्रतीक चिन्ह है , जिसका उल्लेख बाइबिल में है । यहूदी धर्म की उपासना यरूशलम के महामंदिर में केंद्रीभूत थी । यहूदियों का दृढ़ विश्वास था कि मंदिर में ईश्वर विशेष रूप से विद्यमान है।

परमेश्वर ने इब्राहीम से कहा तुम अपने पिता की जन्म भूमि छोड़कर मेरे संकेत पर कनान प्रदेश चले जाओ वहाँ पर एक पुत्र इसहाक हुआ । इसहाक के जुड़वा पुत्र एसाब और याकूब याकूब ' इसरायल ' कहलाया ।

मेरी प्रति अर्पित तुम्हारे नैवेध के ढेर के क्या प्रायोजन है ? यहोवा ने कहा है- " अपनी मलिनता दूर करो अपने को स्वच्छ करो अपने धर्मों की बुराइयाँ मेरी आँखों के सामने से हटा ले जाओ ,बुराई करना बन्द करो , भला करना सीखो , न्यायपरायण रहने की कामना करो , पीड़ितों को मुक्ति दो पितृहीनों के साथ न्याय करो , निस्सहाय विधवाओं का पक्ष लो ।

इसाइयाह 1-11 , 16-17 ईश वाणी नबी शमूएल पर उतरी और उसने इस भक्त दाऊद राजाभिषेक किया । यहवेह के प्रति पाप और जाति के प्रति अपराध एक समान माना जाता था । जानबूझ कर विधि का उल्लंघन करना था अनजाने में किया गया उसी प्रकार का कार्य समान रूप से अपराध माना जाता था । नियमों के प्रति अज्ञानता के लिए कोई क्षमा नहीं थी । सबसे प्रारम्भिक काल में एक व्यक्ति के पाप के लिए सम्पूर्ण कबीले को दण्ड भोगना पड़ता था परन्तु बाद में केवल एक व्यक्ति (पापी) को ही दण्ड दिया जाने लगा ।

ऐतिहासिक पुरूष अब्राहम लगभग 2000 वर्ष ईसा पूर्व इब्रानियों के साथ , खल्दी (कल्डिया) देश के उस नगर को छोड़कर चले गये थे ।

पवित्र पुस्तक तालमूद के अनुसार प्रत्येक भले आदमी का स्वर्ग जाना निश्चित है , वह नास्तिक जो नैतिक नियमों का पालन करता है महायाजक के बराबर है । उनके दान ग्रहण करने से उधार लिया जाना अधिक अच्छा माना जाता है क्योंकि यहूदी लोग आत्मसम्मान को घटाना नहीं चाहते । यहूदी धर्म में भावुकता का कोई स्थान नहीं है । स्वतः गृहीत कष्ट , निष्क्रियता और एकान्त तपस्या को निन्दनीय माना जाता है । पुरुषार्थ इसकी प्रमुख विशेषता है ।

ग्यारहवीं शताब्दी की एक इब्रानी की शिक्षा का सारांश इस प्रकार है : " सत्य बोलो , विनयशील रहो , पराश्रित सहने की जगह सादा जीवन व्यतीत करो । बुरी संगति से दूर रहो , उन मक्खियों की भांति ' ग्यारहवीं बनो जो गन्दे स्थानों पर मंडराती रहती हैं । अपने शत्रु की

पराजय पर खुशी मत मनाओ , साक्षी तथा न्यायकर्ता दोनों ही मत बनो , क्रोध से जो मुखों का पाप है , दूर रहो । लालमह से लिए गए निम्नलिखित अंश अरस्तू के ' गोल्डन मीन के सिद्धान्त से तुलना की जानी चाहिए विधि की तुलना दो मार्गों– एक अग्नि तथा दूसरा हिम से की जा सकती है । पहले मार्ग को अपनाना अग्नि में जलकर मरना और दूसरे मार्ग को अपनाना ठण्ड से ठिठुरकर मर जाना है । केवल मध्यम मार्ग ही सुरक्षित है।

तोबित अपने पुत्र तोबियत से कहता है कि मेरे आदेशों को याद रखो और उन्हें अपने चिन्त से कभी लुप्त मत होने दो । मेरे पुत्र निर्धन हो जाने के कारण भयभीत मत हो । यदि तुम ईश्वर से डरते हो और प्रत्येक पाप से बचे रहते हो और वही करते हो जो उसकी दृष्टि में अच्छा है तो तुम बहुत बड़ी सम्पत्ति के स्वामी हो । (तोबित 4 : 4-21)

सम्प्रदाय

(1) परम्परावादी (कन्जरवेटिव)- परम्परावादी टोराह (मूसा के आदेश की अपेक्षित सम्मान देते हैं और बहुत सी धार्मिक प्रथाओं को बनाये रखने में विश्वास करते हैं । ये अपने आप को सच्चा यहूदी कहते हैं । इन धर्म में अपना विश्वास जताया और सुधारवादियों का विरोध किया । ये लोग प्रतिदिन तीन बार आज्ञाकारी की तरह अपने रीति रिवाजों का पालन करना इनकी विशेषता है ।

2 सुधारवादी (रिफारमेटिव) -सुधारवादी टोरह मूसा के आदेश का पालन करते हैं तथा उनका ध्यान रखते हैं परंतु वे अपने तर्क तथा सामान्य बुद्धि का उपयोग करते हैं और वे परिवर्तनशील समय परिस्थितियों और मूल्यों का भी विचार रखते हैं । सुधारवादियों ने अपने को विश्व के साथ चलना स्वीकार किया । सुधारवादियों का सबसे शक्तिशाली नेता अब्राहम ज्येजर (1810-74 ई ०) हुआ था । टोराह नामक ग्रन्थ को हिब्रू से देशी भाषाओं में अनुवाद हुआ । इसमें सभी धर्मांध परम्पराओं को अस्वीकार किया गया । धर्म की वैज्ञानिक व्याख्या भी हुयी । आज भी सुधारवादी आंदोलन जारी है । पंच को एक निश्चित दिशा देने हेतु सदैव विचार विमर्श चलता रहा है । 1970 ई 0 से हिब्रू संघ , महिला महाविद्यालय तैयार करने में लगा हुआ है । .

(3) रूढ़िवादी (अर्थोडोक्स) - रूढ़िवादी शब्दश : टोराह (मूसा के आदेश) का अनुसरण करते हैं । बहुत से यूरोपियन यहूदी अत्यधिक सुधार से संतुष्ट नहीं हुए और उसी के परिणाम स्वरूप उन्नीसवीं सदी के अंत में एक नया दोलन खडा हुआ । इन लोगों ने यहूदी धर्म के बहुत से प्राचीन सकारात्मक तथ्यों पर बल दिया और इनको पुनः धर्म से जोड़ा । अमेरिका में सोलेमन सचेचटर (1850-1915) नव स्थापित ब्रहवैज्ञानिक यहूदी सेमिनार के अध्यक्ष बने और उन्होंने एक सशक्त नेतृत्व प्रदान किया । सोलेमन का कहना था कि यहूदियों को

परम्परावादी व सुधारवादी विचारों का समन्वय करके चलना चाहिए । इजराइल और यहूदीवाद के प्रति सच्चा समर्पण रूढ़िवादियों का ही माना जाता है ।

(4) हासीदीम- हासीदीम यहूदियों की अतिपरम्परावादी शाखा है । ये लोग इस आनंददायक दुनिया से बिल्कुल अलग रहते हैं । यहूदियों में जीवन के प्रति जितने भी कानून बने हैं , उन सबका पालन इन पंच के अनुयायी करते हैं । ये लोग काला कोट पहनते हैं और नाच गाने द्वारा अपनी श्रद्धा को प्रकट करते हैं । इस आन्दोलन के प्रणेता इज़राइल के बाल शेम टाव (1700-60) थे । इसकी शाखाएँ दुनिया भर में बिखरी हुयी है ।

(5) पुनर्संरचनावादी- इसके संस्थापक मोरडेकाइ कपलान (जन्म 1881) थे । उनका मानना था कि यहूदी धर्म एक धार्मिक सभ्यता है । उन्होंने धर्म , संस्कृति और नैतिकता पर समान रूप से बल दिया ।

हजरत मूसा (अ ०) का जीवन परिचय- हजरत मूसा (मोजेज) का जन्म लगभग 1350 ई ० पू ० मिश्र देश में हुआ था । उनके माता पिता इज़राइली थे और उन दिनों फराओं ने सभी इजराइली नवजात शिशुओं को मार डालने का आदेश दे रखा था और फराओं (फिरऔन) की पुत्री के हस्तक्षेप से ही मूसा के प्राण बच सके थे । हेवियोपोलिस में उन्होंने धर्मतन्त्र का अध्ययन किया । मिश्र में इज़राइलियों पर होने वाले अत्याचारों से वे अत्यन्त दुःखी थे । अपने एक जाति भाई की रक्षा करने के लिए मोज़ेज ने एक मिश्री की हत्या कर डाली और अरब के एक रेगिस्तान में जा छिपे जहाँ उन्होंने कठोर साधनाएँ की ऐसा विश्वास है कि ईश्वर ने उन्हें यहूदी जाति का नेता ठहराकर उसे मिश्र की दासता से मुक्त कराने का आदेश दिया । अपने समर्थकों को संगठित किया और मौसेस द्वितीय के राज्यकाल में मिश्र लौटकर बार बार प्रार्थना की जाति भाईयों को मिश्र छोड़कर फिलिस्तीन लौट जाने की अनुमति दी जाए परन्तु उनकी प्रार्थना स्वीकार नहीं की गई ।
-

ओल्ड टेस्टामेन्ट ' (Old Testament) में लिखित कथा के अनुसार मिश्र पर तब एक के बाद एक 10. महाविपत्तियों आई और उन्हें मूसा का अभिशाप समझ कर उन्हें देश छोड़ने की अनुमति दे दी गई । मूसा (Moses) ने कि उनके नूसा अपने अनुयायियों को लेकर फिलिस्तीन की ओर चल पड़े । रास्ते में भयानक सिनाई रेगिस्तान (Sinai Desert) भी पार करना था । इस यात्रा में 40 वर्ष लगे और मूसा यात्रा पूर्ण होने तक जीवित नहीं रहे । रास्ते में ही उन्होंने अपने अनुयायियों को सरल आचार विचार संबंधी उपदेश दिये थे और ऐसा विश्वास किया जाता है कि ये निर्देश उन्हें ईश्वर से प्राप्त हुए थे । इन्हें ही दस निर्देश (Ten Commandments) कहते हैं , जो विश्व में अभी भी ईसाइयों के मूल सिद्धांत माने जाते हैं । मूसा ने फरअन ' के जादूगरों को अपने चमत्कार से जीता । रात को उसने इस्राईल संतति को तो

अपने देश की ओर प्रस्थान किया । अपने दासों को इस प्रकार हाथ से निकलते देख फरअन ' सेनासहित पीछे दौड़ा (मूसा ने अपने डंडे के चमत्कार से समुद्र में मार्ग बना दिया , जिससे उसके जाति वाले पार हो गये । जब फरअन ने भी उसी तरह उतरना चाहा तो मूसा के डंडे के उठाने से सब वही डूब गए।रास्ते में इस्राईल - सन्तति को ईश्वर की ओर से भोजन- मन्न , सल्वा आता था । जब वह भगवान से बात करने और उसके आदेश लेने के लिए गया था और अपने भाई हारून के जिम्में इस्राईल संतति को कर गया था तो इधर लोगों ने सामरी के बहकाने से बछड़ा बनाकर पूजना आरम्भ किया । मूसा के क्रोधित होने पर पीछे ' हारून ' ने कहा- हे मेरी माँ के जने । न मेरी दाढ़ी पकड़ न सिर ।

मैं डराकि तू कहेगा तूने बनी इस्राईल संतति में फूट डाल दी । सामरी ने जिब्राईल की धूलि सू बछडे बोलने की शक्ति तक उत्पन्न कर दी थी । (30-3-5)

" जब मूसा भगवान के पास बात करने गया था तो उसने दर्शन माँगा । भगवान ने कहा- तू न देख सकेगा । अच्छा पहाड़ की ओर देख उस तेज को देख वह मूच्छिंत हो गिर पड़ा । ईश्वर ने अपने आदेश को पट्टियों पर लिखकर उसे दिया । " (7:16:18) । मूसा की मृत्यु लगभग 13 वीं शती ई ॰ पू ॰ हुयी थी । पर्वत का पश्चिमी भाग है यही यह घाटी है जहाँ हजरत मूसा को तौरात प्रदान हुयी थी । (सूरा 28:44) तूबा की घाटी संभवतः जहाँ हज़रत मूसा को आग दिखाई दी थी और अल्लाह तआला ने उन्हें पुकारा था । सीना द्वीप जंगलों से लगभग 70Km दूरी पर स्थित है ।

यहाँ एक गिरजा है जो सेंट कंथराटन के नाम से प्रसिद्ध है मस्जिद है जो सुल्तान सलीम की बनवाई हुई है । " और वह स्त्री गर्भवती हुयी और उसके एक पुत्र उत्पन्न हुआ और यह देखकर कि यह बालक सुन्दर है उसे तीन महीने तक छिपा रखा । " (निर्गमन 2 : 2) । मूसा

की माँ को वाहय के रूप में यह निर्देश दिया कि एक संदूक में बच्चे को रखकर दरिया में छोड़ दे और दरिया को यह आदेश हुआ कि वह सदूक को किनारे पर डाल दें । अतः संदूक में बच्चे मूसा की माँ ने ऐसा ही किया । वह संदूक ऐसी जगह किनारे पर लगा जहाँ फिरऔन अपनी पत्नी के साथ मौजूद था । उसने अपने आदमी के द्वारा संदूक को उठवा लिया । इस प्रकार मूसा उस व्यक्ति के पास पहुँच गये जो खुदा का भी शत्रु था और स्वयं उनका भी । (सूरह ताहा , आयत 39) । मदयन से वापस होते हुए वह सीना के वियाबान में रास्ते का कुछ पता नहीं चल रहा था कि अचानक उन्हें एक आग दिखाई दी उन्होंने घरवालों से कहा कि तुम यहां ठहरे रहो में जाकर अंगारे ले आता हूं ताकि तुम लोग ताप सको और यह भी हो सकता है कि वहाँ रास्ते का कुछ पता चल जाए । जब हजरत मूसा आग के पास पहुँच गये तो अल्लाह ने उन्हें आवाज दी , ' मैं हूँ तुम्हारा रब " वहय का एक तरीका यह भी है कि अल्लाह तआला अपने बन्दे से सीधे वार्ता करे और मूसा अलैहिस्सलाम भी यह विशिष्ट प्रमुखता है कि उन्हें अल्लाहतआला ने हमकलामी (परस्पर वार्ता) का सम्मान प्रदान किया । स्पष्ट रहे कि अल्लाह तआला ऐसी बातों से पवित्र है कि वह किसी भौतिक वस्तु में जो उसकी अपनी सृष्टि है , समाविष्ट हो जाए । इसलिए जो आग मूसा अलैहिस्सलाम को दिखाई दी थी वह न खुदा थी और न खुदा उसमें समाविष्ट हो गया था बल्कि वह एक विशेष प्रकार की रौशनी थी जिसने मूसा अलैहिस्सलाम को अपनी ओर आकर्षित कर लिया था । उन्होंने अल्लाह की पुकार और उसका कलाम ज़रूर सुना किन्तु उन्होंने अल्लाह को देखा नहीं और कुरआन इस बात की पुष्टि करता है कि बाद में जब तूर पर्वत पर मूसा अलैहिस्सलाम को शरीअत प्रदान करने के लिए बुलाया गया था तो उन्होंने अल्लाह तआला से यह निवेदन किया था कि वह अपना जलवा उन्हें दिखाए । उनके इस

निवेदन पर अल्लाह तआला ने फरमाया था " लनतरानी अर्थात ' तुम मुझे हरगिज़ न देख सकोगे । " (सूरह आराफ 143) ।

बलअमैबाअर- एक वाक् सिद्ध यहूदी संत जिसके श्राप से हज़रत मूसा अलैहिस्सलाम चालीस साल वनों में भटकते फिरे , बाऊर ' - उसका बाप था । •

ओल्ड टेस्टामेण्ट (**Old Testament**) और एक्जोडस (**Exodus**)--- यहूदियों की पवित्र धर्म पुस्तकें हैं । इन धार्मिक पुस्तकों में यहूदियों का इतिहास है । ओल्ड टेस्टामेण्ट अथवा पुरानी बाइबिल इसकी गणमा समस्त विश्व में श्रेष्ठतम ग्रन्थों में की जाती है । इस में अनेक आख्यान , कथाएं , गीत , नबियों की वाणियां आदि है । रूप , आइजक , रेवक , सेम्सन और डिलात्सला .. आदि की कथाएं भी संसार की श्रेष्ठतम कथाओं में मानी जाती है । काव्य साहित्य में मूसा और डेबोरा के गीतों का विशेष महत्व है । यह गीत धर्म गीत है , और इन पर बिबीलोनियन गीतों का प्रभाव है । ये गीत भक्ति भावना से ओत - प्रोत हैं । भक्ति के साथ ही कहीं कहीं वीर रस को भी अभिव्यक्ति हुई है । यहूदियों का अधिकांश पथ साहित्य धर्म पर आधारित है , परन्तु ' सोलोमन के गीत " के विषय में यह बात नही कही जा सकती है । इसकी रचना किस समय हुई और इसका रचयिता कौन था , इस विषय में कुछ नहीं कहा जा सकता । इस गीत पर मिश्री प्रभाव और यूनानी प्रभाव दृष्टिगत होती है । इस गीत में प्रेम की सुंदर हुई है । बाइबिल के मुहावरे की पुस्तक भी यहूदियों की साहित्यिक प्रतिमा की परिचायक है । इस पुस्तक में यहूदियों के सांसारिक ज्ञान के विषय में पता लगता है । कहा जाता है कि इसकी रचना सोलोमन ने की अधिकांश सुमेरियन मिस्त्री और यूनानी प्रभाव होता है । यहूदियों के साहित्य प्रेम का उत्कृष्टतम रूप बुक ऑफ जाल नामक पुस्तक में देखने को मिलता है । यह प्राचीनतम बेबीलोनियन कथा का रूपान्तर है । कहा जाता है कि इसकी रचना पांचवीं शताब्दी ई ० पू ० में हुई थी । इस पुस्तक का मूल विषय है कि अच्छे लोग कष्ट क्यों पाते हैं ? कथा का नायक जॉव का सदाचारी दुष्यातमा और धार्मिक व्यक्ति है , परन्तु उसे तरह तरह के कष्ट उठाने पड़ते हैं फलस्वरूप वह ईश्वर को सर्वशक्तिमान राक्षस मान बैठता है । इसके पश्चात् जेहोबा आकाशवाणी द्वारा प्रकृति के भीषण एवं गंभीर रूप को जॉब

के सामने प्रकट करते हैं । फलस्वरूप उसमे फिर परिवर्तन होता है और वह यह मानने लगता है कि मनुष्य अपनी क्षुद्र बुद्धि के कारण ही ईश्वर की महिमा को नहीं समझ पाता और अपने कष्टों के लिए उसे दोष देता है ।

बुक ऑफ जॉव ' नामक पुस्तक में प्रक्षिप्त अंश बहुत अधिक है । परन्तु इसमें जरा भी संदेह नहीं कि यह यहूदी साहित्य की उत्कृष्टतम रचना है । कार्लाइल के मतानुसार यह संसार की सर्वश्रेष्ठ रचना है । तालमूद में सामाजिक तथा धार्मिक मामलों से संबंधित उपलब्ध समाधान तथा निर्णय संगृहीत हैं ।

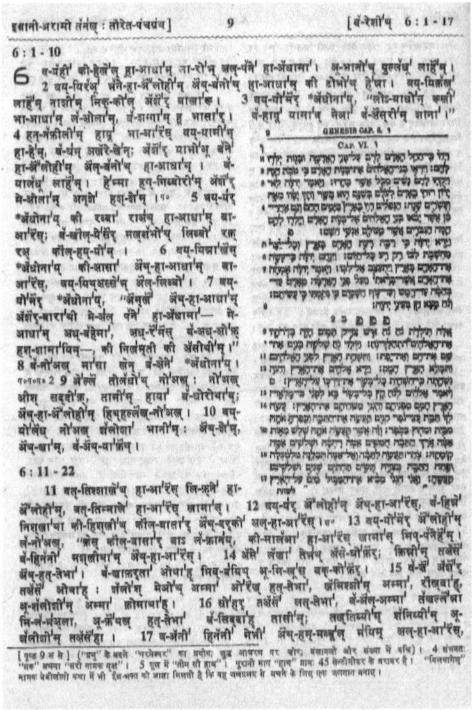

इब्रानी-अरामी तॅनंख् : तौरेत-पंचग्रंथ]   9   [बॅ-रेशी'थ् 6 : 1 - 17

6 : 1 - 10

6 व-यॅही' की-हेलॅ'ल् हा-आधा'म् ला-रो'ब् अल्-पॅने' हा-अँधामा'। ऊ-भानो'थ् युल्लॅधू' लाहॅ'म्।
2 वय्-यिरॅऊ' भॅने-हा-अॅ'लोही'म् ॲथ्-बॅनो'थ् हा-आधा'म् की टोभो'थ् हे'ना। वय्-यिक़्ॅ़ह'
लाहॅ'म् नाशी'म् मिक्-को'ल् अॅशॅ'र् बाखा'रू। 3 वय्-यो'मॅर् *अँधोना'य्, "लोऽ-याधो'न् रूही'
भा-आधा'म् लॅ-ओला'म्, बॅ-शग्गा'म् हू भासा'र्। वॅ-हायू' यामा'व् मेआ' वॅ-अॅस्री'म् शाना'।"

GENESIS CAP. 6. 1

CAP. VI.

6 : 11 - 22

बाइबिल के प्राचीन हस्तलेखों में अपरिवर्तित मूल पाठ की सुरक्षा का ज्वलंत एवं रोमांचकारी प्रमाण कुमरान की गुफाओं में प्राप्त हुआ है। कुमरान मृतसागर के पश्चिमी तट पर स्थिति किसी मठ का खंडहर है, जिसमें सन् ईस्वी के आरंभ में एस्सेनी " नामक यहूदी समप्रदाय के सदस्य रहते थे। वे अपने आप को " ज्योति की संतान कहते थे और नवयुग की प्रतीक्षा में साधना करते थे श्रमदान के रूप में वे विशेषकर हस्तलेखों को उतारते और धर्म पुस्तकों की नई व्याख्या करते थे।

अतः उनके पास एक विशाल ग्रंथागार था । सन् 68 ई॰ में यहूदियों का स्वतन्त्रा संग्राम छिड़ गया । रोमन सेना के आक्रमण से डरकर मठवासियों ने अपने बहुमूल्य कुण्डलपत्रों को आसपास की पहाड़ी गुफाओं में छिपा दिया । कुण्डलपत्र बड़े बड़े कलशों में बंद थे । मठ को जलाया गया , परन्तु किसी को कुण्डलपत्रों का पता नहीं रहा । केवल बीसवीं शताब्दी में ये चमत्कारिक ढंग से फिर प्राप्त हुए । एक युवक गडेरिया था , जिसका नाम मोहम्मद अदीब था । जब वह 1947 ई0 की गर्मी में अपनी खोई हुई बकरी की खोज में किसी गुफा के मुँह तक आया , तब पत्थर गिराकर उसने बर्तन के टूटने की आवाज सुनी । बड़े भाई की मदद से जब वह उतरा तब छिपे हुए कुण्डलपत्रों का विचित्र खजाना मिला । उन्होंने जाकर मामूली दाम में ईसाई दुकानदार को बेच दिया । इसकी इब्रानी लिपि कुछ कुछ पहचानकर उसने इस दस्तावेज को यरूशलेम के सीरियन ईसाई मठ के मठाध्यक्ष को बेचा । तब अमेरिका के विश्वविद्यालय में इसकी सूक्ष्म छानबीन की गई । मालूम हुआ कि यह 7:34 मी॰ सम्या तथा 26 सेंटीमी॰ चौड़ा धर्मपत्र है , जिसपर नवी यशावाह का पूरा ग्रन्थ लगभग 150 ई॰ पू॰ लिखा गया था । इसका पाठ इतना शुद्ध था , जितना 2000 वर्ष के बाद आज का मुद्रित संशोधित पाठ । कुमरान मठ के आसपास की गुफाओं में इब्रानी अरामी तैनेख अथवा अन्य यहूदी धर्म अन्य यहूदी धर्म साहित्य की पुस्तकों की कुछ न कुछ प्रतियां या अर्धप्रतियां मिलीं । वे इतनी सदियों तक कैसे बची रही ?

पुराना पटेर पत्र (पपाइरस) इतना दिकाऊ नहीं हैं । इसलिए यहूदी लिपिक धर्मशास्त्र के लिए भेड़ो की खालों से बने धर्मपत्र का प्रयोग किया करते थे । बेलन पर लपेटे कुण्डलपत्र (स्क्रोल) के लिए इवानी शब्द " मैथिल्ला है । तौरैत का एक बड़ा सा कुण्डलपत्र सोने चाँदी से मढ़े हुए चोगे में हर यहूदी सभागृह में मुख्य स्थान पर रखा जाता है ।

मिस्र देश के काइरो नगर में संयोग से गौनिजो " नामक पुराना हस्तलेख आगार प्राप्त हुआ । उसके 6 वी से 8 वी सदी ईस्वी तक लिखे गये कुण्डलपत्र मिले । वे तिजोरी में रखे जाते थे परन्तु उस सभागृह के विध्वंस के बाद सदियों तक किसी को मालूम नहीं था कि हमें पुराना माल बंद रखा हुआ था । मिस्र की सुहावनी जलवायु के कारण इसकी कोई क्षति नहीं हुई थी ।

एक साथ लिखा हुआ संपूर्ण इजानी आरामी तैनख का सबसे पुराना अधिकृत पाठ दसवी सदी ई० का है । उसे बेलेप्पो नगर का हस्तलेख कहते हैं । यह विख्यात लिपिक बैन अशर की परम्परा में उतारा गया । उसी के आधार पर लेनिनग्राड नगर का एक अन्य प्रसिद्ध हस्तलेख सन 1008 ई 0 में तैयार किया गया । वह आजकल लन्दन के ब्रिटिश म्यूजियम में सुरक्षित है । वही प्रति तैनेख के आधुनिक संस्करणों में भी ज्यों का त्यों प्रकाशित होती रहती है । इस पाठ में एकाद अशुद्धियां भी हो तो उन्हें प्राचीनम कुडलपत्रो के टुकड़ों को देखकर सावधानी से सुधारा जा सकता है । शुद्ध पाठ की पुनर्स्थापना के लिए पुराने अनुवादों का सहारा भी लिया जा सकता है , विशेषकर यूनानी सप्तति

אֲוִירֹ שֶׁל פְּנֵי כָל הָאָרֶץ וְאֶת כָּל

וַיֹּאמֶר יְיָ לֹא יֹסִפוּ לְכַלּוֹת כָּל

אֵיל דְּבֵיהּ פֵּילֵי
מִלְּמָא דְּכָ ... י קַרְעֵיהּ מִזְדִּיעַ

עֵשֶׂב רְו חֹב צִדַּי עֲלִי וְגַּה גְּמִיעַ

וּלְכָל חַיַּת הָאָרֶץ וּלְכָל עוֹף הַשֵּׁ

לַ יָרַק עֵשֶׂב לְאָכְלָה וַיְהִי כֵן וְכָל

इब्रानी अरामी लिपि-

सामी भाषाएँ व्यंजनमूलक है । इसलिए कनानी तथा इब्रानी के लिए प्राय बीस ही व्यंजन संकेत प्राप्त है । प्राचीन काल में लिखित शब्दावली भी सम्मिलित थी । सम्भवतः उत्तर कनान अथवा लेबानोन के फेनीकी नगरों में व्यंजनों की प्रथम वर्णमाला का उद्भव हुआ । निश्चित रूप से इतना ही कहा जा सकता है कि प्रथम सहस्त्राब्दी ई० पू० के पहले ही इस प्रकार की व्यंजन -माला का विस्तृत प्रयोग होने लगा । लेकिन भारोपीय परिवार की भाषाएं (अर्थात भारत से लेकर यूरोप तक की भाषाएँ , जैसे संस्कृत और यूनानी जो प्युत्पत्ति की दृष्टि से एक दूसरे से निकट है) केवल व्यंजनों की वर्ण लिपि से संतुष्टि नहीं थी । उन्होंने अपनी लिपि में स्वर्ण स्वर- संकेतों का भी निर्माण किया । परन्तु यूनानियों ने सुस्तता दिखायी उन्होंने तो फेनीकी लिपि के आधार पर ही कुछ अलग स्वरों तथा अतिरिक्त व्यंजनों से अपनी परिष्कृत वर्णमाला बनायी ।

 पाँचवी सदी ई० पू० तक इसायली लोग अपनी पुरानी लिपि का प्रयोग करते रहे , जो फेनीकी वर्णमाला से मिलती जुलती थी । लेकिन जब वे असीरिया तथा बेबीलोन में निष्कासित हुए (और विशेषकर प्रभावशाली व्यक्तियों को निष्कासन में भेजा जाता था) , तब से वे अरामी भाषा प्रयुक्त होने वाली लिपि को अधिक सुविधाजनक मानने लगे । उस अरामी लिपि को भ्रमकारी नाम से " अश्शूरीथ " (अर्थात असीरी) कहते थे । सही नाम है कैयन मरुब्बोग ' , जिसका अर्थ है चौकोनी लिपि और जो अक्षरों के कोणात्मक स्वरूप का बोध कराता है । शास्त्री एज़रा के समय में सम्पूर्ण तौरेत पंचग्रन्थ भी उसी चौकोनी लिपि में उतारा गया । परन्तु कुछ कट्टर परम्परावादी कातिब पुरानी लिपि में लिखते रहे । आज केवल सामरी पंथी अपने विशिष्ट तौरेत को उसी लिपि में उतारते हैं ।

किताब मुरब्बा (Sqware Hebrew) अर्थात् चौकोर हिब्रू लिपि— ई ० पू ० की चौथी व तीसरी शती में फिलिशिया से प्राप्त अरमायक अभिलेखों द्वारा विकसित की गई जो वास्तव में प्रामाणिक हेब्रू मानी गई तथा कुछ संशोधन के साथ आज तक प्रचलित है । इस लिपि की प्राचीनतम तथा सबसे छोटा अभिलेख अरक अल अमीर (Araq - al Amir) से प्राप्त हुआ । अरक्- अल अमीर की चट्टान पर निर्मित एक प्राचीन महल है जो जार्डन नदी व डेड सी (Dand Sea) के संगम से 15 मील उत्तर पूर्व में स्थित है । इस अभिलेख का काल 180 ई० पू० निर्धारित गया है । एक दूसरा लेख गैलिली (पैलेस्टाइल का उत्तरी 60 मील लम्बा तथा 30 मील चौड़ा मण्डल या खण्ड) के एक नगर कारु विराईम (kafr Braim) के यहूदी मंदिर (Synagous) से प्राप्त हुआ । इसका काल ईसा की प्रथम शताब्दी निर्धारित किया गया है ।

कनान या फिलिस्तीन या इजराइल– हेब्रान केवल दक्षिणी पहाड़ों का प्राकृतिक केन्द्र ही नहीं था बल्कि उसके पास ही मामटे का पवित्र स्थान भी था जो कि दक्षिण के सभी इज़राइली कबीलों का धार्मिक केन्द्र था । इस धार्मिक केन्द्र के चारों ओर दक्षिण के छ कबीले एक परिसंघ के रूप में , जो उस बड़े बारह कबीलों के परिसंध के अन्तर्गत थे , संगठित थे । डेविड स्वयं जुडाह का रहने वाला था और जब वह जिकलाग में था उसने बुद्धिपुरस्पर और बोजनाबद्ध प्रयास दक्षिणी कबीलों से संबंध स्थापित करने के लिए किए थे । इस संबंधों का परिणाम अब निकला । जुडाह के लोग आये और हेबोन में उन्होंने 1013 ई 0 पू 0 में डेविड का जुमह के घराने के राजा के नाते अभिषेक कर दिया । यहाँ जुड़ाह का घराना शब्द प्रयोग छददो कबीलों के सम्पूर्ण परिसंघ को व्यक्त करता है । डेविड प्राचीन काबायली धर्म चिछ वेदी को , जिसकी और लोगों का कुछ समय से ध्यान नहीं था , नयी राजधानी में ले आया । डेविड ने वेदी को नगर के ऊपर गोल पहाड़ी की चोटी पर प्रस्थापित किया । यहाँ बाद में सोलोमन ने अपने

भवन बनवाये । इस पहाड़ी का नाम था ' जियान पर्वत जो कि इजराइल की धार्मिक और राजनीतिक शब्दावली में एक आस्था बन गया ।

मेक्काबी विद्रोह - ई॰ पू॰ 175 में एन्टिओक्स चतुर्थ सेल्यूकस की गद्दी पर बैठा । उसने यह आज्ञा दी कि उसके प्रदेश में सब लोग यूनानी धर्म का पालन करेंगे और एक ही यूनानी देवता जियस की पूजा करेंगे ।

समारिया पठार समुद्र से 2000 से 3000 फीट की ऊंचाई पर है इस के सबसे ऊंचे स्थान गेरिजिम और एबाल पर्वत है जो कि यहां के मुख्य नगर में Nablus) के दोनों से है । अरब इसे छोटा दमिश्क कहते हैं । बाइबिल में यहीं शेखेम नगर था । जहां कि प्लेटीयार्क जैकब ने अपना तम्बू गाड़ा था । नगर के बाहर जैकब का कुओं " है जो मुसलमानों तथा ईसाइयों के लिए पवित्र है ।

बीरशेवा येरूशलम से पुराना है । इसके नाम का सम्भवतः अर्थ है सपथ का कुआं (well of Oath) । ताजे पानी के होने के कारण यह सीरिया और मिश्र के बीच सड़क पर महल का स्थान बन गया । * गैलिली (या तिबरियास की) तीनों राज्यों के मिलने के स्थान का नाम है एल- हमेह (El - Hammeh) जिसका अर्थ है गरम झरना । यहाँ पर भूमि से उबलते हुए गन्धक का एक झरना फूटता है । गहरे कटाव से 700 फीट और समुद्र तट से 3700 फीट ऊपर एक पुराना पूजास्थल है । यह कनानियों का श्रेष्ठ स्थान रहा है । वे यहाँ की गुफाओं में 3000 वर्ष पूर्व रहते थे । अरब इसे वादी माउसा माजेज की नदी कहते हैं । जहाँ मोजेज ने पत्थर तोड़कर इजराइल असंतुष्ट सन्तानों के लिए पानी निकाला था ।

सिक्ख धर्म

(8)सिक्ख धर्म- सिक्ख धर्म की स्थापना गुरू नानक ने की थी । यह पंजाब में 1460 से 1538 तक रहें । हिन्दू और मुसलमानों के बीच बार बार झगड़े होने की वजह से उन्हें बडी पीड़ा होती थी । उनका उपदेश था कि हिन्दू और मुसलमान दोनों का ईश्वर एक ही है । संतधारा के अनुसार गुरु नानक भी निराकारवादी थे । उनके ऊपर वेदान्त और सूफी मत का गहरा प्रभाव था । उनका सृष्टिविकास का सिद्धात वेदान्त का ही सिद्धांत है । इस धर्म के अनुयायी कर्म , पुनर्जन्म , निर्वाण और माया को मानते हैं एवं त्रिदेव में आस्था रखते हैं ।

नानकदेव की सबसे शिक्षा यह थी कि परमात्मा विश्व के कण कण में व्याप्त है इसीलिए इस सृष्टि की बहुमय समझकर प्रणाम करो । उनके ही शब्दों में हिन्दुओं और मुसलमानों में कोई अन्तर नहीं है । " ये हिन्दू धर्म के बाद आडम्बरां , जाति व्यवस्था या धार्मिक कट्टरता के विरोधी थे । - सिक्ख धर्म में दस गुरु हुए जिनके नाम क्रमश : नानक , अंगद अमरदास , रामदास , अर्जुनदेव , हरगोविन्द , हरराय हरकृष्ण राय , तेगबहादुर और गोविन्द सिंह है । प्रत्येक गुरु अन्त समय में अपने उत्तराधिकारी को अपना पद सौंपकर उसे पंथ का गुरु घोषित कर दिया करते थे । गुरु गोविन्द सिंह जब स्वर्गवासी होने लगे , तब उन्होंने गुरू ग्रन्थ साहिब को ही पथ का गुरु घोषित किया और यह आज्ञा दे दी कि अब से कोई व्यक्ति गुरू नहीं होगा । गुरू गोविन्द सिंह ने सिक्खों को एक सैनिक समुदाय के रूप में संगठित किया ।

1699 ई 0 में उन्होंने खालसा पंथ की स्थापना की । धर्म की दीक्षा लेने वालों को खालसा कहा जाता था । प्रत्येक खालसा के लिए पंचमकार अनिवार्य थे । ये थे केश , कंघा , कृपाण , कच्छा और कड़ा । सिक्खों के मुख्य धर्मग्रन्थ ग्रन्थसाहिब का संकलन और संपादन सन् 1604 ई ० में पाँचये गुरू अर्जुनदेव ने किया । गुरु अर्जुनदेव (1581-1606) ने सिक्खों के प्रथम धर्मग्रन्थ आदिग्रन्थ का संकलन किया । गुरुगोविन्द सिंह ने धर्म दीक्षा पाहुल की स्थापना की ।

सिक्खों का सबसे बड़ा पवित्र धर्म स्थल स्वर्ण मंदिर , अमृतसर में है और दिल्ली के ' शीशगंज और बंगला साहिब भी प्रमुख गुरुद्वारे हैं । गुरु नानक ने सिक्ख धर्म की स्थापना कोई नया धर्म चलाने की इच्छा से नहीं की थी , अपितु वे तो भारतीय वेदान्त और मुस्लिम दर्शन से प्रभावित होकर पहले से चले आ रहे हिन्दू मुस्लिम धर्मों में एकता

लाना चाहते थे । गुरु नानक ने बहुदेववाद के स्थान पर एकेश्वरवाद का प्रचार किया । ईश्वर का ज्ञान गुरु की कृपा से केवल नाम जपने से ही हो सकता है . इसलिए गुरु की महत्ता पर बल दिया ।

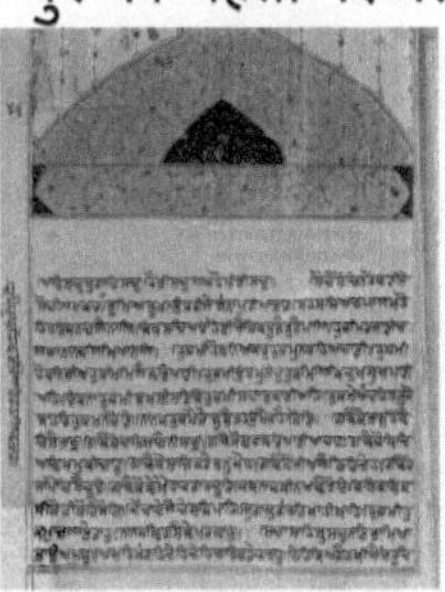

पंचमकार अनिवार्य (1) केश- जिसे सभी गुरु तथा ऋषि मुनि धारण करते आये थे । ((2) कंथा - केशों को साफ रखने के लिए । (3) कच्छा स्फूर्ति के लिए । (4) कड़ा नियम तथा संयम में रहने की चेतावनी देते रहने के लिए । (6) कृपाण आत्मरक्षा के लिए । यदि किसी व्यक्ति को ईश्वर को देखना प्रिय होगा तो वह मोझ या स्वर्ग की क्या परवाह करेगा ? " (गुरू नानक) सिक्ख धर्म के अनुसार ईश्वर स्वयं गुरु के माध्यम से बोलता है । अब सिक्ख लोग किसी जीवित व्यक्ति को अपना गुरू नहीं मानते हैं । " गुरू ही शब्द है और शब्द ही गुरू है । " गुरु गोविन्द सिंह ने उद्घोषणा की कि पवित्र सिखो खालसा में गुरु का वास सिक्ख धर्म ईश्वर को पिता गुरुगोविन्द सिंह जी ने कहा है : " जो व्यक्ति दूसरों की सेवा नहीं करते वे हमेशा भूखे तथा प्यासे बने रहते है । वे संसार में अपने किसी भी कर्तव्य को पूरा नहीं कर सकते , वस्तुतः उन्हें चिरन्तन शान्ति प्राप्ति नहीं होती क्योंकि सीधे नरक में जायेंगे । " (बचित्र नाटक) । गुरु गोविन्द सिंह

जी उपदेश देते हुए कहा है उसे स्वप्न में भी स्त्री की कामना नहीं करनी चाहिए ।

सिक्ख धर्म के अनुसार-(१) काम वासना और पारिवारिक स्नेह (मोड) में मत फसे रहो और क्रोध , लोभ और अहंकार से दूर रहो । २) दूसरों को पत्नी की कामना मत करो , दूसरों की पत्नी को माता के समान और दूसरों की पुत्री के साथ अपनी पुत्री जैसा व्यवहार करो । (३) - जाति प्रथा और छुआछूत को त्याग दो । ४ - शराब तथा नशीले पदार्थों का सेवन मत करो । ५- चोरी मत करो , जुआ मत खेलो और विषयासक्ति एवं व्याभिचार से दूर रहो ।६ सिक्ख महिलाओं से " परदा (घुमट मत कराओ ।। बोले सो निहाल सत्य श्री अकाल ।

गुरू नानक का जीवन परिचय- गुरु नानक का जन्म ननकाना साहिब (तलवंडी) में 15 अप्रैल , 1469 ई 0 को हुआ था । 15 वर्ष की आयु में उन्हें पंजाबी , हिन्दी , फारसी तथा संस्कृति की शिक्षा दी गई । वे अत्यंत मेघाबी तथा शांत स्वभाव के व्यक्ति थे । 18 वर्ष की आयु में सुलक्षणा देवी के साथ उनका विवाह हुआ । जिन जिन स्थानों से गुरु नानक गुजरे थे वे आज तीर्थ स्थल का रूप ले चुके हैं । गुरु नानक ने अपने सिद्धांतों के प्रसार हेतु एक तरह घर का त्याग कर दिया और लोगों को सत्य और प्रेम का पाठ पढ़ाना आरंभ कर दिया । उन्होंने जगह जगह घूमकर तत्कालीन अन्धविश्वासों , पाखण्डों आदि का जमकर विरोध किया । वे हिन्दू मुस्लिम एकता के भारी समर्थक थे। धार्मिक सद्भावना की स्थापना के लिए उन्होंने सभी तीर्थों की यात्राएं की और सभी धर्मों के लोगों को अपना शिष्य बनाया ।

उन्होंने हिन्दू धर्म और इस्लाम दोनों की मूल एवं सर्वोत्तम शिक्षाओं को सम्मिश्रित करके एक नये धर्म की स्थापना की । जिसके मूलाधार थे प्रेम और समानता । यही बाद में सिक्ख धर्म कहलाया । भारत में अपने ज्ञान जलाने के बाद उन्होंने मक्का मदीना की यात्रा की और वहाँ के निवासी भी उनसे अत्यन्त प्रभावित हुए । 25 वर्ष के भ्रमण के पश्चात् नानक कर्तारपुर में बस गये और वहीं रहकर उपदेश देने लगे ।

उनकी वाणी आज भी गुरु ग्रन्थ साहिब में संगृहीत है । उनका स्वर्गवास 1539 ई 0 में जयूजी का पाठ करते हुए हुआ था ।

पारसी या जरथुस्त्र धर्म

(6) पारसी- जरथुष्ट्र का जन्म माडिया नाम की जाति में 700 ई ॰ पू ॰ हुआ था । जरथुष्ट्र का जन्म अजरबेजान के उसमिया नामक स्थान में हुआ था । इनका वास्तविक नाम स्पितमा था यूनानी विद्वान इन्हें 6000 वर्ष पूर्व मानते हैं । बाइबिल के अनुसार ई ० पू ० 1920 में हुए थे । बेबीलोन का इतिहासकार बेरोसस भी उन्हें 2000 ई ० पू ० में उत्पन्न मानता है । महोदय के अनुसार यद्यपि जरथुस्त्र मत के मूल स्वरूप 1500 ई ॰ पू ॰ में ही प्राप्त होते हैं । मीड़ और फारसी लोगों में तीन देवताओं की पूजा की जाने लगी । ये देवता थे आहुरमज़्दा (Aheer Mazda) सभी देवताओं में श्रेष्ठ और सम्राट का उपास्य देव था । दरअसल उसकी कल्पना विश्व के एकमात्र अपार शक्तिशाली सम्राट के रूप में की गयी थी । अन्य सब देवता उसके अधीन माने जाते थे । अदृश्य होने के कारण उसके एक भावात्मक चिह्न में विश्वास किया जाता था , जिसे बेबीलोन वाले पहले से ही पूज्य मानते आये थे । यह यही विशाल पंखों वाला सूर्य बिम्ब था , जिसके बीच में एक पुरुष आकृति को अंकित किया गया था पारसी धर्म के अनुयायियों के विश्वास के अनुसार जरथुस्त्र (Zoroaster) को अपना प्रतिनिधि बनाकर आहुरमज़्दा ' ने लोकहित के लिए अवेस्ता ' नामक धर्म ग्रन्थ के सिद्धान्तों का प्रचार करने के लिए भेजा । . उसका उपदेश यही था कि ' आहुरमज्दा ही ईश्वर है , जिसके सात रूप अथवा गुण है । वे रूप अथवा गुण ये हैं ज्योति सुन्दर ज्ञान , सत्य आधिपत्य

पवित्रता क्षेम और कल्याण आगे चलकर लोगों ने इन गुणों को साकार और मूर्तिमान बना दिया । वे एकेश्वरवाद के सिद्धांत का प्रतिपादन करते रहे । प्राचीन ईरान में न तो मूर्तियां थीं और न ही देवालय ऊँचे पिरामिडनुमा स्थलों जिगुरत (Ziggurat) पर खुले आकाश के नीचे पूजन किया जाता था । उनकी पूजा पद्धति हवन और प्रार्थना थी । ईरानी लोगों का विश्वास था कि मृत्यु के पश्चात जीव को एक झूलने वाले पुल पर से होकर जाना पड़ता है । उस पर से गुजरते हुए पापी नीचे गिर जाते हैं और अन्धकार लोक में अपने कुकर्मों के अनुसार अनेक प्रकार की यातनाएं भोगते हैं । यातनाएं भोगने के बाद उन्हें भी स्वर्ग भेज दिया जाता है । किन्तु पुण्य आत्माएं पुल को पारकर दूसरे तट पर पहुंच जाती हैं , जहाँ देवलोक की सुन्दरियाँ उनका स्वागत करती हैं । पुण्य आत्माएं वहाँ अनन्त काल तक आहुरमज्दा के साथ आनन्दपूर्वक रहती हैं । इनमें मृतक के शरीर को जलाने अथवा गाड़ने का प्रचलन नहीं था । उनके मतानुसार शव को पशु पक्षियों को खिला देना चाहिए । क्षत विक्षत हो जाने बाद पारसी लोग उसे गाड़ देते थे । यहूदी धर्म में शैतान की कल्पना और बाइबिल में बुद्धिमान मनुष्यों की कथा का मूल जरथुस्त्री धर्म में ही है । " अआहुदमज्दा के सात साकार गुणों के अतिरिक्त अन्य अनेक फरिश्ते माने जाते थे , जो मनुष्य को धर्म का उचित मार्ग दिखाते थे । किन्तु उनके इस पवित्र कार्य में विघ्न डालने वाली सात दुष्ट आत्माओं की भी कल्पना की गयी है , जिनका नेता ' अहरिमन (Ahriman) था । ऐसी मान्यता थी कि इन दोनों शक्तियों में आदिकाल से संघर्ष चला आ रहा है . जिसमें सदैव मंगलकारी शक्तियों की ही विजय होती थी । इस धर्म के अनुसार संसार की कुल अवधि 12000 वर्ष है 9000 वर्ष बाद जोरोस्टर का पुनः जन्म होगा और उसके पश्चात् शायोश्यान्त का जन्म होगा जो असत्य का नाश करेगा । उसकी सहायता से अहुसमज्दा अहिरमन पर सदैव के लिए विजय प्राप्त कर लेंगे तथा संसार में सुख -शांति और

नैतिकता का साम्राज्य सदा के लिए स्थापित हो जायेगा । दुष्टों के उद्धार के लिए संसार में तीन पैगम्बर आयेंगे और वे इस धर्म का प्रचार करेंगे । 12000 वर्ष बाद सभी का उद्धार हो जायेगा । पारसी धर्म के अनुसार संसार में रहकर सुकर्म करने से स्वर्ग की प्राप्ति होती है ।

पारसी धर्म के अनुसार शरीर के दो भाग होते हैं- (1) शारीरिक , (2) आध्यात्मिक भाग तर्क , भावना अन्तःकरण चेतना आदि का संगठित रूप है । मरने के बाद शरीर तो नष्ट हो जाता है , परन्तु आध्यात्मिक भाग जीवित रहता है । इस धर्म के मनानुयायी संसार की समस्त वस्तुओं को वायु , जल , अग्नि और पृथ्वी द्वारा निर्मित मानते हैं । यह चारों तत्व बहुत अधिक पवित्र हैं और उन्हें अपवित्र करने का प्रयास कभी भी नहीं करना चाहिए । इनको पवित्र रखने के लिए पारसी सदैव चिन्तित रहते थे । सृष्टि इन्हीं चार तत्वों से बनी है और इन्हीं में विलीन हो जायेगी है ।

(1) " " अवेस्ता के अनुसार सर्वश्रेष्ठ गुण उदारता है । इसके अतिरिक्त दया , वचन और कर्म की सत्यता भी आवश्यक कोई पारसी किसी अन्य पारसी को उधार दे , तो उसे सूद नहीं लेना चाहिए अवेस्ता ने मनुष्य के तीन कर्तव्य शत्रुओं को मित्र बनाना । (2) दुष्टों को सत्यवादी बनाना । (3) अनपढ़ों को पढ़ाना । वे अपने धर्म का पालन न करने वाले लोगों को दण्ड देते थे और विदेशियों को काफिर मानते थे । जोरोस्टर के समय में स्त्री को बड़े आदर की दृष्टि से देखा जाता था । यद्यपि रखैल प्रथा प्रचलित थी 17 वर्ष तक बालक को माता पिता के पास रखा जाता था , तत्पश्चात विद्यालय भेज दिया जाता था । जरथुस्त्र चाहते हैं कि प्रत्येक व्यक्ति प्रत्येक विचार और कार्य को चुनौती दे , और ऐसा कर लेने पर उचित विचार या कार्य का चयन करे और उस पर अटल रहे , क्योंकि जरथुष्ट्र सभी मनुष्यों - को दैवी नियम और शुद्धचिन्त (शुद्धि के हरे - भरे पद्नो में नंगे पैर

चलवायेंगे ऐकेमेनी साम्राज्य के दौरान राजकाज की भाषा अरैमाइक थी लेकिन पुरानी फारसी भाषा भी खूब इस्तेमाल में आती थी । प्राचीन ईरानी और वैदिक आर्य भारत यूरोपीय भाषा परिवार के एक ही कुल के हैं और भारत आने वाले वैदिक आर्य ईरान होकर ही भारत पहुँचे ।
ज़रदुश्त- मिनूचेह ' का वंशज एक ईरानी महात्मा जो यूनान के हकीम फीसागोरस का शिष्य था । इसने सम्राट गुस्ताप के समय में एक धर्म चलाया जिसका मुख्य उद्देश्य अग्निपूजा था , इसका धर्मग्रन्थ जेंद है ।

सम्प्रदाय

(1) मज्दावाद (1) यजीदी यह मतावलम्बी लोग जिसकी गणना लगभग पचास सहत्र है । यह लोग ईरान के मोसुल नगर के निकट निवास करते हैं । इनका अपना नाम तो दसनी ' है परन्तु अन्य पड़ोसी इनको यजीदी के नाम से सम्बोधित करते हैं । यजीदी पर्शियन शब्द यजदान (देवता) से बना है । यह मत मज्दाबाद की एक शाखा है जिसमें इस्लाम व ईसाई धर्मों का मिश्रण है । इन लोगों का विश्वास है कि शैतान (डेविल) ने इस संसार का निर्माण किया है जो सर्वशक्तिमान है । ख़ुदा की इबादत को पाप समझते हैं । वह अपने इष्ट का नाम नहीं बताते परन्तु वे मयूर को अपने देवता का प्रतिनिधि मानते हैं ।

पवित्र पुस्तक- अवेस्ता जरथुस्त्र धर्म से संबंधित परम्परा और कथानक पारसीकों के प्राचीन ग्रन्थ अवेस्ता में प्राप्त होते हैं । यह आकार में यूनानी महाकाव्यों इलियड और औडेसी के मिले हुए स्वरूप से दुगुना था । इसका मौलिक रूप अवश्य कम रहा होगा । इसके प्राचीन कथानकों का यह संग्रह ईसाकाल में हुआ होगा । सर विलियम जोन्स का कथन है कि जब मैनें अवेस्ता के शब्दों का अनुशीलन किया तो मुझे जानकर यह आश्चर्य हुआ कि उसके 10 शब्द में से 7 शब्द शुद्ध संस्कृति के हैं । डा ० हांग का कथन है कि यदि वेद और जेन्द अवेस्ता एक प्रकार के न हों तथापि उनमें इतना साम्य है कि जो व्यक्ति संस्कृति का थोड़ा भी ज्ञान रखता है वह उसे सरलता से समझ सकता है । जेन्द अवेस्ता की छन्द रचना का वेदों से घनिष्ट संबंध है । वैदिक हिन्दू आर्य थे और अवेस्ता के अनुयायी भी आर्य कहे जाते थे । अवेस्ता के निम्न भाग हैं। (1) यस्न और गाथा (Yasna and Gatha) (2) विस्पेरेद (Visparad) , (3) यश्त (Yast) (4) न्यायिगाह (Nyayish Ghah) (5) वेन्दीदाद (Vandidad) . (6) हान्दोख्त नस्क आदि (Hadhokht Nesk) - (1) यस्न और गाथा में पुरोहितों के मंत्रों एवं जरथुस्त्र के सिद्धांत संग्रहीत है । (2) विस्पेरेंद इसमें देव वन्दनाएं हैं । (3) वेन्दीदाद इसमें धार्मिक विधि निषेध संग्रहीत है । (4) नयायिशगाह द्वितीय सर्ग में न्यायिश गाहें और यश्त हैं । इसे खोर्द या लघु अवेस्ता का नाम दिया गया है । न्यायिश में प्रतिदिन पाठ के मंत्र हैं । यष्ट में देवदूतों के प्रति वंदनाएं का संकलन है । (6) हादोख्त नस्क- इसमें शब्द तथा अनुक्रमणिका है । पारसीकों के अनुसार अवेस्ता में जरथुस्त्र और उसके प्रमुख अनुयायियों के उपदेश संकलित है । प्राचीन ईरान के ऐकेमनी साम्राज्य में राजकाल की भाषा औमाइक थी किन्तु पुरानी पारसी भी खूब इस्तेमाल में आती थी ।

जेन्द अवेस्ता लिपि-

मध्यपर्शियन भाषा का प्राचीनतम रूप ' अवेस्तक से बना जिसके अर्थ सम्भवतः ' आधार ' है परन्तु मध्यकाल की पर्शियन भाषा में इसको जन्द ' या जेन्द ' कहते हैं । पश्चिमी विद्वानों ने दोनों शब्दों को मिलाकर " जेन्द अवेस्त इस लिपि का नामकरण कर दिया । अवैशायर काल (226-242 ई०) में जोरोआस्ट्र के धर्म की प्राचीन पुस्तकों की खोज आरम्भ हुई । जहाँ से जो माग मिले एकत्रित किये गये और फारसी भाषा को एक रूप दिया गया । इस कार्य को शाहपुर

नरेश तृतीय (310-379 ई ०) के शासन में पूरा किया गया । ग्रीस की भाषा के प्रभाव से इसमें और स्वर जोड़े गये इस प्रकार जेन्द लगभग 52 वर्णों की प्रस्तुत की गयी । अवेस्ता एक मिश्रित लिपि सात मोहरों में बन्द थी । 1762 में ऐन्कुइतिल दुपेरो (Angculitil Duperron) भारत से अवेस्ता का मूल ग्रन्थ पेरिस ले गया जो डेनमार्क निवासी रस्क (मृ 0 1832) और फ्रांस निवासी वर्नाक (गृ ०1852) ने सर्वप्रथम इसका अनुवाद किया जो कुछ संतोषजनक नहीं हुआ । फिर अन्य विद्वान आर्य और कार्य को सम्पन्न किया । अब केवल अवेस्त धार्मिक पुस्तक का चौथाई भाग सुरक्षित है । अवेस्त लिपि का उद्धव अत्मायक से हुआ है । यह खरोष्ठी की तरह लगती है । इस लिपि में 49 वर्ण होते हैं ।

(1) जोरोआस्ट्र दो शब्दों से जीस इश्तर बना , जिसके अर्थ है ' अस्टेरिया का बीज। इस शब्द की व्याख्या Jaurnal of Royal Asiatic Society Vol.XV. (1855) Page 246 से ली गयी है । (2) Jackson , A. V. W. The Avistan Alphabets And its Thanscription (1890) Page 215 से ली गयी हैं । .

जरथुस्त्र का जीवन परिचय- जरथुस्त्र का जन्म माडिया नाम की जाति में 700 ई० पू० में हुआ था । इनका जन्म अजरबैजान के उसमिया नामक स्थान में हुआ था उनका वास्तविक नाम इस्पितमा था । यूनानी विद्वान इन्हें प्लेटो से भी 6000 वर्ष पूर्व मानते हैं , बाइबल के अनुसार ई० पू० में उत्पन्न बनता है , ईरानी अनुसूतयों के अनुसार यह कवि विस्तास्प नामक राजा के संरक्षण में रहा । विलियम जैक्शन उसे 660 ईसवी पूर्व का मानता है और बिल इयोरो उसको छठी शताब्दी ईस्वी पूर्व का मानता है इनके पिता का नाम पोमशाशपा और माता का नाम दुरोधा था परंतु मेयर के अनुसार इसे छठी शताब्दी ईस्वी पूर्व का मानना उचित नहीं है इस संदर्भ में निम्नलिखित तर्क प्रस्तुत है (१) जरथुस्त्र का धर्म हर वामशी शासनकाल में बहुत लोकप्रिय हो चुका था अतः उसे शासन के पूर्व मानना चाहिए (२) असुरबनिपाल जिसका समय सातवीं शताब्दी ईस्वी पूर्व माना जाता है एक लेख में असर भजन उसके साथ साथ इगिगियो तथा उसका विरोध करने वाली प्रेत आत्माओं का वर्णन मिलता है जिस पर जो जोरेस्टर धर्म का प्रभाव प्रतीत होता है यह वर्णन किसी और का नहीं बल्कि अहुरमज्दा उसके साथ अमेशस्पेन्तो और 7 देवों का है (३) हमदान का एक स्वर्ण अभिलेख मिला है जिसमें हरवामशी के पात्र अरियम्न ने लिखा है कि इसके राज्य में जिस पर अहरमज्दा की कृपा के कारण उसका अधिकार है बहुत अच्छे घोड़े मिलते हैं इससे यह स्पष्ट है कि सातवीं शताब्दी ईस्वी पूर्व में जो जोरेस्टर धर्म प्रचलित हुआ हो चुका था । (४) हमसे नरेश डेरियस प्रथम अपने एक अभिलेख में अपने को अहमज्दा का उपासक बताता है (५) हरवामसी नरेशो के शासनकाल में जिस धर्म का उल्लेख मिलता है वह जोरेस्टर धर्म का विकसित रूप प्रतीत होता है । हरवामशी अभिलेखों की भाषा जोरेस्टर की गाथाओं की भाषा से बहुत भिन्न है । भाषा वैज्ञानिकों के अनुसार जो जोरेस्टर की गाथाओं की

भाषा हरवामसी अभिलेखों की भाषा से लगभग 500 वर्ष पुरानी है फिर भी अधिकांश विद्वानों जोरेस्टर का काल 600 ई॰ पूर्व ही मानते हैं । जरथुस्त्र बड़ी कुशाग्र बुद्धि व बड़ा विचारशील था जिसने 15 वर्ष की आयु में शिक्षा प्राप्त करके 20 वर्ष की आयु में संसार का परित्याग कर दिया और सांसारिक तथा पारलौकिक विषयों के गहन अध्ययन के लिए पर्वत कंदराओं में रहने लगा । दैवी शक्तियों ने उसके कार्य में बाधा डाली परंतु वह उन से विचलित नहीं हुआ । 30 वर्ष की आयु में सबलान पर्वत पर उसे ज्ञान की प्राप्ति हुई । कहा जाता है कि जब वह अवेतक नामक नदी के किनारे बैठा हुआ था तो वहां एक देवदूत उपस्थित हुआ और उसे अहमज्दा के पास ले गया और और अहुरमज्दा ने उसे अवेस्ता दी और कहा कि इसका प्रचार करो । अहुरमज्दा ने अपने फरिश्ते भेजकर विस्तास्प को जोरेस्टर को अपना गुरु मानने और 125 वर्ष तक जीवित रहने का आदेश दिया । विस्तास्प को अपना शिष्य बनाने के पश्चात जो जोरेस्टर ने तीन विवाह किए । इस बीच पड़ोसी संधू ने विस्तास्प पर आक्रमण किया । शायर जोरेस्टर के धर्म की इतनी अधिक उन्नति देखकर ही एशिया की तूरानी जातियों ने ईरान पर आक्रमण किया । कुछ विद्वानों का मत है कि उनके विरुद्ध दूसरे धर्म युद्ध में जोरेस्टर मारा गया । मृत्यु के साथ उसकी आयु 75 वर्ष की थी । जोरेस्टर का विचार था कि जीवन अच्छाई और बुराई की शक्ति के बीच एक संघर्ष है । अच्छाई की आत्मा अहुरमज्दा है और मिथएस अर्थात प्रकाश उसका सहायक है । बुराई की आत्मा हर आंग्रमैन्यु अथवा अहिरमन झूठ का दामन है । इस संघर्ष में मनुष्य तटस्थ नहीं रह सकता । उसे सत्य के लिए और सद्जीवन व्यतीत करने के लिए लड़ना पड़ता है । जरथुस्त्र इस दृष्टिकोण पर बहुत दृढ़ थे कि परम्परा (बंधे हुए जल के समान) स्थिर होती है जबकि ज्ञान सदैव आगे की ओर गतिमान रहता है ।

जोरेस्टर ने अपना शिक्षक स्वय बनने और निजी अवलोकन और गहन विचार द्वारा सीखने का संकल्प किया । उन्होंने सोचा कि जीवन केवल आनंद और सुख के तंतुओं से ही नहीं बुना गया है इसमें पर्याप्त मात्रा में चिंताएं और दुख भी मिले हुए हैं । जरथुस्त्र हृदय से धार्मिक थे किंतु जिस धर्म का उनके चारों और आचरण और अनुगमन किया जाता था उस धर्म से संबंधित उनका दैनिक अनुभव और पूर्वजों के धार्मिक विश्वास के प्रति उनके विमुख होने का कारण बना । बलिदान किए गए पशुओं के रक्त से दुर्गंध मंदिरों को देखकर उनके रोंगटे खड़े हो गए इसलिए उन्होंने यही पाया कि धर्म के नाम पर निष्फल रूढ़िवाद , पाखंडपूर्ण , धर्मभीरूता , कायरतापूर्ण अंगच्छेदन , अंधविश्वास जन्म भय और आडंबरपूर्ण पवित्रता का प्रदर्शन ही किया जा रहा है । अतएवं जरथुस्त्र की अपने धर्म के प्रति आस्था गई ।

बौद्ध धर्म

(1) बौद्ध धर्म- बौद्ध धर्म के संस्थापक गौतम बुद्ध थे । बचपन में चार महान सकेतो , पथा अपने परिजनों द्वारा हृन्द पुरुष , रोगग्रसित व्यक्ति स्वजनों से घिरे मृतक व संसार त्यागी साधु को देखकर काफी विचलित हुए और उसके परिणामस्वरूप घर त्यागकर (महाभिनिष्क्रमण) उन्तीस वर्ष की अवस्था में सत्य की खोज में निकल पड़े । उन्होंने अपना प्रथम उपदेश जो धर्मचक्रप्रवर्तन के नाम से जाना जाता है , सारनाथ में कौण्डिन्य वास्य अविक महनमान और असज्जी नामक पाँच शिष्यों के बीच दिया ।

कुशीनगर में 80 वर्ष की आयु में बुद्ध ने शरीर त्यागा । इस महापरिनिर्वाण के नाम जाना जाता है । घटना को गौतम बुद्ध ने अपने द्वारा कोई नवीन धर्म या सम्प्रदाय स्थापित करने का प्रयास नहीं किया । न तो उन्होंने धार्मिक सिद्धांतों तथा रूढ़ियों के विषय में चर्चा की और न ही नियमों एवं विधियों के विषय में उन्होंने तो केवल जीवन के एक नवीन पथ की ओर संकेत किया । उनके उपदेशों का आधार आत्मा कार्य तथा आचार विचार की पवित्रता है । उन्होंने वेदों की प्रामाणिकता और अपौरुषेयता (अर्थात ईश्वर द्वारा रचित) को

अस्वीकार किया । यज्ञों में पशु बलि तथा अर्थहीन धार्मिक विधियों एवं अनुष्ठानों का घोर विरोध किया ।

गौतम बुद्ध ने निम्नलिखित चार आर्यसत्यों का उपदेश दिया (1) इस संसार में दुःख हैं . (2) इस दुःख का एक कारण है । (3) यह कारण इच्छा या वासना है , (4) वासना को नष्ट करके इस दुःख को दूर किया जा सकता है । आवागमन के बन्धन से बचने अथवा दुःखों को समाप्त करने के लिए (1) मनुष्य को आष्टांगिक मार्ग का अनुकरण करना चाहिए । इस अष्टांगिक मार्ग में निम्नलिखित आठ बातें सम्मिलित हैं-(1)- सम्यक दृष्टि (2) सम्यक् संकल्प (3) सम्यक वाक् (4) सम्यक् कर्म (5) सम्यक् आजीय (6) सम्यक व्यायाम यास प्रसन्न (7) सम्यक् स्मृति और (8) सम्मक समाधि । मरते समय महात्मा बुद्ध ने अपने आसपास के भिक्षुओं को जो उपदेश दिया यह इस प्रकार है । " हे भिक्षुओं , तुम आत्मदीप बन कर विचरण करो । तुम अपनी ही शरण जाओ । किसी अन्य का अवलम्ब ग्रहण न करो । केवल धर्म को अपना दीपक बनाओ और केवल धर्म की शरण जाओ । समस्त पापों से बचना कल्याण की अभिवृद्धि करना अपना चित्त शुद्ध रखना यही बुद्ध की शिक्षा है ।

सम्प्रदाय

(1) हीनयान- हीनयान शाखा में बुद्ध के उपदेशों को उनके मूल रूप में बनाये रखा गया है । ये बर्मा , श्रीलंका , कम्बोडिया और वियतनाम में प्रचलित है । हीनयान काफी परम्परावादी विचारधारा थे । समय के साथ धर्म की तारतम्यता बैठाना हीनयान को पसंद नहीं था । इसे दक्षिणी बौद्ध धर्म भी कहते हैं । हीनयान अर्थात छोटी सवारी मूल बौद्ध धर्म था । इस मत के अनुसार प्रत्येक मनुष्य को मुक्ति प्राप्त करने के लिए व्यक्तिगत प्रयत्न करने चाहिए । अपने पापों से मुक्ति प्राप्त करने के लिए उसे न तो ईश्वर और न ही देवताओं की प्रार्थना तथा पूजा पाठ करनी चाहिए । ये बुद्ध को देवता मानकर उनकी उपासना में भी विश्वास नहीं रखते । उनके अनुसार व्यक्ति के स्वयं के प्रयास से ही बनधन से मुक्ति मिल सकती है । इन्होंने बुद्धि की प्रतिमा के स्थान पर पदचिहन को बुद्ध का प्रतीक माना लिया। इनके अनुसार निर्वाण यह अवस्था है , जिसमें समस्त इच्छाओं का दमन होता है और तपस्या द्वारा शरीर को आवश्यक नहीं है । इसके धार्मिक ग्रन्थ पालि भाषा में हैं ।

(2) महायान- महायान अर्थात बड़ी सवारी ने बुद्ध को भगवान का रूप दिया । महायान को एकथान ' , अग्रमान ' , ' बोधिसत्वयान ' एवं ' बुद्धयान के साथ साथ उत्तरी बौद्ध धर्म भी कहते हैं । इनके अनुसार विनय और सूत्र में उपलब्ध बुद्ध की शिक्षाओं का वास्तविक लक्षण महायान में ही है किन्तु इसके विरोधी महामानिक आगम को बुद्धवचन नहीं मानते । इनमें अधिकांशतः आधुनिक इतिहासकार सम्मिलित हैं ।

ये बुद्ध की पूजा करते क्योंकि बुद्ध अब उनके लिए एक महान सन्त नहीं , ईश्वर हो गये थे । इसका आविर्भाव ईसा से पूर्व दूसरी शती में हुआ । महायान मत ने यह भी घोषणा की कि निर्वाणप्राप्ति के पश्चात

मनुष्य पुनः इस पृथ्वी पर नहीं आता । इन्होंने बुद्ध की अपेक्षा बोधिसत्व के आदर्श को अधिक महत्व दिया । इन्होंने अवलोकितेश्वर आदि बोधिसत्वों में विश्वास किया और उनकी मूर्तिपूजा से मुक्ति मानी । महायान का महान समर्थक प्रसिद्ध बौद्ध विद्वान नागार्जुन था . जो दूसरी या तीसरी शती में हुआ । कालान्तर में महायान मी अनेक प्रशाखाओं जैसे योगाचार , शून्यवाद , विज्ञानवाद आदि में विभक्त हो गया । महायान के दो प्रभेद है परमितानय और मंत्रनय । इनमें मंत्रलय की व्याख्या योगाचार औष माध्यमिकस्थिति से छोटी है । मंत्रनय ही बौद्धतंत्र अथवा वज्रयान का प्राण है । वज्रयान में प्रज्ञा एवं उपाय सत्ता को ही परमार्थ माना गया है । इन्हें ही वज ' और ' पद्म ' कहते हैं जो प्रत्यक्ष रूप से तथागत (बुद्ध) का स्वरूप है ये चीन कोरिया और मंगोलिया में प्रभावित है ।

(3) जेन सम्प्रदाय - इस सम्प्रदाय का विकास चीन में लगभग 500 ई 0 में हुआ और वहाँ से 1200 ई 0 में फैला प्रारम्भ में जापान में बौद्ध धर्म का कोई सम्प्रदाय नहीं था किन्तु बाद में वह 12 सम्प्रदाय जिनमें जेन भी एक था । जेन संप्रदाय के अनुसार केवल धर्म ग्रंथों के अध्ययन तथा कर्मकांड से ही ज्ञान की प्राप्ति नहीं होती , बल्कि इसके लिए चिन्तन और आत्म निरीक्षण अत्यन्त आवश्यक है ।

ये वास्तव में जापान का पैतृक सैनिक वर्ग सेमुराई (Samurai) वर्ग का धर्म है 1600 ई ० में उसकी गतिविधियां कम हो गई । ये लोग बुशिडों (Bushido) नामक एक संहिता में विश्वास करते थे जिसमें व्यक्तिगत जीवन तथा सम्मान की अपेक्षा सामन्तीय स्वामीभक्त सर्वोपरि थी । 1868 ई 0 में इस सैनिक वर्ग का अन्त हो गया । जेन सम्प्रदाय के अनुसार , मनुष्य का जीवन क्षणिक है , माया है । शूरवीरों को मृत्यु का आलिंगन साहस के साथ करना चाहिए । इसने अन्तः करण की शुद्धि और हृदय की पवित्रता पर जोर दिया । ये सम्प्रदाय शिन्तो धर्म तथा बौद्ध धर्म का समन्वय था । बौद्ध धर्म

को जापान ने जापानी (सैनिक) रूप देने की चेष्टा की थी , तो शिन्तो धर्म में आज्ञापालन तथा देशभक्ति के तत्वों की प्रधानता थी ।

गौतम (महात्मा बुद्ध का जीवन परिचय - महात्मा बुद्ध का जन्म 563 ई 0 पू 0 में शाक्यों की राजधानी कपिलवस्तु के निकट लुम्बिनी वन में हुआ (वर्तमान रुम्मिनदेई) था । इनकी माता का नाम माया देवी था । प्रसव पीड़ा से माता माया देवी का देहावसान हो जाने के कारण सिद्धार्थ की विमाता प्रजापति गौतमी ने इनका पालन पोषण किया । शायद यही कारण है कि उन्हें गौतम भी कहते हैं । नेपाल की तराई, ये राजा शुद्धोधन के पुत्र थे। बचपन से ही गौतम में चिन्चन प्रवृत्ति विरक्ति एवं दयालुता के लक्षण दिखाई देने लगे । अपने पुत्र में सांसारिक जीवन के प्रति गहरी उदासीनता देखकर राजा शुद्धोधन ने 16 वर्ष की आयु में उनका विवाह यशोधरा नामक सुन्दरी राजकुमारी से कर दिया । राजमहल को राजा ने भोग विलास एवं आनन्द की मोहक और आकर्षक सामग्री तथा साधनों से सजाया व विलासिता से पूर्ण थे । ये साधन भी विरकत भौतम के व्याकुल हृदय को शान्त न कर सके । राहुल नामक एक पुत्र भी हुआ । बुढापा , रूग्णता और मृत्यु के दृश्यों ने संसार की प्रति उनकी उदासीनता को और भी बढ़ा दिया। वासना आदि का त्याग कर एकान्त में रहना , उन्हें अच्छा लगने लगा । परिणाम यह हुआ कि 29 वर्ष की आयु में रात के समय उन्होंने सत्य की खोज करने के लिए अपने राजमहल तथा राजकीय वैभव को छोड़ दिया । उनका ग्रह त्याग महाभिनिष्क्रमण ' कहा जाता है । लगातार 6 वर्षों तक वे सन्यासी का जीवन व्यतीत करते रहे । इस दौरान उन्होंने दो ब्राह्मण आचार्यों के आश्रम में अध्ययन किया । इतने पर भी उनकी जिज्ञासा शान्त न हुई और उन्हें सन्तोष न हुआ तब उन्होंने घने जंगल में कठोर तपस्या की और अपने शरीर को कठोर यातनाएँ दीं । किन्तु असफल रहे । शरीर सूखकर अस्थिपंजर हो गया । अन्त में उन्होंने तपस्वी जीवन को छोड़ दिया , शरीर को यातना देना बन्द कर दिया और निरंजना नदी में स्नान कर वर्तमान बोध गया में पीपल वृक्ष के नीचे तृण के आसन पर बैठ गये । वहाँ उन्हें

सहसा सत्य के दर्शन हुए । ब्रहम ज्ञान से उनका अन्तर्मन प्रकाशवान हो उठा कि महान शान्ति तो उनके हृदय में ही है । उन्हें वही उसकी खोज करनी चाहिए । इसे ही महान बुद्धत्व कहा गया है । तभी से वे बौद्ध अथवा तथागत कहलाये । इसके पश्चात वे बनारस के समीप सारनाथ के ऋषिपत्तन में गए । वहीं उन्होंने अपना प्रथम धार्मिक उपदेश दिया उसके परिणामस्वरूप पाँच व्यक्ति उनके शिष्य हो गये । कौशल नरेश प्रसेनजित एवं मगध के राजा बिम्बसार तथा अज्ञात शत्रु ने उनके सिद्धान्तों को स्वीकारा तथा उनके शिष्य हो गये । 45 वर्षों का निरंतर धर्मोपदेश करने के बाद 487 ई ० पू ० में मल्ल गणराज्य की राजधानी (वर्तमान कसिया , जिला देवरिया , उ ० प्र ०) में उनका देहावसान (निर्वाण) हो गया । इस घटना को बौद्ध साहित्य में महापरिनिर्वाण कहते है ।

एक बार बुद्ध ने महाश्रेष्ठी , अनायपिण्डक से , जो उनका अनन्य भक्त गृहस्थ शिष्य था , और जिसने उनके लिए सावत्थी (आवस्ती) में सुप्रसिद्ध जेतवन बिहार की स्थापना की थी , बताया था कि गृहस्थ को जो सामान्य पारिवारिक जीवन बिताता है , चार प्रकार के सुख प्राप्त होते हैं । पहला सुख आर्थिक सुरक्षा अथवा न्यायपूर्ण और उचित ढंग से अर्जित की हुई पर्याप्त सम्पत्ति का उपभोग करना है (अस्थि सुख) दूसरा सुख घन को मुक्त हस्त से स्वयं अपने अपने परिवार अपने मित्रों और सम्बन्धियों पर और प्रशंसनीय कार्यों में व्यय कर सकने का सुख भोगसुख) है , तीसरा सुख ऋण से मुक्त होने का सुख (अनण सुख) , चौथा सुख मन वचन कर्म से बुराई न करते हुए निर्दोष और शुद्ध जीवन व्यतीत करने का सुख (अनवज्ज सुख) इनमें से तीन प्रकार के सुख आर्थिक हैं और कुछ ने अन्त में श्रेष्ठी (महाजन) को सचेत किया है कि आर्थिक और भौतिक सुखों का मूल्य दोष रहित और भले जीवन से उत्पन्न होने वाले आध्यात्मिक सुख के सोलहवें अंश के भी बराबर नहीं है ।

पवित्र पुस्तक- बौद्ध धर्म के सबसे महत्वपूर्ण धर्म ग्रन्थ त्रिपिटक है , जिसका अर्थ तीन पटरियों विनय पिटक में बौद्ध भिक्षुओं के लिए अनुशासन सम्बन्धी नियमों का संग्रह है । अम्मिपिटक में बौद्ध दर्शन का विवेचन है एवं भगवान बुद्ध के उपदेश है । तीसरे पिटक सुतपिटक में बौद्ध दर्शन के सिद्धान्तों का वर्णन है । बौद्ध धर्म का एक अन्य प्रसिद्ध ग्रन्थ मिलिंदपन्ह है । इसमें यूनानी राजा • मिलिन्द व एक प्रसिद्ध विद्वानागार्जुन के मध्य संवादों का संग्रह है । ये सभी ग्रन्थ पाली या प्राकृत भाषाओं में है । बाद में कुछ अन्य ग्रन्थ संस्कृत भाषा में भी लिखे गये । प्रारंभिक पालि साहित्य , जैसे जातक एवं पिटक ग्रन्थ बौद्ध धर्म के उदय के समय की भारतीय स्थिति पर बड़ा प्रकाश डालते हैं ।

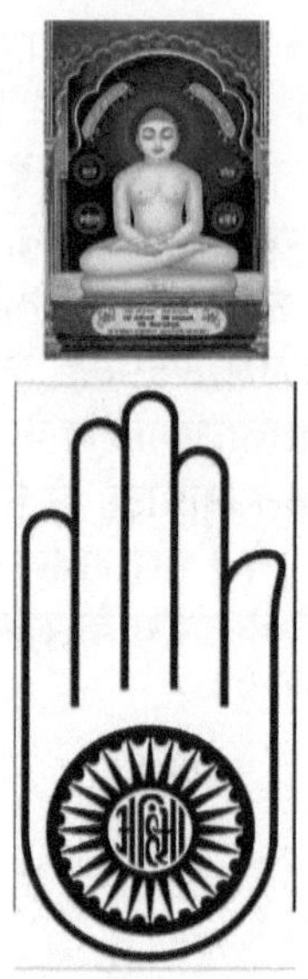

जैन धर्म

जैन धर्म- जैन शब्द जिन से बना है , जिसका अर्थ है विजेता अर्थात जिसने समस्त इन्द्रियों और अज्ञान पर विजय प्राप्त करके सम्यक ज्ञान पा लिया है । वर्धमान महावीर जैन धर्म के अंतिम 24 वे तीर्थकर थे। ऋषभदेव प्रथम तीर्थकर थे और और उनके संबंध में कोई स्पष्ट ऐतिहासिक प्रमाण प्राप्त नहीं है । वे काशी नरेश अशसेन के पुत्र थे । इनका निर्वाण पारसनाथ की पहाड़ी (झारखंड) पर हुआ । उनके चार उपदेश मुख्य हैं अहिंसा , सत्य , अस्तेय चोरी ना करना और अपरिग्रह । इसमें पांचवा ब्रह्मचर्य महवीर द्वारा जोड़ा गया । महावीर ने तीन साधनों का अनुसरण करने का आदेश दिया जिन्हें जैन दर्शन में त्रि रत्न की संज्ञा दी गई है यह है सम्यक ज्ञान सम्यक दर्शन और सम्यक

चरित्र यह त्रिरत्नों (3 नियमों का पालन करके आत्मा जन्म और मृत्यु के चक्र से छुटकारा पा जाएगी । जैन धर्म में सबसे महत्वपूर्ण से व्रत अहिंसा ही माना गया है । महावीर ने वेदों की प्रामाणिकता व प्रधानता के अस्वीकार कर दिया उनके विचार काफी तार्किक व विवेकपूर्ण थे । बौद्धिक हठधर्मिता के वह बहुत बड़े विरोधी थे उनका कहना था कि मनुष्य को सत्य का ज्ञान आंशिक रूप से होता है अतः दूसरे से विचार को असत्य करार देना गलत हे जैन धर्म में यह सिद्धांत स्यादवाद के नाम से प्रसिद्ध है तथा यह महावीर की धार्मिक उदारता का घोतक है । वर्धमान महावीर का एक नाम है जिन भी था उसी से जैन धर्म शब्द बना है । जैन धर्म के अनुयायियों का विश्वास है कि उनका धर्म भी अनादि है और सृष्टि के साथ ही पैदा हुआ ।

जैन धर्म के 24 तीर्थंकरों के नाम इस प्रकार हैं- (1) ऋषभदेव (2) अजित (3) सम्भव (4) अभिनन्दन , (5) सुमति (6) पद्मप्रभु (२) सुपार्श्व (8) चन्द्रप्रभ (9) पुष्पदन्त या सुनिधि , (i) शीतल (II) श्रेपास (12) वासुपूज्य (13) विभत (14) अनन्त (15) धर्म (16) , शान्ति (17) कुन्थु (18) अरा . (19) मल्लिनाथ , (20) भुनिसुव्रत , ((21)) नमि , (22) नेमि अथवा अरिष्ठनेमि (23) पार्श्व नाथ (24) वर्धमान महावीर तीर्थ का अर्थ है- भवसागर को पार करना अर्थात जिसने इसे पार कर लिया हो , उसे तीर्थंकर कहते हैं । जैन धर्म ने निम्नलिखित बातों पर बल दिया (1) जगत् अनादि है और इसके सभी पदार्थ नश्वर हैं । (2) आत्मा मोक्ष प्राप्ति का एक सोपान है और जीव ही आत्मा है । आत्मा शुद्ध और शरीर अशुद्ध है मिथ्या दर्शन , अवरति और प्रमाद के कारण ही आत्मा शरीर में बँधती है । (3) मन आत्मा से भिन्न है । (4) मोह माया और कर्मों के प्रति आकर्षण हीकर्म बन्धन का मूल कारण है । (5) कर्मों से मुक्ति पाना ही परम् ध्येय है । (6) मुक्त आत्मा ही श्रेष्ठ है । (7) त्रिरत्ना मोक्ष

प्राप्ति के साधन है । (8) जैन मुनियों के अनुसार जीव अपने पुरुषार्थ द्वारा ही मुक्ति प्राप्त करता है ।

सम्प्रदाय

जैन धर्म निम्न सम्प्रदाय में बँटा है

(1) श्वेताम्बर- इस सम्प्रदाय के लोग मोक्ष प्राप्त करने के लिए नग्नता को आवश्यक नहीं मानते इसलिए सफेद वस्त्र धारण करते हैं । श्वेताम्बर सम्प्रदाय ने 19 वें तीर्थंकर मल्लिनाथ द्वारा स्त्री मुक्ति को स्वीकारा गया है । अधिकतर श्वेताम्बरी स्थानकवासी होते हैं और जैन साधुओं में ही भगवान महावीर की छवि महसूस करते हैं और उन्हें ही पूज्य मानते हैं । हालांकि कुछ श्वेताम्बरी मूर्तिपूजा भी करते हैं । श्वेताम्बर सम्प्रदाय द्वारा मान्य आगम ग्रन्थ प्रमाणिक हैं । इनकी समस्त धार्मिक क्रियाएँ स्थानक में होती है । स्थानक वह पवित्र भवन अथवा स्थल है , जहाँ श्वेत वस्त्रधारी साधु आकर ठहरते हैं और प्रतिदिन धर्म का प्रवचन करते हैं । साधु पैदल यात्रा करते हुए एक स्थान से दूसरे स्थान पर जाते हैं तथा घर घर जाकर आहार ग्रहण करते हैं । सूर्यास्त होने से पूर्व ही ये भोजन कर लेते हैं । सूर्यास्त के बाद साधुओं के दर्शन करने के लिए महिलाएं स्थानक में नहीं आ सकतीं और इसी तरह पुरूष भी साध्वियों साहिला साधु के दर्शन करने नहीं आ सकते । नवकार मंत्र इनका महामंत्र है और पर्वूषण इनका महापर्व पयूषण महापर्व निरन्तर सात दिनों तक मनाया जाता है . जिस अवधि के दौरान जैन लोग फल अथवा किसी भी प्रकार की हरी सब्जियों नहीं खाते प्रतिदिन स्थानक में जाकर लोग सामायिक (48 मिनट की ध्यानावस्था तथा उपासना का एक ढंग करते हैं । सामायिक घर पर भी सुबहह शाम की जा सकती है । आठवें दिन लोग सम्वतसदी पर्व मनाकर पर्वूषण महापर्व का समापन करते हैं और वर्षभर में जाने अनजाने की गयी गलतियों और मानहानि के लिए परस्पर क्षमा याचना करते हैं । श्वेताम्बर सम्प्रदाय में कुछ मतावलम्बी मूर्तिपूजा में भी विश्वास रखते हैं जिन्हें पुजेरा ,

मूर्तिपूजक , देशवासी अथवा मंदिर मार्गी भी कहते हैं इनके विभिन्न 84 गछ (मठ) है , जिनमें में उपकेश , तथा पायचन्द , खततर , यूनमिया , अंचल आगमिक आदि प्रमुख गाक्ष्य है स्थानकवासी श्वेतांबरी साधुमार्गी होते हैं यह उपबंध मंदिर अथवा प्रतिमा पूजा का विरोधी है ।

श्वेतांबर जैन तीर्थंकरो की प्रतिमाओं को सजाते (श्रृंगार करते हैं और उनके साधु बिना जिसे सफेद कपड़े पहनते है । स्थानक वासियों में से निकला एक उपपंथ तेरापंथ है ।

(7) दिगम्बर- दिगम्बर सम्प्रदाय मे मोक्ष के लिए नग्नता को मुख्य बताया गया है । ये स्त्री मुक्ति का निषेध है । ये स्वेताम्बर सम्प्रदाय द्वारा मान्य आगम ग्रन्थों को प्रामाणिक नहीं मानते । अधिकतर दिगम्बरी मन्दिरमार्गी है इसलिए अपने मंदिरों में सार्थकों की नग्न प्रतिमाओं की पूजा करते हैं और उनके सर्वोच्च श्रेणी के साधु (पुनि) वस्त्र रहित (नगे) रहते हैं और वे नितान्त अपरिगृह होते हैं , अपने पास सांसारिक वस्तुएँ नहीं रखते । दिगम्बर सम्प्रदाय में भगवान केवल्यज्ञानी हो जाने पर फलाहार नहीं करते । वि ० सं ० 26 में प्रख्यात आचार्य अहरदबलि ने इन्हें चार भागों में बाँटा नन्दिसप , रोगसंघ तथा देवसंघ इन संघों के अनुयायी वृक्षों , झाड़ियों की गुफाओं तथा अणिकाओं के यहाँ तपस्या करते थे । इस सम्प्रदाय में एक उपपंथ ' तारणपंथ है जो प्रतिमा पूजन के विरोधी है । दिगम्बरों के अनुसार केवल ज्ञान प्राप्ति के लिए मनुष्य निराधार रह सकता है । ये महावीर को अविवाहित मानते हैं ये 19 वें तीर्थंकर मल्लिनाथ को पुरुष मानते हैं । पुरानी बांधनाओं अनुसार 12 अंग , 12 उपाग 10 प्रशीर्णक 6 छेदसूत्र , 4 मूलसूत्र , 2 अन्य (नन्दी और अनुयोग द्वार) इन 45 आगमों को दिगम्बर नहीं स्वीकार करते हैं , बल्कि प्राचीन आगम का केवल एक अश षड्खण्डागम के रूप में बचा है । चातुर्मास की रह के अंग ,

श्वेताम्बर के उपसम्प्रदाय

(3) पुजेरा या मूर्तिपूजक या डेरावासी या मन्दिरमार्गी- ये मूर्तियों को वस्त्रों और आभूषणों से सजा और उन पर फल फूल और कुंकुम चढ़ाते हैं , उनके साधु कपड़े पहनते है और हाथ में कपड़े की पस्ती रखते हैं और उसे बोलते समय मुँह पर लगा लेते हैं । इनके विभिन्न 84 गच्छ (मठ) है , जिनमें उपकेश तथा पापचन्द , खत्तर प्रतमिया , अंचल आगमिक आदि प्रमुख गच्छ है ।

(4) दुढ़िया यास विस्तोला या स्थानकवासी या साधुमार्गी- स्थानकवासी लोका सम्प्रदाय से निकले हैं । 1474 ई 0 में अहमदाबाद के एक व्यापारी लोकाशाह में मूर्ति पूजा का विरोध किया और लौका नाम का अपना सम्प्रदाय चलाया । इसके एक उपासक सूरत के रहने वाले रजी ने 1653 ई 0 के लगभग स्थानकवासी सम्प्रदाय कायम किया । इसके अनुयायी सायु मूर्ति नहीं पूजते और मंदिरों में नहीं ठहरते , बल्कि स्थानकों में रहते हैं । स्थानकवासियों में से निकला एक उपपथ तेरापंथ है ।

(5) तेरापन्थी- 1760 ई ॰ में एक स्थानकवासी स्वामी श्री महाराज ने तेरापंथी सम्प्रदाय चलाया ये 5 महाव्रत अहिंसा , सत्य , अस्तेय , ब्रह्मचर्य , अपरिग्रह समिति (होशियारी) ईर्ष्या भाषा एवणा आदाननिक्षेप उत्सर्ग और 3 गुप्तियों मनोगुप्ति वाकगुप्ति , कायगुप्ति इन 13 बातों को मानते है ।

(6) तेरह पंथ- इस सम्प्रदाय के लोग चैत्यवासी साधुओं की अपेक्षा वनों में चास या तपस्या करने वाले मुनियों को ही सच्चा साधु मानते हैं । स्थानकवासियों के तेरापंथ से यह पथ बिल्कुल भिन्न है ।

दिगम्बर के उपसम्प्रदाय

(7) बीस पथी- बीस पंथी अपने मंदिरों में मूर्तियों के अलावा तीर्थकरों की क्षेत्रपाल , भैरव आदि की मूर्तियां भी रखते हैं । मूर्तियों पर फल , फूल , मिठाई चढ़ाते हैं । रात तक तो आरती करते हैं ,

बैठकर पूजा करते हैं और भट्टारको को धर्मगुरू मानते हैं । दिगम्बर सम्प्रदाय के साधु मठवासी होने के बावजूद नग्न रहते थे । 16 वीं शताब्दी के विद्वान श्रुतसागर ने लिखा है कि कलिकल में म्लेच्छ इन पतियों को नग्नावस्था में देखकर उपद्रव मचाते थे । आचार्य बसन्तकीर्ति स्वामी ने समय की नाजुकता को देखते हुए मुनियों को उपदेश दिया कि धार्मिक प्रवचन के दौरान वे चटाई टाट आदि से अपने शरीर को ढक ले और बाद में चाहे तो गुप्त रूप से वस्त्र उतार सकते हैं । जैसे जैसे कलिकाल बढ़ता जा रहा था , लोगों की निगाहें सूक्ष्मता की अपेक्षा स्थूलता की ओर जाने लगी थी । नग्न आँखों को स्थूल रूप से देखने पर अश्लीलता के बढ़ जाने के भय से बचने के लिए बसन्तकीर्ति स्वामी ने यह उपदेश दिया था । चित्तौड़ की गढ़ी के भट्टारक बसन्तकीर्ति स्वामी के अनुयायी ही बीस पंथी कहलाये । ..

(8) तेरा पथी- तेरा पथी अपने मंदिरों में सिर्फ तीर्थकरों की मूर्तिया रखते हैं , क्षेत्रपाल , भैरव आदि की मूर्तियां कभी नहीं रखते मूर्तियों पर अक्षत (सूखे चावल) लौंग , बादाम , छुआरे नारियल आदि सूखे फल चढ़ाते हैं . आरती आदि नहीं करते खड़े होकर पूजा करते हैं और भट्टारकों को अपने गुरु या मुखिया नहीं मानते । वास्तव में तेरा पथ का उदय 1623 ई ० में भट्टारकों के अनाचार की प्रतिक्रिया के रूप में हुआ तेरा पंथ का उपसम्प्रदाय तारण पन्थ कहलाता है ।

(9) तारणपन्थी या समैयापन्थी- इसे तारणस्वामी या तरणतारण स्वामी (1448 या 1405) ने चलाया । इसके मानने वाले मूर्तियों की पूजा नहीं करते बल्कि धर्मग्रन्थों (समय) को पूजते हैं । ये जाति पाति को भी नहीं मानते । उनमें मुसलमान और छोटी जाति के लोग सम्मिलित हो सकते हैं । तारणस्वामी का प्रमुख शिष्य सहरमण मुसलमान था वे बाहरी कृत्य को बेकार समझकर आध्यात्मिक विकास पर बल देते हैं । मध्य प्रदेश और खानदेश में इनका जोर है । गुमानपंथी और तोतापथी भी दिगम्बर के उप सम्प्रदाय हैं ।

अन्य विभाग

अन्य विभाग- दिगंबरो में मूल संघ, दाविड़ संघ, काष्टा संघ, माथुर संघ प्रमुख हैं। इनके फिर और टुकड़े हैं।

मूल संघ के अनुयाई कीड़ों को हटाने के लिए मोर के परों का गुच्छा रखते हैं । काष्ठा संघ के अनुयाई इसके लिए गाय की पूँछ के बालों का प्रयोग करते हैं । कभी कभी इसमें स्पर्धा भी हो जाती है । श्वेताम्बरों के 937 ई॰ में 84 गच्छ बने जो बाद में बढ़ते गये । स्थानकवासियों के 32 मच्छ मिलते हैं । इसमें छोटे - मोटे भेद चलते हैं ।

बर्द्धमान महावीर का जीवन यापन- जैन धर्म के संस्थापक की जन्म तिथि के विषय में विभिन्न मत निम्म प्रकार है (1) महावीर का जन्म ईसा से लगभग 600 वर्ष पहले बिहारांतर्गत मुजफ्फरपुर जिले में स्थित वैशाली के पास कुरुग्राम में हुआ था । (विश्व की प्राचीन सभ्याताओं का इतिहास) । (2) इनका जन्म बिहार प्रान्त के कुण्डलपुर नगर में 599 ई ० पू ० में हुआ था । (विश्व प्रसिद्ध धर्म , मत एवं सम्प्रदाय) । 2001) । (3) महावीर का जन्म लगभग 540 ई ० पू ० वैशाली (बिहार) के पास एक गाँव में हुआ था । (क्रॉनिकल इयर बुक २००१) जैन अनुश्रुतियों के अनुसार महावीर का जन्म ई ० पू ० छठी शताब्दी के आरंभ में हुआ था । उनकी मृत्यु और उनके निधन की वास्तविक तिथियों विवादास्पद है । इन्हें इन्द्रियों को जीतने वाला अर्थात जिन ' भी कहा जाता है । राजकुमार वर्द्धमान ने युवावस्था तक क्षत्रियों की समस्त कलाओं का अभ्यास कर लिया था । माता के आग्रह से इन्होंने राजा समस्वीर की कन्या यशोदा देवी से विवाह भी किया जिससे एक कन्या हुई प्रियदर्शना । किन्तु गृहस्थ जीवन उन्हें बार बार एक बन्धन , एक मायाजाल लगता जिससे मुक्ति होने के लिए उनकी अन्तरात्मा झकझोरती रहती । जब राजकुमार वर्द्धमान 28 वर्ष के थे तब उनके घर त्याग कर मुनि बनने की इच्छा फिर भी न दबी किन्तु भाई नन्दिवधन के आग्रह पर दो वर्ष और उन्हें घर रहना पड़ा । 30 वर्ष की आयु में घर छोड़कर वर्तमान ने दीक्षा ले ली । दीक्षा लेते ही उन्हें मनः पर्याय ज्ञान (दूसरे के मन की बात जानने की शक्ति की प्राप्ति हो गई । इन्द्रियों और मन पर सम्पूर्ण विजय की सिद्धि के लिए उन्होंने साढ़े बारह वर्ष तक घोर तपस्या की । इस दौरान कभी -कभी छह महीने तक वे निर्जल उपवास करते रहे तो कभी कभी महीनों तक खड़े होकर ध्यान करते रहे तपस्या के दौरान उन्हें घोर कष्ट भी सहन करने पड़े । एक ग्वाले ने उनके कान में कील ठोक दी । सांप बिच्छू तथा दूसरे जानवरों ने उन्हें भयंकर कष्ट दिये । आंधी

, वर्षा , लू ओले सबने उन्हें डिगाने के भरसक प्रयास किये किन्तु वे पर्वत की भाँति अविचल रहे । इन्द्र ने इस धैर्य तथा मनोबल को देख कर ही उन्हें महावीर ' कहा । अंतत तपस्या पूरी हुयी और महावीर सभी इच्छाओं वासनाओं से मुक्ति होकर बीतरागी , सर्वज्ञ एवं महासिद्ध बन गये । राजगृह , , श्रावस्तीशाली जैसे प्रमुख नगरों में महावीर ने चातुर्मास्य (चार माह तक एक ही ठहरवार धर्म का प्रवचन करना) किया । 527 ई ॰ पू ॰ को 72 वर्ष की आयु में कार्तिक अमावस्या को पावापुरी (पटना के निकट) में उन्होंने निर्वाण प्राप्त किया इसी वर्ष से जैनियों का वीर निर्वाण संवत प्रारंभ होता है । कुंडग्राम में ज्ञातृक- वंश के गणराज्य के नेता सिद्धार्थ महावीर के पिता थे । उनकी माता का नाम त्रिशला था , जो वैशाली गणराज्य के नेता चेतक की बहन थी । बचपन का नाम वर्धमान था वे। सदैव वस्त्रविहीन रहकर दिगम्बर अवस्था में धर्म प्रचार करते थे ।

महावीर ने वेदों की प्रमाणिकता व प्रधानता को अस्वीकार कर दिया । उनके विचार काफी तार्किक व विवेकपूर्ण थे बौद्धिक हठधर्मिता के सत्य का ज्ञान आंशिक रूप से होता है । अत : दूसरे के विचार को असत्य करार देना गलत जैन धर्म में यह सिद्धांत स्याहवाद के नाम से प्रसिद्ध है ।

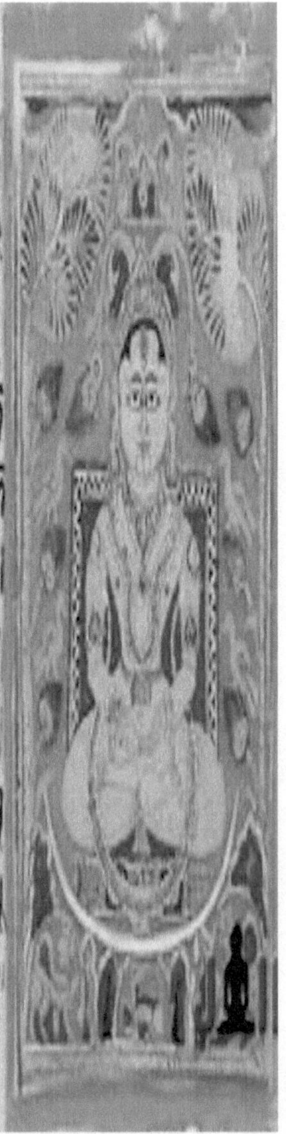

पवित्र पुस्तक - जैन धर्म ने समस्त ज्ञान का मूलश्रोत आगम ' (परम्परागत प्रामाणिक धर्मशास्त्र) है , जिसे छादशांग श्रुत भी कहा जाता है और जो प्रथम तीर्थंकर ऋषभदेव से लेकर अन्तिम तीर्थंकर महावीर (ईसा पूर्व छठी शताब्दी पर्वत करों द्वारा प्रतिपादित सिद्धांतों का संग्रह है । उन जिनहेवों के उपदेशों को अन्ततः तीर्थंकर महावीर के प्रमुख शिष्य इन्द्रभूति गौतम द्वारा लगभग के ईसा पूर्व छठी शताब्दी के मध्य में व्यवस्थित , वर्गीगत तथा सहिताबद किया गया था । बारह अंगों में सर्वाधिक महत्त्वपूर्ण अंग है दृष्टिप्रवाद ' जिसके पाँच भाग (खण्ड) है , जिनमें से एक में 14 पूर्वी का वर्णन है , जिन्हें तीर्थंकर महावीर से भी प्राचीन समझा जाता है । बारह अंगों के अतिरिक्त कुछ ऐसे पाठ भी थे जिन्हें पपन्ना (प्रकीर्णक या विविध संग्रह) कहा जाता है । इस मूल आगम ज्ञान को जनसाधारण की भाषा अधी प्राकृत में सम्पादित किया गया था । महावीर ने अपने उपदेश इसी भाषा में दिये थे । - आगे चलकर उक्त मूल आगम ग्रन्थों पर तथा उन पर आधारित अन्य प्राचीन ग्रन्थों पर विज्ञान व्याख्यात्मक टीका साहित्य की रचना की गयी । बहुत सी अन्य धार्मिक पुस्तकें प्राकृत संस्कृत तथा अन्य भाषाओं में लिखी गयी । जैन धर्म के सम्पूर्ण साहित्य को सुविधा की दृष्टि से चार अनुयोगों में बाँटा गया है

(1) प्रथमानुयोग जो पौराणिक तथा ऐतिहासिक अनुभूतियों से संबंधित है और जिसमें अधिकांशतः वर्णनात्मक कथा साहित्य है । (2) घरणानुयोग जिसमें सम्पूर्ण नैतिक (धर्मनीति विषयक) साहित्य सम्मिलित है , इसमें मुनियों एवं आपको (सामान्य गृहत्व जान की आधार सहिता तथा अनुशासन के संबंध में बताया गया है ।

(3) करणानुयोग में विश्वविज्ञान विश्व वर्णन तथा कर्म सिद्धांत सम्मिलित है और (4) इत्यानुयोग में तत्व मीमासा , दर्शनशास्त्र और द्रव्यो के वास्तविक स्वरूप का निरूपण किया गया है । जिसमें

जैन आध्यात्मिक विद्या अध्यात्मवाद तथा तर्कशास्त्र भी सम्मिलित है ।

जैनों का जेंद- अवेस्ता , बाइबिल , कुरान , अथवा ग्रंथ साहिब की भांति कोई एक धर्मग्रंथ नहीं है , वरन न्यूनाधिक रूप से हिंदुओं तथा बौद्धों की भांति धार्मिक चिंतन तथा धर्माचरण संबंधी विभिन्न पहलुओं से संबंधित बहुसंख्यक पवित्र ग्रंथ है ।

Lao Tzu
Founder of Taoism

ताओ धर्म (ताओइज़म)

(10) ताओ धर्म- मूलतः ताओ का अर्थ था मार्ग या सड़क किन्तु बाद में इसका अर्थ पूर्ण यथार्थ हो गया । ताओ धर्म के संस्थापक लाओत्से का जन्म ई ० पू ० छठी शताब्दी के लगभग चीन में हुआ था । लाओत्से अपनी शिक्षाओं को एक पुस्तक जिसका (

TAO TE CHING

Laozi

TaoTeChing) ताओ तेह चिंग है में संकलित किया है । ताओ धर्म के तीन रत्न दया , आत्मसंयम और विनम्रता है । लाओत्से ने बुराई के बदले भलाई करने की शिक्षा दी । लाओत्से के शिष्यों ने ताओ तेह किंग को चमत्कार के श्रोत के रूप में इस्तेमाल किया और ताओ धर्म बिगडकर सिर्फ अनुष्ठानों तक रह गया १० पू ० दूसरी शताब्दी के मध्य तक ताओ धर्म इतना दूषित हो गया कि उससे लाओत्से को देवता मानकर उनकी पूजा भेंट शुरू कर दी ।

ताओवाद के अनुसार कुछ मत करो , मानव अपने आप अच्छा आचरण करेंगे अर्थात सभी करामातों , अन्याय व याप को ईश्वरीय इच्छा माना गया ताओतिस का विश्वास था कि शिक्षा असम्मानिक तत्वों के लिए उचित है , क्योंकि इससे मानव की शांति समाप्त हो जाती है । फलस्वरूप यह बाद शिक्षा और ज्ञान के त्याग पर काफी बल देता है और यदि मानव प्रकृति के अनुसार जीवन व्यतीत करेगा तो वह अमर हो जाएगा । लाओत्से अर्थात प्राचीन आचार्य (Old Master) । प्राचीन चीनी लोग एक ही देवता शासक के उपासक थे । ' शासक ' शब्द से परमात्मा की सर्वेच्चिता भली प्रकार व्यक्त होती है । राजा की आज्ञा मानने से ही ईश्वर प्रसन्न होगा और उसकी आज्ञा भंग करने से ईश्वर क्रोध करेगा । ताओ धर्म में ईश्वर के बारे में निम्नलिखित विचार हैं (1) मैं तुम्हारे साथ प्रकाश के उच्चतम शिखर पर चलूगाँ जहाँ हम वास्तविक श्रोत पर पहुँच जायेंगे । (2) हम इसे सुनना चाहते हैं परन्तु सुन नहीं पाते । अतः यह अश्राव्य है । हम इसे पकड़ना चाहते हैं पर पकड़ नहीं पाते । अतः इसे अस्पर्ध्य कहते हैं । ताओ का द्वितीय महान अनुयायी चुआंग चाउ था , जिसने अधिक व्यापकता से ताओ के सिद्धान्तों का वर्णन किया । उसे चीन का महान रहस्यवादी दार्शनिक समझा जाता है । उसके अनुसार अलामव और भेद ही सारे कष्टों और झगड़ों के मूल हैं । ताओ धर्म के अनुसार ईश्वर , कुछ नहीं है बल्कि स्वयं मनुष्य ही ईश्वर है । ताओ प्रकृति से श्रेष्ठ

एवं प्राचीन है । ताओ को अनुभव किया जा सकता है और वह अमर है । ताओ प्रेम है । ताओ कर्म करता है परन्तु उसके प्रतिफल की आकांक्षा नहीं करता । ताओ आकांक्षा और दंभ से मुक्ति है । ताओवादी तपस्वी जीवन आध्यात्मिक स्वतन्त्रता , शासन में अहरक्षेप और कला में लोकोत्तर आदर्श का उपदेश देते हैं ।

बहाई धर्म

बहाई धर्म के संस्थापक मिर्ज़ा हुसैन अली थे । जिनका उपनाम बहाउल्लाह (ईश्वर का प्रकाश महिमा) था । उनका जन्म ईरान के माजिन्दरान नामक स्थान में 12 नवम्बर , 1817 को हुआ ये बाब अर्थात द्वार के नाम से प्रसिद्ध हुए और उन्होंने 25 वर्ष की आयु में ही मई 1844 ई० में ऐसा सन्देश वाहक होने का दावा दिया । जिसके अवतरित होने का उद्देश्य था । जुलाई 1850 में तबरेज नगर के सार्वजनिक चौक में गोली मारने वाले दस्ते द्वारा उनका वध कर दिये जाने में हुयी।

 यह धर्म एक विवाह प्रथा , सच्चरित्रता और पारिवारिक जीवन में शालीनता की प्रेरणा देता है और विवाह विच्छेद अर्थात तलाक को बुरा बताता है । ईश्वर एक है और मानवता (भी) एक है तथा अवतारों पैगम्बरों का एकमात्र धर्म है प्रेम और एकता " प्रत्येक धर्म सत्य है , सुन्दर है और प्रामाणिक है । यह उस युग के लिए जब यह प्रकट होता है , परमेश्वर का एक सन्देश है । यह उस विशिष्ट युग के लिए एकमात्र सत्य होता है , किन्तु फिर भी यह अन्तिम नहीं होता । वह धन्य है जो अपने भाई (Fellowman) को स्वयं अपने से अधिक वरीयता देता है । " आज के युग में सभी मनुष्यों की सम्पूर्ण मानव जाति की एकता स्थापित करना उचित प्रतीत होता है । ऐसा कोई स्थान नहीं जहाँ भागकर जाया जा सके कोई शरणस्थल नहीं है जिसे कोई बता सके सिवाय उस परमेश्वर के (शोगी अफन्दी कृत बहाउल्लाह की विश्व व्यवस्था पृ ०163 से उद्धत)

बहाउल्लाह की कुछ प्रमुख कृतियाँ

(1) किताबे अकदस (सर्वाधिक पवित्र ग्रन्थ) । (2) किताबे इकान (निश्चय का ग्रन्थ) । (3) बहाउल्लाह के संगृहीत लेख (4) प्रार्थना तथा ध्यान (5) निगूढ़वचन । (6) सात उपत्यकाएं एवं चार उपत्यकाएं ।

आधारभूत नैतिक मूल्य (1) सम्पूर्ण मानव जाति के प्रति करूणा और सद्भाव का प्रदर्शन करना । (2) अंधकार में पड़े हुए लोगों का मार्ग दर्शन करना और उन्हें ज्ञान का प्रकाश दिखाना । (3) निष्ठा का सार है कम से कम शब्द बोलना और अधिक से अधिक कर्म करना , जिस व्यक्ति के शब्द उसके कर्म से बढ़ जाते हैं , निश्चय ही जानो कि उसके जीवन से उसकी मृत्यु अधिक उत्तम है । (4) सच्ची सुरक्षा का सार है मौन धारण करना , वस्तुओं के अन्तिम परिणाम का ध्यान रखना और संसार त्याग कर देना (5) मनुष्य के लिए सभी बुराइयों का मूल कारण है उसका अपने प्रभु से विमुख हो जाना और अपना चित्र ईश्वरविहीन बातों मे रमा देना । (6) सबसे दाहक अग्नि है , ईश्वर के चिन्हों के प्रति शंका करना , जो कुछ उसने उद्धरित किया है उस पर विवाद करना उसको मानने से इन्कार करना और उसके सम्मुख अपना अहंकार प्रदर्शित करना । (7) सच्ची हानि उसी की है जिसका समय अपने आप के प्रति चरम अज्ञान में बीत गया हो ।

बहाउल्लाह की वाणी टेबलेट्स ऑफ बहाउल्लाह से उद्धत

德侔天地　道冠古今
刪述六經　垂憲萬世

कन्फ्यूशी धर्म (खुड फूल्जू)

(15) कम्प्यूशी धर्म- कन्फ्यूशियस धर्म शब्द की उत्पत्ति चीनी इतिहास के सर्वाधिक महत्त्वपूर्ण एवं पूज्य व्यक्ति कन्फ्यूशियस (कुंग फू सु) 551-479) ई ० पू ० के नाम से हुयी है । बचपन से ही उन्हें ज्ञान की लालसा थी । जवानी में उन्हें लाओत्से से मिलने और उनके साथ विचार विनिमय करने का अवसर मिला । उन दिनों लाओत्से एक विख्यात व्यक्ति थे । गरीबी में संघर्ष करते हुए कन्फ्यूशियस पहले एक साधारण सरकारी कर्मचारी के पद पर रहे किन्तु बाद में वह राज्य के मजिस्ट्रेट के पद पर पहुंच गए । उनके कुशल शासन से अन्य लोगों को ईर्ष्या होने लगी , षड्यंत्र करके ई 0 पू 0496 में उन्हें नौकरी से निकलवा दिया । उसके बाद वह बेघरबार और फटे हाल इधर उधर मारे मारे फिरते रहे और अन्ततः ई 0 पू 0478 में 73 वर्ष की आयु में उनका स्वर्गवास हो गया । खंड फूल्जू (हमारे स्वामी खुग) का जन्म 551 ई ० में गांग कुल में हुआ था । मृत्यु के पश्चात उनके उपदेशों को सूक्ति संग्रह के रूप में संकलित किया गया । कन्फ्यूशियस चीन जैसा सम्मान दिया जाने लगा । सच पूछा जाए तो कन्फ्यूशियस धर्म संस्थापक नहीं थे , बल्कि एक सदाचारी नीतिवादी थे । उन्होंने चीन की पुरातन शिक्षाओं को सुरक्षित रखा , उनको सुव्यवस्थित किया और लोगों को उनका उपदेश दिया । ये लोग पकिंग को पवित्र स्थान मानते हैं ।

कन्फ्यूशियस का जातीय नाम कुंग था । कुंग फूल्से का लातीनी स्वरूप कन्फ्यूशियस है , जिसका अर्थ होता है दार्शनिक कुंग कन्फ्यूशियसवाद के अनुसार समाज और संगठन पाँच प्रकार के संबंधों पर आधारित है शासक और शासित , पिता और पुत्र ज्येष्ठ भाता और कनिष्ठ प्राता , पति और पत्नी तथा इष्ट मित्र | यह धर्म चीनी दर्शन || (Chinese philosophy) की एक महान व्याख्या है ,

जिसकी शुरूआत चीन के महानतम दार्शनिक कन्प्यूशियस (511-469 ई॰ पू॰) ने की । कन्फ्यूशियस धर्म ने शान्ति , मानवता , ज्ञान , साहस विश्वास में अटूट निष्ठा पर आधारित नैतिक और सामाजिक दर्शन तथा आचारसंहिता (code of behaviour) पर बल दिया ।

यद्यपि कन्फ्यूशियस मत को मानने वालों ने ईश्वर के सवाल पर विचार करने से इंकार कर दिया किन्तु वे इतना अवश्य जानते हैं कि स्वर्ग जैसी सुख सुविधाओं से संपन्न एक जगह है, अवश्य , जिसे एक ईमानदार आज्ञाकारी , सहिष्णु ज्ञानवान तथा दूसरों द्वारा किये गये उपकारों का आभार मानने वाला मनुष्य प्राप्त कर सकता है ।

कन्फ्यूशियस के अनुसार ज्ञान और चिन्तन दोनों निश्चय ही साथ साथ होने चाहिए क्योंकि बिना ज्ञान के चिन्तन करना भयानक है । उन्होंने निम्नलिखित बातों का उल्लेख किया है (1) विचित्र वस्तुएँ (2। अतिप्राकृतिक शक्ति (3 । भूत प्रेत एवं देवता इत्यादि कन्फ्यूशियस ने ईश्वर के बारे में कोई शिक्षा नहीं दी है । तथापि उन्होंने अपने को आकाश से भेजा गया बताते थे । कन्फ्यूशियस मत न तो कोई व्यवस्थित दर्शन था और न कोई धर्म यह अकेले कन्फ्यूशियस की ही कृति नहीं थी । इसकी अपेक्षा , ताओवाद और अन्य विचार पद्दतियों की मांति कन्फ्यूशियस मत भी कविता की पुस्तक । शिन चिंग परिवर्तन की पुस्तक (ई॰ चिंग ॰ । में अभिव्यक्त प्राचीन चीनी सृष्टि विज्ञान सम्बन्धी धारणाओं पर आधारित है । इन पुस्तकों में तीन हजार वर्ष से अधिक पूर्व के प्राचीन चीन का एक अनूठा विचार मिलता है , वह यह है कि अन्धविश्वास पर विवेक की विजय होती है । कन्फ्यूशियस धर्म के दर्शन के चार लक्षण है ' थी ' , ' जेन ' ली और चिह ' । ' थी किसी कार्य को यथा समय सर्वोत्तम रीति से करना है । कोई भी व्यक्ति जब तक वह यी ' को न समझ ले विवेक या बुद्धि नहीं प्राप्त कर सकता । जेन ' ऐसा सर्वोत्तम

कार्य करने की इच्छा है जो समान के लिए हितकर हो । ली अपनी मनोभावनाओं को अभिव्यक्त करने का उचित तरीका है । इस धर्म का दर्शन और साहित्य 250 वर्षों से अधिक समय तक फलता फूलता रहा किन्तु मूवादियों और लीबलिस्ट के प्रबल विरोध के कारण राजा मिन बैंड ने 213 ई 0 पू 0 में कम्फ्यूशियस धर्म के सभी ग्रन्थों को मात चिकित्सा और कृषि सम्बन्धी रचनाओं को छोड़कर जलवा दिया । किन्तु 136 ई 0 पू 0 में इसे राजकीय धर्म घोषित कर दिया गया । •कन्फ्यूशियस धर्म में कोई पवित्र साहित्य , मन्दिर , पुरोहित अथवा सिद्धांत नहीं है । यह स्वर्ग अथवा नरक के सिद्धांत में विश्वास नहीं करता किन्तु यह स्पष्ट करता है कि मनुष्य के अच्छे और बुरे कर्मों का अपना अपना फल या परिणाम अवश्य होता है । यह मत धर्म को शिक्षा और ज्ञान के रूप में मानता है ।

कन्फ्यूशियस धर्म का प्रतीक(Symbol)

Despite being over two and a half millennia old and coming from a culture with a hieroglyphic language system, Confucianism doesn't have many symbols that are viewed as core to its philosophy.
That being said, these symbols are viewed as pivotal for Confucianism.

CONFUCIUS SYMBOL: WATER, STILLNESS, DIGNITY, HARMONY

YIN YANG SYMBOL: BALANCE IN OPPOSING FORCES

SCHOLAR SYMBOL: IMPORTANCE OF KNOWLEDGE AND LEARNING

LI SYMBOL: CORRECT BEHAVIOR AND A CODE OF CONDUCT

JEN SYMBOL: SOCIAL AND PERSONAL VIRTUES FOR SOCIAL HARMONY

Itsukushima Gate

शिन्तो धर्म

| (9) शिन्तो धर्म- शिन्तो ' अर्थात देवताओं का मार्ग (Way of the Gods) । या ' आत्मा का मार्ग या ईश्वर के पास जाने का रास्ता किसी धर्म सुधारक ने न इसका मार्गदर्शन किया और न इसमें कोई

परिवर्तन किया । इस धर्म का न कोई धर्मग्रन्थ है और न इसकी नैतिक संहिता है ।

津臣之女名高材比賣生子息長宿禰
王此王娶高城之高顙比賣生子息長
俗比賣命火盡空津比賣命火
子王
稱王娶河俣稻依毘賣生子大多牟
豆羅仰氣王者上所謂波

御陵在伊耶河之坂上也
御眞木入日子印恵命坐師木水垣宮
治天下也此天皇娶木國造名荒河刀
朔之女遠津年魚目目微比賣
生御子豐木入日子命次豐
命又娶尾張連之祖意富阿麻比賣

शिन्तो धर्म जापान के सम्राट मिकादो के अनुयायियों का धर्म है । मिकादो ही इस धर्म का केन्द्रबिन्दु और ईश्वर हैं । वैसे इस धर्म में देवता अनेक अनुष्ठानों के अतिरिक्त शिन्तो में न कोई धार्मिक वाले हैं और न धार्मिक अपील है । 1947 में जापान के सम्राट ने जब ईश्वर होने का दावा त्याग दिया , तो उसके बाद इस धर्म का तेजी से पराभव हुआ । शिन्तो धर्म का केन्द्रीय मंदिर मध्य जापान में इसे में है ।

शिन्तो धर्म का मुख्य देवता सूर्य था । इस धर्म का संबंध कोरिया के पुराने धर्म से भी था क्योंकि इसके कुछ साक्ष्य वहाँ से भी मिलते हैं । मिकादो सूर्य देवता के उत्तराधिकारी थे । इस धर्म की परम्परा बहुदेववादी है प्राकृतिक ईश्वर में सूर्य सबसे ऊपर और उसके बाद ऑग्नि (कागू • तसूची) वायु (निहोनगी) , समुद्र , पृथ्वी , पेड़ (कामी जी) आदि प्रमुख है । तीर्थस्थलों में सबसे महत्वपूर्ण आइस ' (ice) में स्थित सूर्य देवी का तीर्थस्थल था । महादेवी अयार्तेरासू सर्व शक्तिमान देवी है । 31 दिसम्बर , 1945 को हिरोशिमा और नागासाकी पर बमवर्षा के युद्ध में पराजय हो जाने के कारण सम्राट हिरोहितों ने कहा मैं देवी नहीं हूँ । शिन्तो धर्म के अनुसार देवता लाखों की संख्या में है । शिंतो सम्प्रदाय सैकड़ों (उप) सम्प्रदायों में विभाजित है जिनमें से 13 को राजकीय मान्यता प्राप्त है । किन्तु ' कामी ' (देवता अथवा श्रेष्ठ आत्मा) मुशवी (सर्जक शक्ति) मार्केटो (सत्यता) और नाराई (शुद्धता) की धारणा सभी संप्रदायों में है ।

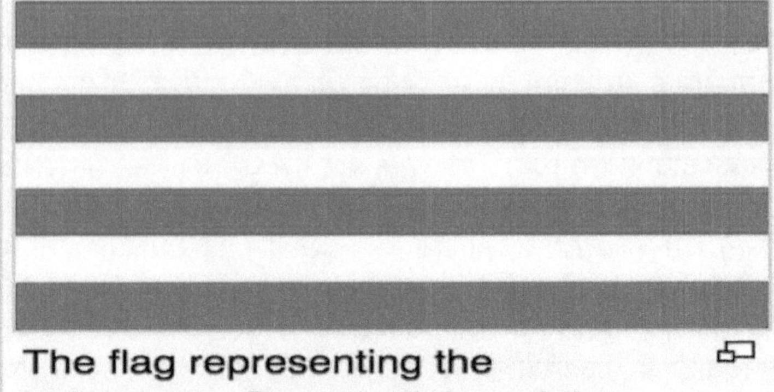

The flag representing the indigenous Sarna religion of the Adivasi of central-eastern India.

Sarna dhorom

अन्य प्राचीन आदिवासी धर्म

सर्वात्म (Animist)

सर्वात्म (Animism) सर्वात्मवादी सभी घटनाओं में आत्मा का ही खेल देखता है । उसे पेड़ की पत्तियों नदियों के कलकल तथा झरनों के झरझर इत्यादि में आत्माओं का ही काम दिखाई देता है । इसलिए वह विभिन्न आत्माओं को वस्तुओं की अन्तर्वासी शक्ति मानता है । फिर वह समझता है कि पर्वत , पेड़ तथा पशुओं में भी आत्मा का वास हो सकता है । अन्त में जीवन और छाया को एक साथ मिलाकर प्रेतात्मा या एनिमा ' की धारणा बनी हुयी कही जा सकती है इसलिए टाइलर के अनुसार , आत्मा एक प्रकार की छाया (Phantom) है ।

उरांव आदिवासियों में तथा कुछ हाविड़ कबीलों में पाया जात संथाल जाति मे लगभग एक सौटोटमवादी गोत्र हैं ।

अन्य धार्मिक सम्प्रदाय

सितारापरस्त- यह सम्प्रदाय हज़रत इब्राहीम को मानते हैं और फरिश्तों को भी पूजते हैं और अबूर पढ़ते और काबे की तरफ नमाज़ पढ़ते हैं । (मूजिहुल कुरआन)

साबी (Sablon) या मेण्डीना (Mandeans)-

साबी अर्थात जो कोई भी अपने दीन को छोड़कर दूसरा धर्म अपनाये या उसकी ओर झुकाव रखे । स्वयं मोहम्मद साहब को शुरू में साबी इसलिए कहा जाने लगा था कि कुरेश के धर्म को छोड़कर इस्लाम धर्म को अपना लिया । यह सम्प्रदाय जो अरब के उत्तर पूर्व में शाम तथा ईराक की सीमा पर आबाद था । यह लोग तौहीद और रिसालत के मानने वाले थे और अस्ल में किताब वाले थे , उन्हीं को नसाराए यहया भी कहा जाता था , यानी वह एक पैगम्बर हजरत यहवा से संबंध रखते थे । हजरत उमर , जो तीसरे खलीफा थे और हजरत अब्दुल्लाह बिन अब्बास जैसे शोध करने वाले रसूलसल्लअम के मित्रों ने साबियों को किताब वालों में गिना है और हज़रत उमर ने उनका जबीहा भी हलाल माना है । इब्ने जैद भी उनको ऐसा ही मानते थे और शतावा तथा हसन बसरी ने यहाँ तक कहा है कि वह किब्ला वाले और पाँच वक्त की नमाज़ पढ़ने वाले थे । इमाम अबू हनीफा और इब्ने ज़रीर ने साबियों के हाथ के जबीह को हलाल और उनकी स्त्रियों से निकाह को जायज बताया है । - ईरान के इतिहासकार का एक अनुवाद , जो फ्रेंच से उर्दू में हुआ है और जो एक बड़े योग्य शोधकर्ता का है (अंजुमन तखकी उर्दू- देहली से) उसके सफा 47 पर ' मेण्डियन इराकी भाषा में बड़े ज्ञान वाले को कहते हैं । इस फिरके के लोग इराक में अब भी मौजूद हैं और साबियोन कहलाते हैं । यह ईसाई नहीं है , फिर भी जोन दी वैयटिस्ट को मानते हैं । इराक में आम लोग उनको हज़रत यहया की उम्मत कहते हैं । " (अनुवादक शेख मु ० इकबाल मरहूम प्रधानाचार्य ओरियण्टल कालेज , लाहौर) (ईरान सासानियों के समय में) । जिविश इन्साइक्लोपीडिया में उनकी पदवी नूसाराय यहया है ।

मेण्डीना (Mandeans) पूर्वी धार्मिक फिरका है , जिनका अकीदा और जिनके आमाल मसीहियों यहूदियों और मुशरिकों के इलाके में खोजिस्तान के निकट आबाद हैं और स्थानीय भाषाएँ यानी अरबी , फारसी बोलते हैं । उनके धार्मिक ग्रन्थ आरामी भाषा में है , जो बाबुल के तालमूद से काफी मिलती जुलती है .. यह स्वयं को दूसरे फिरकों के सामने साबी ही कहते हैं । (जिल्द 8 सफा 288) उसी किताब में आगे यह है कि यह लोग हज़रत इब्राहिम हज़रत मूसा को नहीं मानते , परन्तु हजरत यहया के कायल हैं । इन्साइक्लोपीडिया ऑफ रेलीजन्स ऐण्ड एथिक्स में इस फिरके के इतिहास , अकीदों इत्यादि पर लेख बड़े ब्योरे के साथ अंकित हैं । (जिल्द 8 सफा 380-392) । .. इनका दूसरा नामः मुगतस्ला भी लिखा हुआ है क्योंकि यह गुस्ल (नहाना) , वैपतिस्मा देने और गोता देने के बड़े कायल हैं । तीन बार दिन में और दो बार रात में और उनका किल्ला ध्रुवतारा यानी उत्तर में है । चैम्बर्स इन्साइक्लोपीडिया में उनकी आबादी इराक में 6000 बताई गई है । (New edition Vol7 . P 705) ।

(19) दहरी और जुर्वानपंथी-

ईरानी साम्राज्य के उत्कर्षकाल में जरथुस्त्र का मत जुर्वानपंथी था . त्सएनर ने इस धारणा का खंडन किया है । मज्दा के उपासक स्वर्ग नरक में विश्वास करते थे और मानते थे पापी को दंड मिलेगा और पुण्यात्मा को पुरस्कार मिलेगा । " और ऐसा प्रतीत होता है कि ठीक इन्हीं प्रश्नों पर मज्दा मत और जुर्वानपथी में अन्तर था । शिकद् गुमानि बजार में एक सम्प्रदाय का जिक्र है जिसे वह वहरी कहता है । इस्लाम के दौर में यह एक सुपरिचित भौतिकवादी सम्प्रदाय (Amaterialist sect) था और शिकंद ने उस (इस्लाम के पूर्ववर्ती) सम्प्रदाय के बताए है वही इस (इस्लामी दौर के) सम्प्रदाय के हैं और अरबी शब्द दहर ' काल ' लायक तो है ही जुर्बानिपंधी एक है , यह कहने का समय अभी नहीं है । जो लोग ईश्वर की सत्ता अमान्य

ठहराते थे , प्रकृति को ही सब कुछ मानते थे , वे अरबी में दहरिया कहलाते थे ।

अन्य धार्मिक आन्दोलन

अमेनहोतेय तृतीय के स्वर्गवास होने पर अमेनहोतेय चतुर्थ सिंहासनारूढ़ हुआ । इसने 15 वर्ष राज्य किया । यह बड़ा विचारक तथा क्रान्तिकारी था । यही संसार का सर्वप्रथम शासक एकेश्वरवादी था । इसने अन्य देवताओं की पूजा को बन्द करा दिया ।

इसने हेलिपोपोलिस मन्दिर के रा (सूर्य देवता) के पुजारी तथा थीबीज के मन्दिरों के ' अमोन ' के पुजारियों को निकालकर मन्दिर बन्द करा दिये । इसने एक ईश्वर निर्धारित किया जिसका नाम ' अतेन रखा । वह अतेन भगवान की व्याख्या इस प्रकार करता था " वह सूर्य के प्रकाश की भाँति एक प्रकाश है और उसकी किरणें भगवान के हाथ है जो सारे संसार में प्रति प्राणों पर कृपा रखते हैं ।

उसने अपना नाम अमेनहोतेय (अमेन 2 = करुणा का सागर) से अखेनातेन अर्थात अखेन + अतेन (अतेन भगवान को प्रसन्न करने वाला) रख लिया और अपने इस नये नाम के भगवान का एक विशाल मन्दिर करनाक (Kamak) व लुकसर (Luxor) के मध्य बनवाया । साथ ही साथ अपने लिए एक विशाल भवन व उसके तीन और एक राजधानी का निर्माण करवाया । इसका नाम आवेत अतेन अर्थात अतेन की क्षितिज ' रखा । यह राजधानी मध्य मिस्र में नील के पूर्वी किताने पर थीबीज से 300 मील उत्तर में स्थित थी । इसी का आधुनिक नाम तेल एल अमटना पड़ा जहाँ से लगभग 300 पत्र चाक मिट्टी की पाटियों पर अंकित प्राप्त हुए । पुजारियों को पदच्युत कर दिया गया और वह स्वयं अतेन का मुख्य पुजारी बना । - अखेनातेन को कोई पुत्र न था । उन्हें दो पुत्रियां थीं । एक का नाम मेरी अतेन था ।

अखेनातेन ने अपनी इसी पुत्री का विवाह एक समृद्धशाली व्यक्ति सेमेनखरे से कर दिया और अपना सह शासक बनाकर उत्तराधिकारी नियुक्ति कर दिया । अखेनातेन के स्वर्गवास होने पर सेमेनखरे शासक बना जो केवल तीन वर्ष शासन करने के पश्चात् मृत्यु का ग्रास हो गया ।

इसके पूर्व भी एक उर नगर (मेसोपोटामिया) का निवासी इब्राहिम था और उसको अपना घर व देश त्याग देना पड़ा परन्तु वह शासक नहीं था । सम्भवतः अमेन से आमेन ' आमीन 'बन गया ।

Bibliography, सन्दर्भपुस्तक

(1) The Penguin Dictionary of Religions (ENGLAND) .
 (2) पवित्र कुरआन (दिल्ली) , अनुवाद मो ० फारूक ख़ाँ (3)
इब्रानी आरामी बाइबिल (भुवन वाणी ट्रस्ट , लखनऊ) । (4)
कुरआन शरीफ (लखनऊ किताबघर , लखनऊ) , अनुवादक- विनय
कुमार अवस्थी (5) तफसीर माजिदी (लखनऊ किताबघर , लखनऊ
) (6) अरब एक संक्षिप्त इतिहास (पी ० के ० हिट्टी , श्री प्रभाकर
साहित्यालोक , लखनऊ) (7) विश्व प्रसिद्ध धर्म मत एवं सम्प्रदाय
(पुस्तक महल , दिल्ली) (8) इस्लाम एक परिचय (हिन्दी
थियोजॉजिकल लिटरेचर कमेटी म ० प्र ०) (9) पश्चिम एशिया एवं
ऋग्वेद (हिन्दी माध्यम कार्यान्वय , दिल्ली विश्वविद्यालय , दिल्ली
) (10) वेद और कुरआन (इस्लामी साहित्य प्रकाशन , नई दिल्ली)
(11) विश्व की प्राचीन सभ्यताओं का इतिहास (बिहार हिन्दी ग्रन्थ
अकादमी , पटना) 12) Reliance India Mobile , Option In
ENCYCLOPAEDLA . (13) विश्व की प्राचीन सभ्यताएँ (विजय
प्रकाशन मंदिर , वाराणसी , उ ० प्र ०) (14) इतिहास एक अध्ययन (
आरनाल्ड जे ० ट्वायनबी , हिन्दी समिति , सूचना विभाग , लखनऊ)
(15) फतावा दारूल आफ्ता , सऊदी अरब , , जिल्द दोम (
दारुस्सलाम , अब्दुल अज़ीज़ अब्दुल्ला बिन बाज़ , सऊदी अरब) (16
) अरब- संस्कृति , भाग -1 (इंडियन इंटरनेशनल पब्लिकेशन्स ,
लखनऊ) (17) अवध गाइड सीरीज़ (बी ० ए ० प्राचीन इतिहास ,
फैज़ाबाद) (18) दिशा अध्ययन माला (दिशा पब्लिकेशन्स ,
लखनऊ , बी ० ए ० अरब कल्चर) अध्ययन माला (प्राचीन इतिहास
बी ० ए ० लखनऊ) अध्ययन माला (एशियन कल्चर , बी ० ए ०
लखनऊ) (19) दिशा (20) इस्लाम धर्म की रूपरेखा(राहुल
सांकृत्यापन किताब महल , इलाहाबाद)

(21) New world Translation of the Holy Scriptures - New world Bible . Translation committe , Revised AD 1981 by watch Tower Bible & Tract Soclety of Renneytvonla made in the United states of America , (22) आधुनिक एशिया संस्कृति एवं इतिहास भाग दो (पश्चिमी एशिया का इतिहास (सुलभ प्रकाशन , लखनऊ) (23) विज्ञान का इतिहास (बिहार हिन्दी ग्रन्थ अकादमी , पटना) (24) दावतुल कुरआन (इवारा दॉवतुल कुरआन , मुम्बई) हिन्दी अनुवादक मो ० नखुल्लाह (25) जागरण वार्षिकी 2006 प्राच्य एवं पाश्चात्य (भारती भवन पबिलशर्स एंड डिस्ट्रिब्यूटर्स पटना) (26) R World या Rallance World , ENCYCLOPAEDIA (27) लेखनकला का इतिहास (उ ० प्र ० हिन्दी संस्थान , लखनऊ) (28) भारतीय धर्म एवं संस्कृति (मीनाक्षी प्रकाशन , (मेरठ) . (29) क्रानिकल इयर बुक 2001 (30) मनोरमा इयर बुक (केरल) (31) धर्मदर्शन (32) प्राचीन विश्व की संस्कृतियाँ (क्रिसलय प्रकाशन , इलाहाबाद) (33) वेद कालीन राज्यव्यवस्था (हिन्दी समिति , लखनऊ) (34) विश्व इतिहास (प्राचीन एवं मध्य दिल्ली) (35) पश्चिमी एशिया में राष्ट्रीयता का विकास (हिन्दी समिति , लखनऊ) (36) शांति मार्ग (लखनऊ पबिलशिंग हाऊस , लखनऊ) (37) यूनानी बाइबिल (भुवन वाणी ट्रस्ट , लखनऊ) (38) मुज़िहुल कुरआन (39) अर्हीकुल मखतूम (उर्दू) , लेखक सै ० सफीउर्रहमान मुबारकपुरी , आज़मगढ़ (उ ० प्र ०) (40) विश्व के प्रमुख धर्म- जी . आर . सिंह , सी डब्लू डेविड , H. T.L.C & L.P.H

41-प्रतीक शास्त्र , उत्तर प्रदेश हिंदी संस्थान

विभिन्न धर्मों की बायोग्राफी

धर्म	संस्थापक	मत	पवित्र स्थान	पवित्र पुस्तक	प्राचीन संस्कृति	भाषा	स्थापना वर्ष
इस्लाम	हज़रत मुहम्मद	अल्लाह का धर्म, एक ईश्वर निरंकार (अल्लाह)	मक्का मदीना	कुरआन शरीफ़	सेमेटिक	अरबी	570 ईस्वी
ईसाई	ईसा मसीह	हजरत ईसा ही ईश्वर या ईश्वर की संतान	जेरुसलम	बाइबल (न्यू टेस्टामेंट या इंजील) , तौरैत या ओल्ड टेस्टामेंट ,	बेबिलोनिया (इराक)	इब्रानी यूनानी (ग्रीक)	4 ईस्वी पूर्व

हिन्दू	पता नहीं	कई देवता, बहुदेव वाद	वैष्णो देवी, तिरुपति बालाजी, अमरनाथ	चार वेद, गीता, रामायण	वैदिक	संस्कृति	लगभग डेढ़ सौ ई पू ००
यहूदी	ह मूसा अ ० (मोजेज)	एक ईश्वर (यहोवा)	जेरूसलम	ओल्ड टेस्टामेंट तौरेत)	यहूदी (जुड़ा) या इसराइली	हिब्रू (इब्रानी-अरामी	लगभग 1200 ई पू ००
सिक्ख	गुरू नानक	एक ईश्वर गुरु की महत्ता	अमृतसर, स्वर्ण मंदिर	श्री गुरु ग्रंथ साहिब गुरबाणी गुरुमुखी	हिंदू + मुस्लिम दर्शन से प्रभावित	सिंधी पश्तो	1469ई स्वी
बौद्ध	गौतम बुद्ध (सिद्धार्थ)	शायद ईश्वर अस्तित्वहीन	लुंबिनी (नेपाल) कपिलवस्तु सारनाथ	त्रिपिटक - विनय पिटक, अभिधम्म पिटक	धम्म	पाली	600 ईस्वी पूर्व

जैन	महावीर स्वामी	शायद ईश्वर अस्तित्वहीन	वैशाली, बिहार	आगम (द्वादश शांगश्रुत) दृष्टिप्रवाह	प्राकृत		600 ईस्वी पूर्व
पारसी	जोरोस्टर (जरथुस्त्र , जरदुस्त)	एक ईश्वर	प्राचीन ईरान	जेण्ड अवेस्ता	पारसीक (पर्शिया)	जेण्ड, पहलवी, पुरानै फारसी	6600 से 600 ईस्वी पूर्व के बीच
शिन्तो	सम्राट मिकादो (जापान)	सूर्य , अनेक देवता ईश्वर	आइस (सूर्य देवी) (जापान)	कुछ साक्ष्य कोरिया के पुराने धर्म से	जापानी		सातवीं शताब्दी ईस्वी पूर्व
ताओ	लाओ त्से	सम्राट, प्रकृति	चीन, पेकिंग	ताओ - तेह - किंग (Tao - Te -	चीनी	चीनी	छठी शताब्दी ईस्वी पूर्व

				Ching)			
कन्फ्यू शिय स धर्म (खुंड - फूल्ज़)	कन्फ्यू शियस	अपने को आका श से भेजा हुआ बताना	चीन, पेकिंग	चुचिंग , लैौ ची , ई ० चिंग शिन चिंग	चीनी	चीनी	551 ईस वी पूर्व

259

मेरी अन्य पुस्तकें निम्न है–

क्रमांक	पुस्तक का नाम
1	पृथ्वी के प्रचलित धर्म व पंथ
2	कुरान करीम का विशेष ज्ञान
3	जीवन एक पहेली व स्वास्थ्य
4	जीवन तथा भाषा की उत्पत्ति कैसे हुई?
5	इस्लाम एक परिचय व संप्रदाय
6	अल्लाह एक परिचय
7	आज भी अंल खिज़्र जिंदा है?
8	सात सोने वालों की रहस्यमई घटना
9	प्रार्थना, सभी धर्मों में
10	उपदेश महान लोगों के, सभी धर्मों में
11	स्वप्न, व्याख्या, प्रत्येक धर्म में
12	हारूत तथा मारुत की कहानी
13	आत्मा (रूह) धर्म तथा विज्ञान की नजर में
14	असली सिकंदर (जुलकरनैन)
15	दुःख
16	ईश्वर, प्रार्थना, उपदेश, नास्तिक, दुःख
17	विश्व के प्रमुख धर्म मत व सम्प्रदाय

18	पवित्र कुरान एक परिचय तथा उसके अनसुलझे रहस्य
19	धर्म संस्थापक का जीवन परिचय ,सभी धर्मों के
20	शांति की खोज
21	धर्म पुस्तक की उत्पत्ति, भाषा, लेखक व मूल प्रति
22	समानांतर ब्रह्मांड का रहस्य
23	मौत (पवित्र कुरआन की दृष्टि में)

24	तलाक! जिम्मेदार कौन?
25	कयामत की निशानी
26	जन्नत की कल्पना
27	कुरआन के गहन शब्दों का अर्थ
28	हदीस से मजहब तक
29	एकांत क्यों?
30	क्या ओरिजिनल कुरआन आज भी मौजूद है?
31	प्रसिद्ध धार्मिक पुस्तकों में सामानता
32	कर्म ही सर्वश्रेष्ठ?
33	भारतीय महान लिपि ब्राह्मी
34	विश्व पवित्र कुरआन का कानून सही या गलत?
35	पवित्र कुरआन में इंसानियत?

यह सारी पुस्तकें अंग्रेजी संस्करण में भी उपलब्ध है। तथा कुछ अंतर्राष्ट्रीय भाषा में भी उपलब्ध है।

<u>सभी पुस्तकें पेपर बैक संस्करण तथा हार्ड कवर संस्करण में भी उपलब्ध है।</u>
यह पुस्तकें अमेजॉन, फ्लिपकार्ट तथा **notionpress.com** पर भी उपलब्ध है।

मेरी ई बुक संस्करण (निशुल्क) निम्न है —

क्रमांक	पुस्तक का नाम
1	विश्व के प्रमुख धर्म मत व सम्प्रदाय
2	पवित्र कुरान एक परिचय व उसके अनसुलझे रहस्य
3	जीवन की कुछ अनसुलझी पहेली
4	असली सिकंदर (जुलकरनैन)
5	स्वप्न (व्याख्या) धर्म तथा विज्ञान की नजर में
6	आत्मा (रूह) धर्म तथा विज्ञान की नजर में
7	मनुष्य तथा भाषा की उत्पत्ति कैसे हुई?
8	ईश्वर, प्रार्थना, उपदेश, नास्तिक, दुःख
9	हारूत तथा मारुत की कहानी
10	उपदेश महान लोगों के, सभी धर्मों में
11	प्रार्थना, सभी धर्मों में
12	आज भी अंल खि□ जिंदा है?
13	अल्लाह एक परिचय
14	इस्लाम एक परिचय व सम्प्रदाय

15	अल खिज्र एक परिचय
16	किंग सोलोमन तथा मलिका बिल्कीश (तौरैत तथा कुरान के अनुसार)
17	एक इस्लामी सम्प्रदाय अहले हदीस का परिचय
18	अपना स्वास्थ्य (सेक्स संबंधी)
19	बाइबिल एक परिचय, क्या ओरिजिनल बाइबिल आज भी उपलब्ध है?
20	दुर्लभ चीजें जो मेरे पास मूल रूप में उपलब्ध है।
21	नास्तिक और बौद्ध धर्म (धम्म)
22	अधम्म क्या है?
23	अल कहफ (अर रकीम) की रहस्मय कहानी
24	धर्म संस्थापक का जीवन परिचय ,सभी धर्मों के
25	दुःख
26	शांति की खोज
27	धर्म पुस्तक की उत्पत्ति, भाषा, लेखक व मूल प्रति
28	समानांतर ब्रह्मांड का रहस्य
29	मौत (पवित्र कुरआन की दृष्टि में)

30	क्या ओरिजिनल कुरआन आज भी मौजूद है?
31	प्रसिद्ध धार्मिक पुस्तकों में सामानता
32	कर्म ही सर्वश्रेष्ठ?

33	भारतीय महान लिपि ब्राह्मी
34	विश्व पवित्र कुरआन का कानून सही या गलत?
35	पवित्र कुरआन में इंसानियत?

अपना व्यक्तिगत परिचय

मेरा नाम अब्दुल वहीद है मेरे पिता का नाम स्वर्गीय हाजी उबैदुर्रहमान है व माता का नाम जैबुन्निसा है। मैंने बचपन से ही वैज्ञानिक विचारधारा को पसंद किया है और शांत स्वभाव व पुस्तकों से लगाव रहा है। जिससे मेरी रोज जिज्ञासा रुचि निरंतर नए-नए खोजो को जानकारी में प्रयुक्त रहा है। मैं BSc करते समय पालीटेक्निक में सेलेक्शन हो गया था, लेकिन दुर्भाग्यवश अधूरा रह गया था क्योंकि पिता और भाई का सर्वगवास हो गया था ।

मेरे पिता जी की दो बातें जो, मेरे जीवन के लिए अत्यंत अनमोल है

<u>प्रथम– इमानदारी से कमाओ झूठ का सहारा मत लो.</u>

<u>दूसरा– अन्न की इज्जत करो और जितना खाना हो उतना ही लो।</u>

इसलिए घर की जिम्मेदारी, फिर बाद में विवाह हो जाने के कारण शिक्षा अधूरी रह गई । फिर भी हिम्मत नहीं हारा और आज आपके सामने मेरे विचारों के रूप में पुस्तक उपलब्ध है । यदि कोई जानकारी अधूरी रह गई हो तो कृपया जरूर अवगत कराये । धन्यवाद ।

पता- अब्दुल वहीद,, बाराबंकी, उत्तर प्रदेश, इंडिया,

कृपया मुझसे संपर्क करें–

Abdul Waheed, Barabanki, Uttar Pradesh, India.